JOIAS FATAIS

JOIAS FATAIS

COLLEEN COBLE

Tradução de
Maria Emília de Oliveira

Copyright ©2024 por Colleeen Coble Todos os direitos reservados.
Copyright da tradução ©2024 por Vida Melhor Editora LTDA. Todos os direitos reservados.

Título original: *Fragile designs*

Todos os direitos desta publicação são reservados à Vida Melhor Editora Ltda. Nenhuma parte desta obra pode ser apropriada e estocada em sistema de banco de dados ou processo similar, em qualquer forma ou meio, seja eletrônico, de fotocópia, gravação etc., sem a permissão dos detentores do copyright.

COPIDESQUE	Daniela Vilarinho
REVISÃO	Leonardo Dantas e Wladimir Oliveira
ADAPTAÇÃO DE CAPA	Anderson Junqueira
PROJETO GRÁFICO E DIAGRAMAÇÃO	Sonia Peticov

Dados Internacionais de Catalogação na Publicação (CIP)
(Câmara Brasileira do Livro, SP, Brasil)

C587j   Coble, Colleen
1.ed.   Joias fatais / Colleen Coble; tradução Maria Emília. – 1. ed. – Rio de Janeiro: Thomas Nelson Brasil, 2024.
            352 p.; 15,5 x 23 cm.

            Título original: *Fragile designs*
            ISBN 978-65-5217-043-9

            1. Ficção cristã. 2. Suspense. I. Emília, Maria. II. Título.

08-2024/154   CDD B869.3

Índice para catálogo sistemático:
1. Ficção cristã: Literatura brasileira   B869.3
Bibliotecária responsável: Aline Graziele Benitez – CRB-1/3129

Os pontos de vista desta obra são de responsabilidade de seus autores e colaboradores diretos, não refletindo necessariamente a posição da Thomas Nelson Brasil, da HarperCollins Christian Publishing ou de suas equipes editoriais.

Thomas Nelson Brasil é uma marca licenciada à Vida Melhor Editora LTDA. Todos os direitos reservados à Vida Melhor Editora LTDA.

Rua da Quitanda, 86, sala 601A - Centro,
Rio de Janeiro/RJ - CEP 20091-005
Tel.: (21) 3175-1030
www.thomasnelson.com.br

Para minha amiga Denise Hunter.
Vinte e cinco anos de crítica construtiva e encorajamento!
Eu não seria capaz de escrever ou viver sem você!

PRÓLOGO

Pawleys Island

Carly Harris foi acometida por outra sensação de náusea no momento em que abriu a porta de seu carro e desceu na garagem. Foi o cheiro de gasolina e óleo misturado com o calor úmido da Carolina do Sul rodopiando no espaço que causou esse enjoo. O comércio turístico de Pawleys Island estava em plena atividade e ela havia demorado um pouco mais do que planejara para chegar em casa.

O caminhão de Eric estava no lugar de costume, com o motor ligado, e ela cerrou os dentes. Ele sabia que não deveria deixar o motor funcionando com a porta da garagem abaixada. Considerando que era um policial, seu marido era surpreendentemente despreocupado quando o assunto era segurança.

Ao levar a mão à barriga, ela suspirou fundo. Como ele receberia a notícia que ela lhe contaria à noite? As brigas entre eles eram quase diárias e ela ameaçara abandoná-lo se ele não começasse a defendê-la dos ataques da mãe dele. Desde que Carly e Eric se casaram, três anos antes, as críticas de Opal a respeito de Carly nunca haviam sido contestadas. E no ano anterior tornaram-se insuportáveis.

Tudo o que Carly fazia era errado – ela não organizava a cozinha, não telefonava com a frequência que deveria, não preparava o

COLLEEN COBLE

almoço perfeito para ele todos os dias. E o maior erro de todos era que Carly não queria abrir mão de ir a feiras de bugigangas para vender objetos de coleção que havia adquirido com satisfação em bazares domésticos, na internet e em leilões públicos.

Quando ela mencionou pela primeira vez a ideia de participar de um congresso de escritores naquele fim de semana, Eric ficou furioso e ela sabia o motivo. Ele não queria que sua mãe soubesse que ela não estaria em casa. Opal sussurrava constantemente que ele não deveria confiar na fidelidade da esposa caso ela viajasse sozinha.

O receio de Carly era de que Eric estivesse começando a acreditar nisso. E pior. Agora, com a notícia da gravidez, ela começou a duvidar se havia escolhido a carreira certa a seguir. Desde a adolescência, ela sempre quis escrever romances históricos. Vender objetos de coleção lhe parecera uma ótima opção em vez de se meter na loucura do mundo editorial, mas a tentação de escrever um romance havia ressurgido recentemente. Talvez estivesse finalmente pronta para tentar. Eric não concordaria com uma ideia absurda como essa e era por esse motivo que ela ainda não havia tocado no assunto.

Com a sacolas de compras penduradas nos braços e nas mãos, ela abriu a porta da cozinha e entrou.

— Oi! — Colocou as compras no balcão e dirigiu-se ao corredor. — Eric?

Havia uma sensação de vazio na casa e ela olhou para o quintal através da porta de vidro corrediça. A porta da lojinha estava aberta, fazendo ela sorrir. Eric devia ter cumprido sua promessa de começar a organizar os objetos que pertenceram à bisavó dela. Fazia semanas que ele andava mexendo em uma coisa ou outra por ali, mas não havia feito o serviço pesado que ela pedira. Carly planejava levar tudo à feira de bugigangas no próximo fim de semana.

Depois de guardar as compras, ela abriu a porta corrediça, atravessou o deck e desceu a escada para o quintal. O cheiro de grama recém-cortada misturava-se ao das rosas que floresciam no canteiro do jardim atrás do deck. Hoje, Eric estava em plena atividade. Cortar grama era a tarefa da qual ele menos gostava e geralmente ela o forçava a fazer esse serviço.

O interior escuro da lojinha a fez parar.

— Eric, você está aqui?

Sem ouvir resposta, ela tateou na parede até encontrar o interruptor. A lâmpada no teto iluminou o interior e ela viu que as coisas haviam mudado de lugar por ali. A escrivaninha e as cadeiras antigas de sua bisavó haviam sido transferidas para o outro lado do cômodo e algumas caixas estavam abertas. Finalmente Eric começara a trabalhar, mas não tanto quanto ela esperava.

As irmãs de Carly a haviam pressionado a vender as antiguidades, para que a herança fosse dividida. Apesar de lhes dizer que não valiam muito dinheiro, elas estavam impacientes. E Eric também. Ele estava de olho em um novo caminhão e achava que a parte que receberiam seria suficiente para pagar a primeira prestação. Alguns objetos de valor sentimental haviam sido deixados apenas para Carly, mas as antiguidades valiosas e com possibilidade de serem vendidas foram deixadas para todos.

Carly levou a mão à barriga novamente. O caminhão novo teria de esperar depois da notícia que ela daria a Eric. O dinheiro seria usado para comprar um berço e outros objetos e acessórios para o bebê.

— Eric! Cadê você?

O lugar parecia vazio, portanto, ela saiu do local e olhou para o piso de cimento atrás da garagem. Nada havia saído do lugar. Como não existiam vizinhos próximos, não havia ninguém para perguntar se tinham visto seu marido. Será que algum amigo viera buscar Eric?

Carly pegou o celular e ligou para ele. Depois de alguns segundos, ouviu o som distante do celular dele tocando no interior da lojinha. Ele tinha de estar ali.

Ela atravessou o gramado e entrou no cômodo. O som do celular vinha dos fundos, onde a maioria das caixas estava empilhada. Ao aproximar-se do local, ela sentiu um cheiro desagradável de cobre e a náusea subiu-lhe à garganta de novo.

Apressando o passo e quase correndo no momento em que rodeou as caixas, ela olhou para baixo, para o espaço vazio.

Eric estava deitado de bruços no chão. De um ferimento em suas costas brotava uma mancha vermelha horrível que empapava toda a camiseta verde que ele usava.

— Eric, querido?

Ela se ajoelhou ao lado dele e tocou-lhe o braço. A pele já estava fria.

Enquanto dava meia-volta, ela não percebeu que estava gritando até sentir que a garganta doía. O celular dele parou de tocar e ela olhou para baixo.

Carly havia derrubado seu celular na poça de sangue ao lado do corpo de Eric.

Pegou-o de volta e limpou o sangue na calça jeans para poder pedir socorro.

Era, porém, tarde demais para seu marido.

UM

Nove meses depois
Beaufort, Carolina do Sul

O cheiro da água salgada e do pântano da Carolina do Sul chegou até Carly Harris e acariciou-lhe o rosto. Não havia nada como uma manhã de primavera no litoral e ela queria aproveitar cada minuto antes da agitação do dia. Depois de amamentado, Noah, com dois meses de idade, havia adormecido ao som do ronco do motor dos barcos que partiam da Baía de Beaufort e ela acomodou o filho no outro braço. Pepper, seu gato preto, lançou--lhe um olhar de desdém quando ela o empurrou sem querer. Carly continuou a movimentar a cadeira de balanço para que o bebê não acordasse.

Seu olhar se deteve no rosto lindo do filho e uma nova sensação de tristeza apertou-lhe a garganta. Ele se parecia muito com o pai. Se ao menos Eric pudesse vê-lo, carregá-lo no colo! Mas ele havia morrido sem sequer imaginar que seria pai.

A porta à esquerda se abriu e sua avó entrou na varanda que contornava a casa. As pessoas achavam que Mary Tucker tinha 50 anos e não 70. Seu traje em estilo *hippie* acrescentava-lhe um ar de juventude. O traje de hoje era suficiente para Carly querer pegar os óculos de sol. O amarelo vivo da blusa contrastava com a saia de retalhos vermelhos e azuis que contornava, com dobras e mais dobras, o corpo esbelto de sua avó. Os grampos de cristal mantinham os cabelos brancos presos, formando um penteado que lhe acentuava as maçãs do rosto. O reflexo azul-claro do teto da varanda realçava sua pele clara e salientava a cor de seus olhos.

Ela carregava uma bandeja de cerâmica de Bolesławiec, com duas canecas. Carly olhou para o desenho tradicional do pavão polonês das canecas e endireitou o corpo.

A avó colocou a bandeja na mesa ao lado da cadeira Adirondack, perto do balanço e, curvando-se, pôs um cubo de açúcar em cada caneca de chá. Mexeu o chá com uma valiosa colher Sheffield antes de entregar uma das canecas a Carly.

— Aqui está, querida. Chá de ervas, claro, para que Noah não tenha de ingerir cafeína.

Carly segurou a caneca com o pires na mão direita e movimentou o balanço.

— Algum problema, vovó?

— Por que você acha que há algum problema? — Ajeitando-se na cadeira, ela levou a caneca à boca.

— Você só traz suas canecas favoritas de pavão quando deseja se acalmar. Por que está tentando me fazer mudar de ideia? — Carly sorriu para amenizar a pergunta.

— Você venceu. — Uma luz travessa dançou nos olhos azuis da avó. — Já pensou no que vai fazer a seguir, meu amor? — Seu sotaque sulista era tão suave que Carly poderia ouvi-lo durante horas. — Você está aqui há sete meses. A temporada das feiras de bugigangas está em plena atividade e você não fez questão nenhuma de olhar para as peças que herdei de minha mãe para vendê-las. Sei que o pequeno Noah consome cada minuto seu desde que nasceu, mas parece estranho você não fazer nada para retomar sua vida. Ouvi você digitando no computador à noite e desconfio que está escrevendo o romance com o qual vem sonhando há anos.

JOIAS FATAIS

Carly assentiu com a cabeça.

— Estou tentando, mas ainda não encontrei a história certa. — O sorriso desapareceu quando ela olhou para o rosto da avó. — Noah não tem deixado você dormir, não é mesmo? Posso trocar de quarto e ficar no outro lado da casa.

A casa enorme em estilo georgiano tinha mais de 460 metros quadrados. Com certeza havia um lugar onde Noah não perturbaria a avó dela com seus gritos causados por cólicas abdominais.

Carly se mudara logo após a morte de Eric e passara os sete meses de gravidez ali antes do nascimento do bebê. Já havia abusado demais da hospitalidade da avó.

Colocando a caneca na mesa, a avó pousou a mão no joelho de Carly.

— Não, não foi nada disso que eu quis dizer. Ele nunca me acorda. Tudo tem sido maravilhoso. É como voltar a ter meus bebês em casa. Eu não soube me expressar. Não quero que vá embora.

— Estou confusa, vovó. Se não quer que eu vá embora, o que está tentando dizer?

A avó fez um gesto para mostrar a varanda espaçosa e a vista panorâmica.

— Quero reformar este lugar e transformá-lo numa pousada com café da manhã. E quero que você a administre. Você não vai ter de ficar longe de Noah e poderá dedicar tempo para escrever, se quiser.

O suspiro alto de Carly fez Noah se mexer. Sua boca rosada começou a franzir como se ele estivesse prestes a chorar. Ela empurrou de novo a cadeira de balanço com o pé e ele se acalmou.

— Mas e quanto a Amelia e Emily? Elas acham que estou tentando tomar o lugar delas.

A avó cerrou os lábios.

— Você mima demais essas garotas, Carly Ann. — Quando Carly abriu a boca para protestar, a avó fez um movimento com a mão. — Eu sei, eu sei. Elas precisaram de você depois que sua mãe morreu. O Senhor sabe que amo meu filho, mas Kyle nunca amadureceu. Você não devia ter assumido a responsabilidade de criar suas irmãs. O problema é que elas esperam que você corra para ajeitar as coisas para elas. Se querem uma parte desta casa, elas precisam ajudar a reformá-la. Emily pode elaborar o *design* de interior como quiser e Amelia vai fazer a melhor pintura de toda a Beaufort.

Carly recuperou a voz.

— Vovó, não conheço absolutamente nada a respeito de administrar pousadas.

— Por Deus! Nunca conheci alguém com mais talento para falar do que você, Carly Ann. Você fala pelos cotovelos. E as pessoas sabem muito bem que você se preocupa com elas e demonstra interesse sincero. Vamos comprar pãezinhos e biscoitos feitos por nossas amigas e serviremos o melhor café da cidade.

O olhar de Carly atravessou a Bay Street em direção à água. A casa proporcionava uma das melhores vistas da cidade, e as duas "árvores dos anjos"* no gramado da frente atraíam a atenção dos fotógrafos amadores havia anos. Se um carvalho vivo se ramificasse e formasse raiz no solo antes de crescer novamente, seria um espécime extremamente valorizado da beleza sulista. O maior deles no jardim da avó havia feito um truque de mágica no ano em que a mãe de Carly morreu de derrame, ainda muito nova, aos 45 anos. Carly sempre imaginava que aquele era um sinal de que sua mãe estava olhando lá de cima para elas e sorrindo.

A casa imponente havia sido construída no início do século XIX e Carly a amava desde que podia se lembrar. Terraços enormes

---

*Referência a um tipo de carvalho que há em Charleston, na Carolina do Sul, que cresce tanto para os lados como para cima. Os "Angel Oaks" são árvores imensas em largura e altura e, por isso, é comum se tornarem atrações turísticas. [N.E.]

contornavam os dois pavimentos e o telhado de metal vermelho convidava os transeuntes a olharem para ele. Desde a adolescência, Carly queria muito que a casa voltasse a ter a antiga atração, mas a avó sempre insistia que ela era perfeita, apesar de seus tapetes gastos, reboco irregular e piso de tábuas largas.

— Vovó, você faz ideia do trabalho que vai dar para reconfigurar a casa para os hóspedes? Para começar, vamos precisar de mais banheiros. E temos de instalar aparelhos de ar-condicionado. Os hóspedes não vão aguentar o calor sufocante do verão como nós aguentamos. Você pode falar até ficar com câimbra na língua sobre abrir as janelas do lado sul para permitir que a brisa do mar force o calor a sair pelas aberturas do pavimento superior, mas os hóspedes esperam ter o conforto que têm em casa.

Uma expressão de desagrado surgiu no rosto da avó.

— Hoje em dia as pessoas são sensíveis demais. O ar artificial prejudica os pulmões.

— Temos ainda de fazer a instalação. E há o custo. Vovó, você vai gastar um *dinheirão*.

— A mamãe me deixou dinheiro suficiente para isso. Já perguntei ao Ryan se ele aceita fazer o trabalho.

Carly prendeu a respiração ao ouvir o nome do vizinho que havia partido seu coração muitos verões atrás. Até agora ela conseguira evitá-lo e esperava continuar assim.

— Entendo — disse ela baixinho.

—Vou em frente, Carly. Não há o que discutir. Você quer ser administradora de pousada ou voltar à vida agitada de vender objetos de coleção em feiras de bugigangas?

Carly olhou para o rosto de seu bebê. Uma vida estável para ele na casa que ela amou a vida inteira.

— Eu topo.

E talvez encontrasse mais tempo para escrever.

Hoje era um daqueles dias em que Lucas Bennett se perguntava por que não havia escolhido a carreira de construtor em vez de agente da lei. A brisa da primavera trazia o aroma de sal e do jasmim-estrela. Nuvens fofas bloqueavam os raios escaldantes do sol. Lucas não se importava com os insetos zumbindo em torno de sua cabeça enquanto ele e Ryan, seu irmão, pregavam as últimas ripas na garagem do quintal.

Embora no passado a casa fosse a pior da Bay Street, ele e Ryan haviam trabalhado diligentemente ao longo dos anos, desde que a herdaram de seus pais, para transformá-la na lindeza que havia sido em 1850.

Seu olhar voltou-se para a varanda deteriorada da casa ao lado. Agora a casa de Mary Tucker passara a ser a mais malconservada da rua. Ela havia instalado um teto de metal no ano anterior e essa foi a reforma mais recente da casa da senhora idosa. Lucas sempre pensara nas coisas que faria se fosse proprietário da mansão. Mas ela pertencia à família Tucker havia gerações e ele não via a possibilidade de ser colocada à venda.

Hoje, um investigador de homicídios não poderia pagar o preço de uma casa na rua Bay. Se não tivessem herdado a casa, ele e o irmão nunca teriam condições de comprá-la, embora o patrimônio líquido de Ryan estivesse aumentando rapidamente à medida que sua fama no ramo da construção crescia.

Ryan fez uma pausa para enxugar a bandana vermelha em sua testa e tomou um gole de água da garrafa térmica.

— Sim, sei que a varanda da Mary está prestes a desabar, mas ela me pediu que reformasse o lugar. As coisas vão estar muito diferentes daqui a um ano.

Lucas virou para encarar o irmão e foi como se estivesse vendo uma versão dele próprio, os mesmos olhos cor de avelã e cabelos escuros. Ryan era um pouco mais baixo e mais bronzeado por trabalhar em construções.

JOIAS FATAIS

— Parece ser um trabalho muito grande, se contar com os muitos apartamentos que você já está fazendo.

— Sou capaz de dar conta.

Lucas não gostou do sorriso no rosto de Ryan.

— Não sei, Ryan. Nós dois gostamos de Mary, mas não queira dar um passo maior que a perna.

A boca de Ryan se contorceu e ele deu de ombros.

— Você não quer me ver perto de Carly.

— Ela já partiu o seu coração. Não confunda piedade com um sentimento mais profundo.

— Faz seis anos que rompemos e já segui minha vida.

— Ah, sério? Carly está morando com a avó há sete meses e, pelo que sei, nesse período você não saiu duas vezes com a mesma garota. Tem certeza de que não está esperando que ela se recupere da morte de Eric?

Ryan jogou no chão o último feixe de ripas velhas.

— Ainda não encontrei a pessoa certa. E você é o roto falando do esfarrapado! Qual foi a última vez que saiu com uma garota?

O choro fraco do bebê atravessou o farfalhar das folhas vivas do carvalho e da barba-de-velho. Os bebês deixavam Lucas desconfortável e ele tentou não ouvir o som. Como alguém poderia imaginar o motivo do choro de um ser humano tão pequenino como aquele? Seria necessário um arquivo cheio de evidências para entender as emoções.

Quando ele tinha 25 anos de idade, sua noiva lhe disse que a preocupação constante quanto ao trabalho dele era insuportável para ela. Ele percebeu, então, que a aplicação da lei e um relacionamento romântico criavam um clima desconfortável entre amigos. Agora, aos 32 anos de idade e ocupando a posição de investigador-chefe do departamento de homicídios, ele estava convencido de que era melhor continuar solteiro. O trabalho exigia que ele saísse de casa com muita frequência à noite, o que dificultava lidar com uma esposa e uma família.

COLLEEN COBLE

O olhar condoído de seu cão foi suficiente para trazer uma sensação de culpa a Lucas e ele não precisava do choro de uma criança para aumentar-lhe o estresse.

— Ryan, ela escolheu as irmãs em vez de você. E agora também tem um filho. Todos e tudo vão ser mais importantes que você.

Ambos sabiam como a adolescência deles havia sido devastadora. O pai os deixava de lado para cuidar dos constantes altos e baixos da mãe. Lucas queria uma vida melhor para o irmão.

Ryan enganchou o martelo na fivela de seu cinto de ferramentas.

— Você nunca procurou entendê-la. Ela era a única mãe que as irmãs tinham. É claro que ia cuidar delas.

— E acho que ainda cuida. — Lucas olhou para o irmão. — Vocês conversaram depois que ela se mudou para cá?

Ryan não olhou para Lucas.

— Não. Ela anda muito ocupada e eu também. Isso explica por que não estou interessado.

Lucas colocou o pé no degrau abaixo e começou a descer a escada.

— Então por que tenho a sensação de que você gostaria que alguma coisa fosse adiante?

— Porque você é paranoico e não a suporta. Precisa superar isso.

Com os lábios cerrados, Lucas desceu a escada. Colocou o feixe de ripas velhas no ombro e contornou Major, seu cão de caça de pelo avermelhado, para seguir em direção à porta da garagem. Talvez uma chuveirada fosse capaz de levar embora a sensação desagradável que tomou conta de sua pele durante toda aquela conversa sobre Carly.

Não seria nem um pouco útil discutir com Ryan sobre o assunto. Ele nunca se deixou enganar por Carly. Sempre a considerou uma criança mimada. Mary morava na casa ao lado desde sempre e suas netas passaram a morar com ela depois

JOIAS FATAIS

que a mãe delas morreu. Mary sempre as tratou como crianças. Era compreensível sua compaixão pela perda da mãe delas, mas a certa altura, ela precisava ajudá-las a caminharem sozinhas e se tornarem adultas.

E, ao longo dos anos, Lucas ouvira Eric falar o suficiente para saber que seu irmão havia escapado de uma bomba. Carly cantava de galo em casa e Eric não havia recebido da esposa o apoio que esperava. Mas seu irmão sempre foi cego quando se tratava de Carly Tucker. Como Ryan havia dito, ele era adulto. Era o dono de sua vida e poderia arruiná-la se quisesse.

DOIS

Carly imaginou que teria cerca de duas horas livres antes de Noah acordar. Levando consigo a babá eletrônica e Pepper, ela subiu rapidamente a escada desconjuntada até o sótão no terceiro pavimento, onde a maioria dos móveis e objetos de sua bisavó foram guardados após a morte de Eric. Enquanto Carly dizia a si mesma que alguém teria de preparar as antiguidades para venda, o motivo verdadeiro de sua decisão de examiná-los naquele dia foi para pensar melhor na oferta da avó.

Uma mensagem de texto de sua irmã Emily havia contribuído para o empurrão final. De acordo com Emily, a paciência de suas irmãs estava se esgotando. Era chegada a hora de fazer esse trabalho para que Carly pudesse distribuir o dinheiro adquirido com as antiguidades. E se a avó estivesse falando sério sobre o seu plano de transformar a casa em uma pousada com café da manhã, o sótão precisava ser esvaziado de qualquer maneira.

Partículas de poeira dançavam nos raios de sol que atravessavam as janelas e Pepper passou rapidamente por elas antes de sair à procura de aranhas e camundongos. Carly espirrou e acendeu uma lâmpada mais forte. Caixas ao redor de móveis antigos de todos os tipos, desde sofás até mesas e estantes, ocupavam quase todo o espaço no chão. A empresa de mudanças trouxera tudo para aquela casa após a morte de Eric, formando uma montanha de coisas velhas.

JOIAS FATAIS

Se o trabalho não precisasse ser feito agora, ela teria desistido. Duas horas não seriam suficientes para organizar tudo aquilo.

No lado direito, havia espaço suficiente para passar espremida entre os móveis e caixas, portanto, ela começou por ali e viu imediatamente um abajur Tiffany autêntico. Sua bisavó tinha muito bom gosto. O gabinete provençal francês renderia um bom dinheiro também. Carly movimentava as peças enquanto as examinava e fazia anotações em um caderno.

No momento em que chegou perto do baú antigo no fim da fila, ela percebeu que a maioria dessas coisas precisava ser leiloada. Jamais conseguiria vendê-las pelo valor verdadeiro nas feiras de bugigangas. Por mais que Carly odiasse admitir, Emily tinha razão. Por ser decoradora de interiores, ela sabia dessas coisas e prestou atenção nas poucas vezes em que visitou a bisavó Helen.

Noah acordaria a qualquer momento, mas o baú antigo que sua bisavó Helen deixara para Carly chamou-lhe a atenção. Uma rápida espiada não a atrapalharia muito. Ela ajoelhou-se e abriu a tampa do baú. Havia um bilhete dobrado com o nome dela em cima da roupa amarelada de batizado. E letra era *de Eric*? Quando ele havia olhado dentro desse baú – e por quê?

Com as mãos trêmulas, ela pegou o bilhete e abriu-o.

> Carls, vou fazer algumas pesquisas sobre os nomes no certificado. Coisas muito emocionantes para sua avó. Você acha que ela sabia disto? Vou contar a você o que descobrir.

O que seria aquilo? Ela deixou o bilhete de lado e começou a tirar as coisas de dentro do baú. Embaixo do vestido e do chapéu de batizado, quase se desmanchando, ela encontrou roupas de bebê e também uma pasta marrom com papéis dentro dela. A peça de lã embaixo era preta misturada com cores vivas, e ela reconheceu que se tratava de um valioso xale russo Pavlovo Posad.

COLLEEN COBLE

Carly acariciou suas dobras macias, levantou-o e sacudiu-o para ter certeza de que não havia aranhas escondidas nele. Um objeto pequeno caiu no piso de madeira e ela olhou para baixo. Havia um ovo vermelho pequeno ao lado de seu pé esquerdo. Aparentemente o trabalho que alguém teve para embrulhá-lo não valera a pena. Ela pegou o ovo e o deixou separado com o xale.

Abriu a pasta marrom e tirou a papelada de dentro. Demorou um pouco para que as palavras escritas na primeira página fizessem sentido em sua mente. Documentos de adoção. O nome da criança era Mary Balandin e havia sido mudado para Mary Padgett, o nome de solteira da avó.

Havia um bilhete escrito com a letra miúda e retorcida da bisavó Helen.

Carly, peço desculpa por deixar isto para você resolver. Não sei por que, mas nunca tive coragem de contar à minha querida Mary que ela foi adotada. Tive medo de que ela me amasse menos. Faça isso, se quiser. Sei que você vai orar pelo assunto e tomar a decisão certa.

Carly colocou o bilhete de lado para examinar os documentos. O primeiro era de uma enfermeira chamada Adams. Presa no alto da página havia uma foto desbotada de dois bebês em um carrinho e Carly leu o texto.

Sr. e Sra. Padgett,

Achei que vocês gostariam de ter esta foto da pequena Mary e sua irmã, Elizabeth. Foi vergonhoso precisarmos separar as gêmeas, mas pelo menos agora elas vivem em bons lares. Obrigada por sua generosidade em acolher Mary em sua casa. A mãe dela, Sofia Balandin, agradece também e enviou o xale e o ovo para que Mary tenha alguma recordação da infância.

JOIAS FATAIS

A assinatura era da enfermeira Adams, de um orfanato em Savannah. Carly virou a página para ver se havia mais informações, mas estava em branco. A avó tinha uma irmã. Ela sempre quis ter uma irmã ou irmão, mas era filha única. Carly tinha certeza de que a avó desconhecia o conteúdo daquele baú.

Carly precisava descobrir se a irmã da avó ainda era viva. Aquele não seria o presente de aniversário mais incrível? A avó completaria 70 anos dali a dois meses e Carly tinha de fazer uma tentativa. Por que Eric não lhe disse nada? Ela relembrou a semana anterior à morte dele. Haviam discutido muito e mal conversaram.

Eric, porém, sempre foi muito detalhista. Ela havia recuperado o notebook dele depois que a investigação de assassinato fora encerrada sem solução e guardou-o em seu armário. Talvez ele tivesse anotado alguma coisa sobre o que encontrara.

Ela se levantou, pegou Pepper a contragosto e desceu rapidamente a escada. Noah estava começando a chorar alto quando ela chegou ao segundo pavimento. Depois de colocar o gato no chão, ela lavou as mãos com rapidez antes de pegar o bebê. Segurando-o com um braço, ela pegou o notebook do armário e ligou-o ao lado da cama. Enquanto Noah era amamentado, ela examinou os arquivos de Eric.

Bingo. Um arquivo intitulado "Mary Tucker" havia sido criado uma semana antes do assassinato dele. A primeira anotação mencionava que Eric havia ligado para a casa de Natalie Adams e conversado com o neto dela. O neto, Roger Adams, confirmou que sua avó trabalhou no orfanato durante muitos anos e fez perguntas estranhas sobre as antiguidades. Um dia depois, Eric notou que encontrara uma pista. Sua última anotação mencionava que ele ia instalar mais equipamentos de segurança na casa.

Carly fechou o computador e engoliu em seco. A morte de Eric estaria ligada de algum modo a essa história? A ex-parceira de trabalho de Eric haveria de querer saber disso. Talvez encontrasse algum indício.

Carly tinha o número do celular da parceira de trabalho de Eric. Levou Noah até o balanço na varanda e ligou diretamente para Kelly Cicero em vez de ligar para a repartição. As pálpebras do bebê se fecharam em razão do movimento suave do balanço e do som da água do outro lado da rua.

Depois de dois toques, o celular foi atendido. A primeira coisa que Carly ouviu foi o de um bebê chorando.

— Carly? Está tudo bem? — perguntou Kelly com tom de preocupação na voz.

O som da voz cansada de Kelly fez Carly lembrar-se de Eric. Elas haviam conversado pela última vez três meses após o assassinato dele. Naquela ocasião, a polícia não havia feito nenhum progresso.

— Não sei, Kelly. Eu... eu encontrei uma coisa e não sei explicar. — Carly voltou a atenção ao que encontrara no baú e no notebook de Eric. — Você fez uma cópia dos arquivos dele?

— Claro, mas ninguém mencionou esse que você falou. Você diz que ele encontrou uma pista depois daquela ligação? Deve ter sido coincidência, mas a pista pode estar relacionada ao assassinato dele. Há alguma informação sobre quem estava seguindo Eric?

— Não, nada. — Ao dizer essas palavras em voz alta, parecia que aquilo não fazia sentido, mas Carly agarrou-se à esperança de que poderia ajudar a descobrir quem foi o assassino de Eric. — Mas tudo parece muito estranho.

— É bem provável que não seja importante. Havia outra coisa interessante no móvel antigo que poderia explicar?

— Na verdade, não. Só coisas comuns como objetos de coleção. Até um antigo ovo de brinquedo. — O bebê chorou de novo e ela fez uma pausa. — Ouvi o choro de um bebê ao fundo.

— É a Caroline. Está com 4 meses.

Não era de admirar que Kelly parecesse cansada.

— Parabéns! Não sabia que você engravidou.

E pelo que ela sabia, Kelly não era casada. Carly também nunca soube que ela estava namorando sério.

— Adoraria ver uma foto dela. Vou enviar uma de Noah a você. Minha sogra me enviou fotos antigas de Eric, quando ele era bebê, e eles são muito parecidos.

— Gostaria que Eric tivesse conhecido Noah.

— Eu também. Está com saudade de seu emprego?

— Para dizer a verdade, não quero voltar, mas tenho de trabalhar.

Carly sabia como Kelly se sentia. Todas as vezes que carregava Noah, ela agradecia por poder cuidar dele.

— Devo ligar para o chefe ou você liga?

— Eu ligo. Pode ser que eu consiga mais informações. Aviso você se descobrir alguma coisa.

— Obrigada.

Depois de desligar o celular, Carly fez uma anotação mental para comprar um presente para o bebê.

Ela olhou firme para o celular. Suas irmãs ainda não haviam sido notificadas a respeito da decisão da avó sobre a casa e Carly precisava parar de adiar os telefonemas. Seria necessário que todas arregaçassem as mangas se quisessem ver o projeto pronto. Mas talvez fosse melhor deixar esses contatos a cargo da avó. A última vez que Carly havia falado com Amelia e Emily, ambas reagiram friamente. Embora tivessem bom motivo para estarem aborrecidas, a culpa não era de Carly e o tratamento que recebera a deixara magoada.

Assim que ela colocou o celular no balanço ao seu lado, a porta da frente rangeu atrás dela e avó apareceu.

Abanando seu rosto rosado, ela acomodou-se na cadeira Adirondack.

— Nossa! Como o dia está quente! A ideia de instalar um ar--condicionado nessa casa velha parece boa.

Carly colocou Noah em pé no colo para que a avó pudesse ver seu rostinho lindo.

— Com exceção do preço.

— Nem quero saber quanto vai custar.

— Vovó, ainda não conversamos sobre quanto tudo isso vai custar. Você tem certeza de que bisavó Helen deixou dinheiro suficiente? A despesa vai ser alta demais.

A avó curvou-se e começou a falar baixinho com Noah até receber um sorriso e depois voltou a se recostar na cadeira.

— Você está me deixando preocupada, querida.

Carly repassou na mente todas as coisas que precisavam ser refeitas. Percebeu que a avó havia falado e aguardava uma resposta.

— Desculpe, o que você disse?

— Perguntei se você ligou para suas irmãs.

— Esperava que a senhora ligasse.

A avó pegou o celular.

— Vamos fazer isso juntas. Use o meu celular.

A avó devia ter percebido que Carly estava com medo, achando que suas irmãs não atenderiam uma ligação dela. Digitou primeiro o número de Emily porque ainda não queria lidar com Dillard.

Emily atendeu após o primeiro toque.

— Oi, vovó.

— Ah, é Carly quem fala, Emmy.

— A vovó está bem?

— Está aqui ao meu lado e quer falar com você. Vou colocar no viva-voz.

A avó inclinou o corpo para perto do celular na mão de Carly.

— Emily, querida, tenho ótimas novidades e preciso da sua ajuda para pôr tudo em prática.

Carly sentiu o aroma suave da cabeça de seu bebê e ouviu a avó explicar seus planos. O entusiasmo de Emily não lhe causou surpresa. Ela era decoradora de interiores e trabalhar em um projeto como aquele poderia abrir-lhe algumas portas em Beaufort e em todo o estado da Carolina do Sul. Emily mencionou várias ideias de cores, mas Carly não conseguia imaginar quais eram os planos de sua irmã. A ideia de Carly era pintar tudo de branco e colocar os móveis no lugar. Não nascera com talento artístico, mas Emily estava progredindo nesse tipo de coisa.

— Eu topo — disse Emily. — Quando devo começar?

— Assim que você chegar, querida. Há muito trabalho a ser feito antes da fase da decoração e sua irmã vai precisara de ajuda.

— Posso estar aí na próxima semana. E quanto a Amelia?

— Vou falar com ela em seguida.

— Você sabe que Dillard não vê a hora de tudo começar.

— Assim espero, querida.

E tudo ficou acertado em dez minutos. Amelia também ficou entusiasmada. As irmãs de Carly chegariam em uma semana. E Carly teria de decidir se contaria a elas a história dos documentos encontrados no baú. Ainda não tinha ideia do que fazer.

TRÊS

Depois de uma chuveirada e de beber uma garrafa de kombucha, Lucas sentiu-se quase humano. O sol ainda ardia em seus braços bronzeados, mas de forma positiva. O telhado parecia ótimo e ele poderia passar o resto do dia espairecendo, lendo um bom romance policial ou arrancar ervas daninhas. O sábado de folga era uma raridade, pois quase sempre ele era chamado para investigar um crime nas sextas-feiras à noite, mas a anterior havia sido estranhamente calma.

Depois de olhar pela janela, ele optou por arrancar as ervas daninhas. Atravessou a varanda espaçosa e desceu os degraus em direção ao jardim de rosas e camélias que sua avó tanto amava. Embora ela houvesse falecido vinte anos atrás, a família trabalhou muito para preservar seu legado. Ele e Ryan tinham agendas tão malucas que às vezes precisavam contratar um jardineiro, mas ele poderia resolver o problema das ervas-daninhas em uma hora.

O esforço físico deu-lhe uma sensação agradável enquanto ele trabalhava. Rapidamente conseguiu juntar uma pilha de mato ao seu lado e endireitou o corpo para trabalhar em outra área. Alguém se movimentou nas sombras. Ele olhou e viu o rosto de um bebê balbuciando algumas palavras. A boca sem dentes se abriu em um sorriso. Ele se viu sorrindo para o bebê e olhou para o rosto da mãe.

Assustada, Carly Harris mudou o bebê para o outro braço.

— Você tem um minuto?

Ela era atraente, mesmo com um recém-nascido no colo. Ele sempre achou que a atração que sentia por ela era puramente física. Um homem poderia perder-se diante daqueles olhos grandes e castanhos e o cabelo comprido e escuro era um convite para enroscar os dedos nele. Ela usava um short que destacava suas pernas chamativas e uma blusa rosa com a palavra *tattarrattat* escrita de um lado ao outro. Ele, porém, não gostava de mulheres que sabiam que eram bonitas e usavam sua beleza. Ela havia virado a cabeça de Ryan e depois a de seu amigo Eric.

Lucas limpou as mãos enlameadas na grama.

— Claro. Mas vamos sair do sol.

— Obrigada.

Ela o acompanhou. Subiu a escada larga de acesso à varanda e acomodou-se em uma cadeira de balanço. Quando o bebê começou a chorar alto, ela balançou carinhosamente a cadeira até ele se acalmar. Lucas esperou que Carly falasse, mas ela continuou a movimentar a cadeira por vários minutos sem dizer nada.

Estranho. Foi ela quem iniciou o contato e ele não imaginava qual seria o assunto. Não seria uma conversa de amigos. A última que tiveram havia sido acalorada, terminando com lágrimas da parte dela.

Ele olhou de relance para seu celular. A tarde passaria rápido naquele ritmo.

— Lamento o que aconteceu com Eric.

Lucas esteve presente no enterro, mas não conversara com ela. E embora ela estivesse morando na casa ao lado durante meses, ele conseguira evitá-la.

Ela olhou para baixo e passou a língua nos lábios.

— Obrigada. — Os cabelos compridos cobriram-lhe as bochechas, obscurecendo sua expressão. — É por causa da morte de Eric que estou aqui. Encontrei algo que pode ter contribuído para o assassinato dele.

Lucas se mexeu na cadeira.

— Você não deveria falar com o investigador incumbido do caso?

Ele não queria pisar no calo do investigador-chefe. Embora o assassinato houvesse ocorrido em Pawleys Island, não fazia parte da etiqueta policial intrometer-se no caso investigado por um colega.

— Eu tentei, mas ele reagiu como se tivesse dado um tapinha na minha cabeça e dito: "Calma, calma, mocinha."

Os lábios de Lucas se contorceram. Ele já havia lidado com homens teimosos. Mas ninguém que estivesse diante dos olhos inteligentes de Carly imaginaria que a história contada por ela não tinha base alguma.

— O que você encontrou?

— Minhas irmãs e eu herdamos os pertences de nossa bisavó. Não tive a oportunidade de examiná-los e prepará-los para venda. Estavam em minha lojinha. Eric teve um dia de folga e prometeu organizar tudo para mim e começar a tirar fotos para eu poder catalogá-los. Ele deu uma boa olhada em tudo durante algumas semanas. Então ele foi assassinado. Depois de sua morte, não tive coragem nem forças para realizar aquele trabalho enorme, mas comecei hoje. Encontrei alguns documentos em um baú antigo. Parece que minha avó foi adotada e não sabia disso.

Ele ouviu a história da irmã gêmea desaparecida e das anotações deixadas por Eric. Seu interesse foi aguçado quando ela mencionou que Eric encontrara uma pista depois de conversar por telefone com o neto da enfermeira.

— Você tentou falar com a parceira de Eric? Ela deve estar muito empenhada em ir até o fundo desse assassinato.

— Falei. Kelly está em licença-maternidade e não sei quando vai voltar a trabalhar. Pareceu vagamente interessada e me disse que tentaria conseguir mais informações com o chefe. Ela tem um bebê recém-nascido e acho que está sobrecarregada.

Carly havia recorrido a todos os lugares certos. Lucas e Eric eram velhos conhecidos. Encontraram-se pela primeira vez em uma quadra de basquete e cursaram a academia de polícia no mesmo período. O vínculo que formaram desde a adolescência se aprofundou com o tempo e ele sofreu muito com a morte do amigo. Será que em razão da amizade de longa data entre eles, Lucas não deveria fazer o possível para levar o assassino de Eric à justiça?

O olhar dele pousou no bebê. Um bebê com o nariz e o queixo iguais aos de Eric. Lucas sempre foi motivado pela justiça e, embora Carly não fosse sua pessoa favorita, Eric a amara. E perdera a oportunidade de criar seu filho.

— Alguém vasculhou o computador de trabalho dele para encontrar alguma informação sobre as coisas na lojinha?

— Não sei. Minhas perguntas foram descartadas imediatamente.

— Vou até Pawleys Island para dar uma olhada nas evidências, ver o que posso descobrir.

— Obrigada. Sei que estou exagerando no pedido, mas você e Eric eram muito unidos. Não sei quem mais teria os contatos para me ajudar.

Era verdade. Inquieto, ele se mexeu na cadeira na esperança de que ela fosse embora. Estaria ela esperando que ele dissesse algo mais, que talvez prometesse resultados? Ela devia saber que as coisas não funcionavam assim. Todo departamento de polícia tinha casos que eram arquivados. Em geral, o assassinato de um agente da lei tinha prioridade máxima e, sem dúvida, o de Eric também tinha. Talvez houvesse um suspeito e eles estivessem reunindo evidências. Ele poderia conversar por telefone, mas uma visita pessoal lhe seria mais útil.

— Irei na segunda-feira depois da minha folga. Não trabalho amanhã, mas gostaria de conversar com o chefe e receber autorização para dar uma olhada no computador de trabalho de Eric.

Finalmente ela se mexeu e levantou-se. O bebê dormira em seus braços e ela se movimentou cuidadosamente para não o acordar. Ryan zombaria de Lucas quando descobrisse que ela conversou com ele sobre o assunto.

———

Carly enxotou uma mosca que tentava pousar em Noah, acomodado no berço portátil, na varanda. Ele adorava ficar sentado ali, de frente para a madressilva, mas os insetos gostavam dele tanto quanto os beija-flores gostavam de flores.

O celular de Carly tocou. Era a parceira de Eric. Ela não esperava uma resposta, embora Kelly tivesse dito que ligaria.

— Bom dia, Kelly.

— Espero que esta seja uma boa hora para eu ligar. Falei com o chefe Robinson.

— Ótimo. Estamos aqui fora na varanda, aproveitando o sol. O que Robinson disse?

— O chefe não quis me ouvir. Acha que uma coisa não tem ligação com a outra. Isto é, provavelmente os pais biológicos de sua avó estão mortos. Ele não vê como uma coisa como essa pode levar ao assassino.

O que Robinson falou tinha sentido.

— Mas e quanto à pista que Eric encontrou?

— Eric contou a Robinson sobre uma picape Ford branca que o seguia e, embora o motorista possa ser o assassino, é improvável ter alguma ligação com sua avó. Eu vi a picape na véspera do assassinato dele, mas era como um milhão de outras. Não havia nada diferente nela, por isso acho que foi coincidência ele tê-la visto algumas vezes. Talvez nem fosse a mesma.

— Eric disse por que achava que a picape era a mesma todas as vezes?

JOIAS FATAIS

— Disse alguma coisa sobre calotas, mas não vi nada diferente.

No entanto, Eric sempre gostou de caminhões e carros. Havia participado de algumas corridas na adolescência e, durante os três anos de casamento, arrastava Carly o tempo todo a feiras de automóveis. Se ele achou que era a mesma picape, era a mesma picape. Ele não cometeria tal erro, mas Kelly deixou claro que, para ela, uma coisa não tinha nenhuma ligação com a outra. Talvez porque eles estivessem prestes a prender alguém. Outro pensamento passou pela mente de Carly. Talvez Kelly não quisesse revelar nada para Carly não se intrometer no caso.

— Algum progresso sobre quem poderia ser o assassino de Eric? — perguntou ela.

— Nada além do que sei até aqui. Você se lembra de Trevor Lloyd? Ele foi liberado uma semana antes do assassinato de Eric.

Um caso de atropelamento seguido de fuga.

— Ele ameaçou Eric ao receber a sentença.

Se Eric não tivesse sido persistente para seguir as pistas, Lloyd teria escapado. O sujeito tinha uma ficha de estupros tão comprida quanto o braço dela e a prisão dele revelou outras acusações.

— Verdade. A princípio, achamos que havia sido ele porque seu álibi não era consistente. Mas conseguimos o vídeo de uma câmera na rua e ele disse a verdade sobre estar em Charleston na hora do assassinato. Ele era nosso suspeito principal. Mas curiosamente, também dirige uma picape Ford branca.

Então o caso estava paralisado. Mas Carly sabia que eles não desistiriam.

— Falei também com o capitão Robinson. Parece que ele acha que a investigação de Eric sobre o passado de minha avó não tem relação com o assassinato dele, mas não tenho tanta certeza assim. Você aceitaria rever as anotações dele para me dar uma opinião?

— Claro, pode me enviar. Mas só vou voltar a trabalhar daqui a um mês e não sei se vou ter tempo para lidar com isso.

COLLEEN COBLE

Pelo menos já era alguma coisa.

— Acho que seu e-mail está no computador de Eric. Vou usá-lo para enviar as anotações.

— Fico no aguardo.

Kelly pareceu um pouco impaciente e distante, como se quisesse desligar o telefone.

Um choro de bebê soou ao fundo. Carly agradeceu apressadamente e terminou a conversa para que Kelly pudesse cuidar de Caroline. Noah estava dormindo, portanto, ela pegou o berço portátil onde ele estava e levou-o para dentro, para seu quarto. Tirou-o do berço portátil e colocou-o no berço maior. Em seguida, pegou a babá eletrônica e os documentos que encontrara no caminho de volta à varanda. Faltavam apenas alguns dias para que suas irmãs chegassem para ajudar na reforma da casa e ela não teria muito tempo para investigar a família biológica da avó.

Ainda não havia decidido se contaria às irmãs sobre os documentos que encontrara. Talvez elas achassem que seria melhor esquecer o assunto, mas ela não podia fazer isso. Por que a bisavó Helen teve tanto medo de contar a verdade sobre o nascimento da avó? Isso não teria alterado o amor entre as duas. Talvez fosse melhor a avó ignorar o fato, mas seriam necessárias mais informações para Carly decidir se deveria contar ou não.

Ela espalhou os papéis para dar mais uma olhada. Deveria ligar para o neto de Natalie Adams ou seria perigoso demais? Se ele estivesse ligado de alguma forma à morte de Eric, o telefonema poderia chamar a atenção para a investigação. Mas ele era a única pista que tinha.

A atenção de Carly passou para a certidão de nascimento. Sofia Balandin. Seria um bom ponto de partida.

QUATRO

Balandin não era um nome comum. Uma rápida pesquisa na internet não apresentou nenhum nome provável para Carly contatar e talvez fosse por isso que Eric começou pela enfermeira Adams. Carly não queria ligar para alguém logo de cara, pois seria perigoso, portanto, decidiu passar um pouco mais de tempo vasculhando o baú onde encontrara os documentos.

Com a babá eletrônica no bolso do short, ela voltou ao sótão. Pepper a seguiu escada acima. Sua avó trabalhava como voluntária no Centro Literário Pat Conroy e só voltaria depois de duas horas. Carly espirrou de novo quando acendeu a luz do sótão e olhou ao redor. Nada havia mudado desde que ela esteve ali na sexta-feira.

O baú continuava fechado e parcialmente escondido no canto, lá no fundo. Ela o arrastou para perto da luz, abriu a tampa e inalou o aroma do forro de cedro. Levantou as peças de roupa, uma a uma, e sacudiu-as para ter certeza de que não havia outro papel ou documento oculto nas dobras. A última peça era o xale de lã colorido. As cores vivas contrastavam com o preto e ele estava em excelentes condições. Nenhuma traça havia destruído o tecido pesado durante todos aqueles anos. Ela odiava ter de vendê-lo. Talvez ficasse com ele.

Ela levantou delicadamente o ovo vermelho que estava na última dobra do xale e analisou-o. Teria sido um brinquedo tão especial que Sofia o escondera? Parecia pequeno, medindo de 8 a 10 cm apenas. Será que o xale pertencera à mãe biológica da avó também ou havia sido usado para agasalhar o bebê? Levou-o ao nariz e o cheirou, mas apenas o aroma de cedro prevaleceu.

A cor vermelha do ovo era tão brilhante que fez Carly franzir o nariz. Quem imaginou que aquela cor agradaria a alguém? Talvez um bebê a considerasse fascinante. Ela o virou várias vezes nas mãos e uma pequena lasca de tinta caiu. A cor branca por baixo a fez semicerrar os olhos. Com o auxílio da unha, ela raspou outro pedaço do vermelho para ver melhor a aparência verdadeira do ovo. Parecia esmalte branco, o que era muito melhor que uma camada rala de tinta.

Seria mais trabalhoso fazer o ovo voltar à sua aparência original. Talvez o trabalho não valesse a pena, mas era assim que ela lidava com objetos antigos como aquele. Tinha de descobrir a beleza e o uso original. Carregando os documentos, o ovo e o xale, ela desceu a escada até a cozinha e colocou tudo de lado para pegar um pouco de vinagre branco na despensa. Encheu a pia com água quente, acrescentou o vinagre e um pouco de detergente e colocou ovo de molho por alguns minutos.

Enquanto o vinagre branco penetrava na pintura vermelha do ovo, ela examinou de novo os documentos, mas não encontrou nenhuma pista para seguir. Teria de ligar para aquele tal de Adams, a não ser que Lucas apresentasse uma ideia melhor. Voltou para a beira da pia, pegou uma escova para retirar a tinta amolecida, que saiu com facilidade.

Ao levantar o ovo contra a luz, ela prendeu a respiração. A porcelana branca e luminosa brilhou nos raios de sol que entravam pela janela da cozinha. O objeto parecia ser ouro verdadeiro e Carly arregalou os olhos ao ver os detalhes.

Fazia anos que ela era apaixonada pelos ovos Fabergé. Vários museus guardavam os tesouros e ela visitara alguns deles: o Museu de Belas Artes da Virgínia, em Richmond, o Hillwood Estate, em

JOIAS FATAIS

Washington, D.C. e o Museu de Arte Walters, em Baltimore. Não conseguira tocar em nenhum deles, claro, mas, se não estivesse enganada, o ovo em suas mãos poderia fazer frente a qualquer uma das lindas peças que vira nesses lugares.

Ela havia analisado a lista dos ovos perdidos e sempre fantasiava em encontrar um deles em uma feira de bugigangas ou bazares domésticos. A aparência deste, com sua camada opaca de esmalte branco parecia combinar com a descrição que ela havia lido sobre o item perdido chamado a Galinha com o Pendente de Safira, confeccionada para o próprio czar.

Se este fosse um ovo Fabergé verdadeiro, poderia ser aberto. Ela segurou a parte superior com uma das mãos e a parte inferior com a outra e girou. Pareceu mover-se, mas não se abriu. Talvez houvesse um pouco de tinta na emenda. Ela raspou com a unha a linha fina entre as duas metades e tentou de novo.

Desta vez o ovo se abriu, revelando um lindo interior de ouro verdadeiro. Não havia nada dentro, o que era normal. A "surpresa" dentro do ovo poderia ter sido tirada no passado. De acordo com os arquivos imperiais, se este fosse realmente o famoso ovo perdido, deveria conter uma galinha de ouro cravejada de diamantes lapidados em forma de rosa pegando um pingente de ovo de safira de um ninho. Não existiam fotografias da surpresa, portanto, tudo o que se conhecia a respeito disso era a descrição. Alguns relatos diziam que havia uma gema de ouro dentro da galinha e do pendente, mas outros não mencionavam esse detalhe.

Embora a história fosse nebulosa, havia entre seis a dez ovos Fabergé desaparecidos e o único com a parte externa de porcelana opaca era a misteriosa Galinha com o Pendente de Safira. O último ovo encontrado havia sido vendido por 30 milhões de dólares a um colecionador particular.

Teria Roger Adams desconfiado de que a bisavó Helen possuía esse ovo de valor incalculável? Tanto dinheiro assim poderia tentar alguém a matar para possuí-lo.

Carly tirou várias fotos do ovo com seu celular. A quem ela poderia confiar essa informação? Nem às suas irmãs nem à avó. Seria necessário legalizar o ovo e, enquanto não estivesse seguro em um cofre ou museu, a vida delas poderia estar em perigo.

Os olhos cor de avelã e inteligentes de Lucas vieram-lhe à mente. Ele não parecia ser indiscreto e era investigador. Talvez ela pudesse confiar essas informações a ele.

O trânsito estava tranquilo na rodovia 17 em direção a Pawleys Island. A viagem de carro de duas horas e meia de Beaufort a Pawleys Island havia sido agradável. Lucas estacionou o carro na vaga externa da Sorveteria do Gilbert, o ponto de encontro de todos na cidade, inclusive dos policiais. O chefe Robinson havia sugerido o encontro ali e fazia dois anos que Lucas não comia uma guloseima caseira. O lugar era tranquilo naquela hora do dia. Maio não era um mês que atraía turistas e a sorveteria havia acabado de abrir as portas.

Lucas entrou e contornou o balcão. O painel frontal mostrava uma lista de sabores escrita com giz colorido e o cardápio completo era exibido em outros painéis atrás do balcão. Ele pediu *banana split* com café, chocolate e sorvete de morango.

O chefe Jamal Robinson aproximou-se de Lucas.

— Vou pedir o mesmo que ele.

O policial trajava a costumeira bermuda azul-marinho e camisa branca de mangas curtas com o distintivo da cidade. Um boné azul-marinho cobria seus cabelos pretos e encaracolados.

Lucas virou-se e cumprimentou Robinson com um aperto de mão.

— Obrigado por ter vindo, chefe.

Conhecera aquele homem de pouco mais de 50 anos de idade dois anos antes, quando estava com Eric. Robinson mantinha a

JOIAS FATAIS

mesma boa forma e o porte daquela época. Lucas pagou o que havia consumido e os dois homens se dirigiram a uma mesa isolada na varanda do prédio estilo casa de fazenda.

Robinson serviu-se de uma colher de sorvete.

— Foi Carly quem o convenceu a ter esta conversa?

— Chefe, você tem de admitir que o que ela encontrou é muito estranho. Eric descobriu uma pista logo que começou a vasculhar a herança de Mary Tucker. Você precisa pelo menos levar em conta que existe uma ligação e que não se trata de coincidência.

— Então me responda. Se existe uma ligação, por que o assassino parou? Os documentos que Carly acaba de encontrar continuaram lá, junto com o bilhete de Eric. Não houve nenhum arrombamento, nenhuma tentativa de recuperar mais informações.

Verdade. Lucas também havia notado esse detalhe.

— O sujeito poderia ter sido pego por outra coisa. Poderia ter levado tudo o que lhe interessava. As antiguidades da casa da mãe de Mary não haviam sido catalogadas. Não temos conhecimento de tudo o que estava naquela lojinha quando Eric foi assassinado. Talvez o trabalho do cara o tenha afastado. Você tem um suspeito?

— Nada concreto. Eric teve um desentendimento com um ex-presidiário chamado Trevor Lloyd duas semanas antes do assassinato. Ele está em primeiro lugar na lista, mas até agora seu álibi não foi contestado. — Lucas ergueu uma das sobrancelhas espessas e pretas, fazendo Jamal suspirar. — Você não vai deixar o assunto morrer, vai?

Por que ele estava se intrometendo assim? Algo sobre ter visto aquele bebê sem pai havia comovido o coração de Lucas.

— Eric era meu amigo e sua esposa mora na casa ao lado da minha. Ela tem um filho pequeno que um dia vai querer saber o que aconteceu com o pai.

Eric sabia julgar o caráter dos outros e pensava muito bem de seu capitão. Lucas achava que Jamal não era do tipo que negava ajuda.

COLLEEN COBLE

Comandava um pequeno grupo de policiais e provavelmente usaria essa ajuda.

Robinson encolheu os ombros.

— Vá em frente, Bennett. O que você precisa de mim?

— Uma olhada no computador de trabalho de Eric poderia mostrar mais do que sabemos a respeito da família biológica de Mary.

— Já fiz isso depois que Carly ligou. Não havia nenhum arquivo pessoal nele. Eric era um homem que gostava de separar a vida profissional da vida particular. Mas imprimi para você o registro de chamadas do celular dele. Está na caminhonete.

Lucas agradeceu-lhe. Os dois terminaram de comer e jogaram fora o lixo. Lucas acompanhou Robinson até a SUV dele. Robinson esticou o braço e pegou um maço de papéis.

— Há outro registro de chamadas que incluí, mas você vai precisar que Carly o ajude a esclarecer qualquer coisa importante. Fiz tudo o que pude.

E aquele *tudo* era muito.

— Agradeço. — Lucas olhou para o número circulado. — Parece que é um número de Pawleys Island.

— É. Um cara chamado Gage Beaumont. Ele mora no condomínio True Blue.

Lucas conhecia a área. Os condomínios eram cercados por campos de golfe e localizavam-se a uma pequena distância dali pela rodovia 17. Ele poderia parar e tentar encontrar o cara em casa, mas, por ser segunda-feira, provavelmente ele estaria trabalhando naquele horário.

Despediu de Robinson com um aperto de mão.

— Obrigado, chefe.

— Você me informa sobre o que encontrar?

— Claro. — Lucas acomodou suas pernas compridas na caminhonete e acenou para o chefe de polícia, enquanto entrava na rodovia 17.

40

JOIAS FATAIS

Lucas entrou no condomínio True Blue e seguiu em direção às residências. Carrinhos de golfe cruzavam lentamente a rua e os jogadores de golfe estavam no campo gramado aproveitando o clima perfeito. Ele seguiu pela rua à direita e encontrou o número anotado ao lado do número do celular. Estacionou e decidiu ligar antes de ir até a porta.

A residência ficava no primeiro andar e ele desceu e olhou para a porta enquanto fazia a ligação. Ninguém atendeu e ele ficou na dúvida se deveria deixar recado. Encolheu os ombros e informou seu nome e número.

A viagem não foi um completo fracasso – pelo menos ele havia saboreado um sorvete.

CINCO

A boca de Carly secou enquanto ela atravessava o jardim em direção à casa dos Bennett no fim de uma tarde ensolarada, carregando Noah no colo. Um clarão chamou-lhe a atenção e ela viu uma pequena garça azul na grama do outro lado da rua.

O ovo estava guardado em lugar seguro em um dos cobertores de Noah, na bolsa de fraldas. Ela havia cometido uma loucura e corria um risco enorme ao transportar um ovo de valor incalculável. Depois de algumas pesquisas na noite anterior, ela estava convencida de que o ovo confirmava suas suspeitas. A avaliação final teria de ser feita por um especialista e ela não tinha certeza se queria saber o resultado. Suas irmãs exigiriam que o ovo fosse vendido e o dinheiro, dividido entre elas. Embora o conteúdo do baú tivesse sido deixado somente para ela, Carly sabia que atenderia aos desejos delas. Já havia lamentado a perda daquilo que tanto amava.

A picape azul de Lucas estava na entrada da casa, portanto, ele devia ter voltado do trabalho. Ela subiu a escada e tocou a campainha. A porta da frente foi aberta e ela viu, através da porta de tela, a entrada da sala ampla. O madeiramento interior de carvalho parecia ter sido refeito recentemente e tinha um acabamento fosco. Um tapete comprido estendia-se desde a entrada até a larga escada. Os irmãos deviam estar trabalhando firme para reformar a casa deles também.

— Já vou! — A voz era de Ryan.

JOIAS FATAIS

O coração de Carly bateu forte. Ela o vira a distância várias vezes desde que chegara à cidade e a atração que sentia por ele ainda borbulhava sob a superfície, embora o modo de agir de Ryan não indicasse que ele nutria algum sentimento por ela.

Seus cabelos escuros e molhados brilhavam como se ele tivesse saído do chuveiro. Usava bermuda cáqui e camiseta vermelha que deixava à mostra seu peito e braços musculosos. Ela sabia que aqueles músculos eram resultado de levantamento de vigas e materiais pesados de construção, não de frequentar academia.

Ela molhou os lábios e forçou um sorriso.

— Oi, Ryan.

O sorriso dele apareceu com facilidade.

— Que ótima surpresa! — Ele abriu a porta de tela. — Entre. Estava preparando um chá gelado. Você aceita?

— Claro. Hum, Lucas está em casa?

— Sim, acabou de chegar e está tomando banho. Acomode-se na sala de estar. Vou dizer a ele que você está aqui. Ele me contou que está investigando a morte de Eric para você. Acho que ele foi a Pawleys Island esta manhã e fez algumas investigações.

Ela ouviu os passos pesados dele subindo a escada. Dirigiu-se à sala de estar e sentou-se em uma cadeira de balanço. Noah estava um pouco inquieto. Ela o colocou em pé no colo e bateu de leve em suas costas enquanto olhava ao redor. Era uma sala masculina com móveis de couro, sem nenhum tapete no piso brilhante de carvalho e sem nada nas mesinhas laterais, a não ser as luminárias. Nenhuma fotografia ou decoração de qualquer tipo sobre os móveis ou nas paredes de gesso pintadas com um tom cinza agradável. A pintura deveria ter sido feita recentemente porque o leve odor de tinta ainda pairava no ar. Mas tudo estava limpo e reformado havia pouco tempo.

Nenhum dos irmãos tinha vontade ou tempo para se preocupar com decoração. Era uma sala com a finalidade de ser útil e isso bastava. Carly conseguiu olhar de relance para a sala de jantar através da larga abertura do lado oposto ao que ela estava sentada e viu a mesma coisa. Nenhum toque de decoração feminina. Como seria a cozinha? Talvez um *freezer* repleto de pizzas e comida congelada. Ou quem sabe eles costumassem fazer as refeições fora de casa. Ryan não gostava de cozinhar quando eles namoravam.

Som de passos vinham descendo a escada e ela virou-se para a porta de entrada quando Lucas apareceu. Usava também bermuda e camiseta e ela surpreendeu-se com a semelhança entre os dois irmãos. Ambos tinham cabelos escuros e eram musculosos. Ambos tinham olhos cor de avelã e nariz aquilino, mas Lucas era um pouco mais alto e caminhava com passos confiantes que a fizeram lembrar de um fuzileiro naval. Ele nunca serviu o exército, mas provavelmente seu treinamento policial deve ter sido parecido.

Lucas era dois anos e meio mais velho que o irmão. Teria tido um relacionamento sério com alguém? Talvez sim, pois tinha 32 anos de idade, mas ela não conseguia ver aqueles olhos sérios sorrindo de amor. Sua expressão sempre dizia que ele estava avaliando e procurando um motivo para estar desconfiado.

Ela mudou o filho de um braço para o outro e deu um sorriso hesitante.

— Espero não estar incomodando. Eu precisava falar com você sobre um assunto.

Ele dirigiu-se ao sofá de couro marrom e sentou-se.

— Eu ia visitar sua avó de qualquer maneira. Falei com Robinson hoje e recebi permissão para fazer algumas investigações. Ele não está acompanhando o passado de sua avó, por isso vou ver o que posso descobrir. — Lucas levantou uma sobrancelha e fez um movimento com a cabeça em direção à camiseta dela. — *Murdrum?* O que significa? Ontem você estava usando uma camiseta com a palavra *tattarrattat*. Seja o que for, é um trava-língua.

JOIAS FATAIS

— *Tattarrattat* é uma palavra inventada por James Joyce em *Ulisses*. Significa batida na porta. Gosto de palíndromos desde os tempos do ensino médio. Amo palavras, principalmente as pouco conhecidas. Os palíndromos são divertidos e provocam muitas conversas. Coleciono camisetas com palíndromos nelas. *Murdrum* é o ato de assassinar alguém secretamente.

— Todo assassinato não é secreto?

— Talvez você tenha razão. — Carly colocou Noah no colo para ficar com as mãos livres e pegar a bolsa de fraldas. — Encontrei hoje uma forte evidência para assassinato.

As mãos dela tremeram um pouco quando os dedos tocaram a superfície lisa de porcelana. Depois de olhar ao redor para ver se não havia ninguém espreitando na janela, Carly pegou o ovo e segurou-o para Lucas ver.

— Estava coberto com tinta vermelha e parecia não ter nenhum valor, mas eu... eu acho que seu preço é inestimável.

Lucas franziu as sobrancelhas e levantou-se para ver de perto.

— É um ovo.

— Não é apenas um ovo. Acho que é um dos ovos Fabergé perdidos que pertenceram à família imperial Romanov. Vale no mínimo 20 milhões de dólares. Talvez mais. Se a surpresa colocada dentro pudesse ser encontrada, não posso sequer imaginar qual seria o valor. Se alguém desconfiar que está conosco, vai querer nos matar para consegui-lo.

O rosto de Lucas continuou inexpressivo a não ser pela leve contração de uma das sobrancelhas.

— Nunca ouvi falar de ovos Fabergé.

— Em 1885, o imperador Alexandre III encarregou Peter Fabergé de criar um ovo de Páscoa para presentear sua esposa, a imperatriz Maria Feodorovna. Ela gostou tanto do ovo que a tradição continuou até 1911, por Alexandre e seu filho. Somente o melhor ouro e as melhores joias foram usados para confeccionar os ovos e todos os 50 eram únicos. Quando a Revolução Bolchevique ocorreu, os ovos foram confiscados. Alguns foram vendidos e outros, guardados. Entre seis e dez continuam desaparecidos até hoje, inclusive a Galinha com o Pendente de Safira.

— Você tem certeza de que este é um deles?

— Sim, mesmo sem a avaliação de um especialista, mas não vejo como pode ser outra coisa. Todas as características esperadas estão aqui. Ficou escondido naquele baú durante décadas.

— Mas alguém poderia estar procurando esse ovo. Acho melhor dar uma olhada mais a fundo em Roger Adams e em sua família.

— Ou encontrar a família Balandin. Comecei a procurá-la. A mãe que deixou o ovo para a vovó Helen era Sofia Balandin. — Carly guardou o ovo na bolsa de fraldas.

— Você tem um lugar seguro para guardá-lo?

— Não faço ideia. Talvez num cofre de banco.

— É uma boa ideia.

Seria terrível perdê-lo agora e Carly olhou para o relógio. Se ela se apressasse, chegaria ao banco antes do fim do expediente.

———

Onde ele estava com a cabeça quando se ofereceu para cuidar do filho dela? Lucas olhou para o bebê dormindo ao seu lado no sofá. Major levantou-se e olhou para Lucas com as orelhas vermelhas erguidas, como se quisesse fazer-lhe uma pergunta. Ao ver a expressão de susto no rosto de Carly e perceber o adiantado da hora, Lucas ofereceu-se para ficar com Noah sem ter tido tempo para pensar.

E se a fralda dele precisasse ser trocada? E se ele chorasse? As possíveis situações rodaram na cabeça de Lucas. Ele não trocaria a fralda de jeito nenhum.

O piso rangeu. Ele olhou para cima e viu o irmão na entrada. Ryan tinha um encontro, mas por um instante Lucas pensou em

JOIAS FATAIS

pedir socorro ao irmão e suplicar que ficasse em casa. Que ideia idiota! Da mesma forma que ele, Ryan não sabia lidar com crianças.

O irmão arregalou os olhos quando entrou na sala e viu o bebê.

— Achei que Carly tivesse ido embora.

— É verdade. Ela teve de dar uma corrida até o banco e me ofereci para ficar com o bebê. O expediente já estaria encerrado se Carly fosse até a casa dela para pegar o carro e a cadeirinha.

Ryan deu um sorriso forçado.

— Você caiu na lábia dela, meu irmão? — O forte perfume da colônia que usava tomou conta da sala quando ele entrou.

— O quê? Claro que não! — Lucas torceu o nariz ao pensar nisso. — Ela é a última mulher que atrairia meu interesse.

— Por quê? Ela é bonita e inteligente. É leal e amorosa.

— E desgraçou a vida do marido dela. Não, obrigado.

— Você anda ouvindo muito a mãe de Eric. Ninguém está à altura do bebezão dela.

Lucas balançou a cabeça. Essa conversa com o irmão não levaria a nada. Os anos de trabalho de Lucas o ensinaram a não confiar muito nas pessoas e menos ainda em uma mulher com o histórico de Carly.

Decidiu mudar de assunto em vez de discutir com o irmão.

— Com quem você vai sair hoje à noite?

— Com Cicely.

— Três vezes seguidas? O namoro deve estar ficando sério.

— Não, mas ela é divertida. Vamos a um show de música country. — Noah se mexeu e os olhos cor de avelã de Ryan escureceram-se de preocupação. — Tem certeza de que sabe cuidar desse bebê como se deve? Acho que ele está acordando.

Para desespero de Lucas, o irmão estava certo. O bebê levantou a cabeça e bocejou. Abriu os olhos e colocou a mão fechada na boca. O som dele sugando a mão fez Major aproximar-se. Lucas segurou o cão pela coleira.

— Para trás, garoto.

47

COLLEEN COBLE

O bebê começou a choramingar. Levantou a cabeça e abaixou-a, como se não tivesse força para mantê-la erguida. Talvez não conseguisse. Os sons tornaram-se mais altos e mais insistentes. Aqueles pequenos pulmões estavam se preparando para dar início a um choro bem alto.

— E agora? — disse Lucas baixinho.

— Agora você tira o bebê daí. Mas tome cuidado com a cabeça e o pescoço dele. Ainda não são muito fortes.

— Desde quando você se tornou especialista em bebês?

— Namorei uma garota no ensino médio que tinha uma irmã recém-nascida. Esse foi um dos motivos pelos quais rompemos. Ela falava o tempo todo sobre coisas que a gente precisa saber sobre bebês e, na época, eu não estava interessado.

Lucas conteve o riso.

— Não duvido.

Agora os pulmões do pequeno Noah estavam totalmente prontos e Lucas curvou-se para levantá-lo, mas não sabia como.

— Vire-o para segurá-lo pelas costas — sugeriu Ryan. — Assim vai ficar mais fácil para levantá-lo.

Lucas virou o bebê cuidadosamente e ficou frente a frente com os olhos azuis dele. Quando fixou os olhos no rosto de Lucas, a boca rosada de Noah abriu-se em um sorriso desdentado. O calor que se espalhou pelo peito de Lucas o assustou e ele sorriu sem pensar. O bebê começou a mexer as pernas e produzir sons com a boca.

— Ah, ele está balbuciando para você — disse Ryan.

Balbuciando? Esses sons estranhos se chamam balbuciar?

— Isso é bom?

— Claro. Significa que ele está feliz e satisfeito. Acho que gostou de você. Você tem um dom natural para lidar com crianças. — Ryan olhou para seu Apple Watch. — Tenho de ir, irmão. Boa sorte.

Lucas teve vontade de rir do comentário "dom natural", mas estava estranhamente emocionado diante da ideia de que Noah gostou dele. Se havia uma pessoa com menos experiência com bebês, ele não sabia quem era.

— Você não pode ficar um pouco mais?

— Não, se quisermos usar nossos ingressos. Você é um policial grande e forte. Vai dar conta do recado.

Lucas não tinha certeza se *daria conta do recado* sozinho, mas não tinha escolha. Ryan já havia atravessado a porta de acesso à varanda. Lucas viu o irmão andando em direção ao carro sem dar atenção ao bebê, que o observava de longe. Noah abriu outro sorriso desdentado quando viu Lucas olhando para ele.

— Você vai enlouquecer as mulheres, meu chapa.

Noah mexeu as pernas, concordando, e começou a balançar as mãos fechadas no ar. Estava balbuciando de novo e Lucas meio que gostou. Não ouvira nada parecido antes. Deveria deixar o bebê deitado de costas ou carregá-lo no colo?

Se tentasse carregá-lo, poderia provocar uma reação negativa, portanto, decidiu que era mais seguro não o perturbar. Levantou-se, colocou as mãos no quadril e olhou firme para o menino. O que deveria dizer a um bebê? Teria de conversar com ele? Lucas não era o tipo de pessoa que imita voz de criança para falar com um bebê. Certa vez, viu um pai fazendo isso em uma loja de materiais de construção e achou que o sujeito parecia um idiota.

Lucas curvou-se e tocou na mão de Noah. O garotinho segurou seu dedo indicador.

— Hum, está tudo bem, amiguinho?

Noah levou o dedo de Lucas à boca. Lucas assustou-se quando as gengivas pequeninas morderam seu dedo.

— Você tem uma boa mordida, rapazinho.

Noah mordeu o dedo dele por mais alguns segundos e voltou a enfiar a mão na boca. Lucas limpou o dedo molhado na bermuda. Talvez, cuidar de um bebê não fosse tão ruim quanto ele imaginava. Desde que não fosse necessário trocar fralda.

SEIS

Enquanto saía do estacionamento do banco, Carly sentiu-se nua e desolada por não estar mais com a joia. Jamais havia sonhado em encontrar um ovo Fabergé e tudo nela desejava guardá-lo com carinho. Mas aquele sonho não poderia ser concretizado.

O trânsito estava tranquilo enquanto ela dirigia a picape azul de Lucas por Beaufort, de volta à casa dele. Dirigir aquele carro parecia um sonho e, depois de estacionar na entrada da casa, ela ficou triste por ter de sair do assento confortável. Prestou atenção para saber se Noah estava chorando e subiu a escada correndo em direção à porta de entrada. Faltava uma hora para a próxima mamada, mas ele não conhecia Lucas e Carly temeu que estivesse assustado e agitado.

Os únicos sons que ouviu foram das ondas do outro lado da rua misturado com os das abelhas pousando no canteiro de rosas ao longo da varanda. Lucas não parecia ser do tipo que sabe cuidar de bebês, mas ele se ofereceu e ela precisou de ajuda para levar o ovo ao banco a tempo.

Ao olhar através da porta de tela, ela viu o cão de pelo avermelhado deitado no chão, ao pé da escada. Dali, era possível ver a sala de estar, e Lucas lhe dissera que não havia necessidade de bater na porta quando voltasse. A porta de tela rangeu quando ela a abriu e entrou na casa. Major levantou a cabeça para farejar na direção dela e, em seguida, apoiou a cabeça nas patas e fechou os olhos.

Noah ainda estaria dormindo? Carly passou pelo cão, entrou na sala e parou diante da cena inimaginável de ver seu bebê dormindo tranquilamente no peito de Lucas. O vizinho estava esticado no sofá com os olhos fechados e com um braço ao redor do bebê para protegê-lo e impedir que escorregasse. Um raio de sol de fim de tarde iluminava o rosto de Lucas e ela se permitiu olhar para aqueles traços bonitos, desde os olhos profundos e sobrancelhas escuras até o nariz reto acima dos lábios firmes. Suas feições fortes demonstravam também sua força interior. Ela se emocionou ao ver aquele braço musculoso em torno de Noah. Mesmo repousando, Lucas demonstrava seu instinto protetor.

De repente, seus olhos cor de avelã se abriram e ela foi pega olhando firme para eles. O calor percorreu as bochechas dela por estar embevecida diante daquela visão. Ela limpou a garganta.

— Hum, desculpa te acordar. Noah deu muito trabalho?

Ele balançou a cabeça negativamente e sentou-se.

— Batemos um bom papo. Ele fala muito.

— Ele começou a balbuciar para as pessoas de quem gosta.

— Falou quase o tempo todo. Não troquei a fralda dele nem fiz nada. Não saberia como.

— Obrigada por tomar conta dele.

Carly apressou-se para levantar o filho do peito de Lucas. O calor dele se transferira para o bebê e ela sentiu um leve aroma de colônia masculina.

— Imagina. E você? Teve algum problema em chegar ao cofre do banco na última hora?

Ela negou com a cabeça e sentou-se na cadeira em frente ao sofá.

— Eles foram muito atenciosos e guardei o ovo sem que ninguém visse. — Ela vasculhou a bolsa e tirou a chave que acabara

COLLEEN COBLE

de receber. — Você concorda que eu a deixe em seu poder? Eu me sentiria mais segura se ela ficasse com você.

Um ar de surpresa brilhou nos olhos dele.

— Claro. Vou guardá-la em nosso cofre. Só Ryan e eu sabemos o segredo, ninguém mais.

— Perfeito. Não há cofre na casa da vovó e eu estava preocupada, sem saber onde escondê-la.

Ela queria pegar o bebê e voltar para casa antes que ele começasse a chorar de fome, mas não conseguia desviar o olhar da expressão firme de Lucas. Havia uma certa atração por estar perto dele, o que era estranho, porque ele não gostava dela. Ela também não gostava dele. E depois da morte de Eric, ela decidira que descartaria qualquer pensamento de ter um homem em sua vida. Aquela parte de sua existência estava morta e enterrada, deixando apenas a dor para trás.

— Algo mais que eu possa fazer para ajudar?

Carly levantou-se com rapidez ao ouvir aquela pergunta contundente.

— Sei que você deve ter outras coisas para fazer ainda hoje. Sinto muito ter tomado grande parte do seu tempo, mas lhe agradeço. Vou dormir mais tranquila esta noite.

Pendurou a bolsa e a sacola de fraldas no ombro e dirigiu-se para a porta.

Ele a acompanhou.

— Não há o que agradecer. Espero encontrar alguma informação sobre a família Balandin assim que iniciar o trabalho amanhã. Tem de haver alguma pista deles. E você tome cuidado com suas investigações. Hoje em dia há muitos tipos de dispositivos de espionagem eletrônica. Alguém pode estar observando sua atividade online para saber se já começou a mexer nos pertences de sua bisavó.

Tarde demais.

JOIAS FATAIS

— Acho estranho não ter acontecido nada desde a morte de Eric. Talvez a pessoa interessada tenha decidido que não havia nada a ser encontrado.

— Pode ser. Ou o sujeito pode ter se mudado ou está na prisão. Não sabemos. É melhor prevenir que remediar. Pense em Noah.

Ao ouvir seu nome, o bebê se movimentou. Desencostou a cabeça do ombro de Carly e virou-se para olhar para Lucas. Quando ele começou a balbuciar, Carly riu.

— Ele nunca foi tão falante assim.

— Eu disse que ele é tagarela.

Que tipo de mágica Lucas havia usado para que o bebê reagisse daquela maneira? Talvez Noah estivesse acostumado a estar entre mulheres e gostou da voz grave de Lucas. E não foi só o bebê que gostou. Carly tinha de admitir que a voz de Lucas ressoou no peito dela também, bem lá no fundo, com estranho poder.

———

Não foi tão ruim assim. Lucas entrou na cozinha para preparar alguma coisa para comer. O garotinho era encantador com todos aqueles sorrisos e balbucios. Carly também parecera surpresa. Ele não havia passado muito tempo com ela ao longo dos anos e ela estava... diferente do que ele esperava. Para começar, não demonstrara nenhum interesse por outro homem. Talvez não quisesse correr o risco de perder a ajuda dele.

Ou talvez ela não me ache atraente.

Lucas abandonou aquele pensamento idiota. Não havia atração de nenhum dos lados. Claro, aqueles cabelos grossos e escuros, enrolados em forma de um coque malfeito, eram atraentes. E os olhos castanhos o faziam lembrar-se de um chocolate saboroso e consistente, mas ele sempre namorou loiras. No entanto, não havia como negar que Carly era bonita. Foi assim que ela atraiu Ryan e depois Eric.

COLLEEN COBLE

Os palíndromos na camiseta foram uma surpresa. Ele orgulhava-
-se de ter um bom vocabulário, mas nunca ouvira essas palavras.
Tinha de admitir que havia algo mais nela do que parecia à primeira vista. Mas ele não estava interessado nela dessa maneira.

Lucas pegou um bife de filé mignon e refogou-o com cebola
e alho antes de acrescentar os cogumelos e engrossar o molho.
Agora só faltava cozinhar o macarrão e o jantar estaria pronto.
O aroma saboroso da carne permaneceria até que Ryan voltasse
para casa. Ele lamentaria ter deixado Lucas sozinho com Carly e
o bebê.

A janela estava aberta e ele ouviu Noah se mexendo, agitado.
Assim que o calor do verão chegasse com toda intensidade, o
ar-condicionado de Lucas estaria ligado na temperatura máxima e
ele não teria de ouvir o que se passava na casa ao lado. Seria bom.

Lucas olhou para a grande quantidade de comida que prepa-
rara. Carly devia ter chegado tarde em casa e Mary ainda não voltara do trabalho voluntário. Ele poderia dividir a refeição com elas.
Seria um ato de boa vizinhança. Talvez fosse melhor convidá-las
para ir à sua casa do que levar tudo para lá. Decisão tomada. Ele
reduziu a temperatura da panela com a carne e desligou a água
fervente até que ele voltasse para casa e cozinhasse o macarrão.
Chamou Major e ambos saíram pela porta dos fundos e atravessaram o gramado verde exuberante. Carly estava sentada no *deck*
dos fundos da casa com o bebê.

Noah havia parado de chorar e, quando Lucas e Major se aproximaram, Lucas o viu movimentando os pés e tentando alcançar
um gato no colo de Carly. As orelhas de Major projetaram-se para
frente e ele latiu ao sentir o cheiro.

Lucas segurou Major pela coleira enquanto o cão saltava para
frente em direção ao gato.

— Quieto! — O cão apoiou-se nas patas traseiras, mas olhou
para Lucas com olhos escuros de reprovação. Mantendo o

JOIAS FATAIS

controle do cão, Lucas deu mais alguns passos no quintal. — Você tem um gato.

Carly ergueu os olhos e sorriu. Seus cabelos escuros haviam se desprendido do coque e caíam encaracolados nos ombros. Ela pegou sua corrente com uma cruz das mãos do bebê.

— Noah adora Pepper. Ele está comigo há mais ou menos três anos.

— Ele é uma graça. Sua avó vai voltar logo? Fiz uma grande quantidade de estrogonofe de carne e achei que vocês duas gostariam de me ajudar a dar conta dele.

— Ela vai jantar com sua melhor amiga, Maude, e eu estou sentada aqui tentando decidir se peço uma pizza ou aqueço as sobras. O estrogonofe parece bem melhor. Faz muito tempo que não como estrogonofe. É muita gentileza sua.

Carly levantou-se rapidamente como se estivesse com medo de que ele desistisse da ideia.

E, por um instante, ele se arrependeu do convite, mas já estava feito.

Lucas esticou o braço e pegou a sacola de fraldas para ela.

— É melhor você afastar Pepper daqui. Major está interessado demais. Acho que ele pensa que Pepper é um esquilo e deseja caçá-lo. Ele nunca viu um gato de perto.

— Vou levá-lo para dentro. — Carly colocou Noah no berço portátil e carregou o gato em direção à porta dos fundos. Voltou em menos de um minuto. — Ele está jantando, feliz.

Carly pegou o berço portátil com o bebê e desceu a escada do *deck*.

Lucas caminhou com Major em direção ao seu quintal. Sobre o que conversariam? Talvez sobre o ovo. Com isso, ele ganharia algum tempo.

— Como foi que você encontrou aquele ovo? É difícil acreditar que alguém guardou uma peça tão bonita dentro de um baú.

— Estava pintado com um tom de vermelho muito chamativo e vi um pontinho de porcelana branca quando uma pequena parte da tinta se soltou. E consegui tirar a tinta toda com um pouco de vinagre e detergente. Sou apaixonada por ovos Fabergé há anos. A história é fascinante. Esse ovo foi dado à imperatriz Maria em 1886. Todos os objetos de arte do palácio deveriam ter sido catalogados e guardados quando a Revolução Bolchevique ocorreu, mas algumas peças desapareceram. Ninguém sabe se foram vendidas ou roubadas.

— Nunca ouvi falar delas. — Ao chegar ao *deck* dos fundos, Lucas subiu a escada e abriu a porta para ela e o bebê. — Você já encontrou alguma peça valiosa em feiras de bugigangas ou em bazares domésticos?

— Encontrei algumas pinturas, mas valiam centenas de dólares, não milhões. E consegui adquirir algumas cerâmicas polonesas para minha avó. Alguns móveis valiosos também, mas nada que se aproxime do valor do ovo. É o achado do século. Talvez de dois séculos.

Carly entrou na cozinha e respirou fundo.

— Um aroma celestial. O que posso fazer para ajudar?

— Está tudo sob controle. Pegue o creme de leite e alguns pratos. O jantar vai estar pronto dentro de alguns minutos.

A água já aquecida voltou a ferver rapidamente quando ele aumentou o fogo e jogou o macarrão na panela.

Carly pegou os pratos nos novos armários cinza.

— Ah, são pratos Spode Blue Italian! Gosto demais deles.

— Eram de minha mãe. Ela colecionou esses pratos durante anos.

— O que aconteceu com seus pais?

Lucas sentiu um aperto no estômago e virou-se de costas para ela a fim de mexer o macarrão. Era um assunto do qual não gostava de falar.

JOIAS FATAIS

— Minha mãe ligou o carro na garagem, abaixou a porta e ficou sentada dentro do carro. Meu pai a encontrou e acho que não queria viver sem ela. Entrou no carro e esperou morrer também. Ela lutou com a depressão durante anos. Só sabemos que foi assim por causa do que havia no estômago deles e da hora em que morreram.

Ele sentiu a mão de Carly em seu ombro e a suave respiração dela fez os cabelos de sua nuca arrepiarem.

— Sinto muito.

— Eu deveria ter voltado para casa por volta das 16 horas para acompanhá-los a uma reunião de família, mas havia um nadador desaparecido e a polícia estava empenhada no caso. Cheguei atrasado. Eu deveria me sentir culpado, mas o sentimento de raiva foi maior. Ela não pensou em nós, em como nos sentiríamos, nem meu pai.

— Entendo como se sente.

A solidariedade irradiou-se de Carly como ondas e ele lembrou que o pai dela abandonara as filhas após a morte da esposa. O pai dela havia feito a mesma coisa, só que de maneira diferente. Talvez ela entendesse.

SETE

A conversa com Lucas foi surpreendentemente fácil. Carly dobrou a última roupa lavada de Noah e guardou-a. A avó já estava na cama e Carly reservara a noite só para ela. A avó havia interpretado algo no convite de Lucas que não existia.

O bebê dormia profundamente, mexendo a boca de vez em quando. Carly bocejou e desligou a luz. Deitou-se entre os lençóis e suspirou de contentamento. O dia havia sido longo, mas pelo menos agora ela não estava sozinha em sua busca. A ajuda de Lucas havia mudado tudo. O sofrimento a deixara se sentindo muito solitária, apesar da presença da avó, mas agora parecia que tinha um aliado.

Os olhos fecharam-se lentamente e ela afundou-se no colchão. Depois de parecer que havia adormecido por alguns momentos, ela acordou assustada. Olhou para o relógio na mesinha de cabeceira e viu que dormira durante três horas. Passava de 1 hora da madrugada, mas seu coração batia forte como se ela tivesse corrido. O que a despertara daquela maneira? Teria sonhado que encontrou Eric? Mas não se lembrava de nada.

O som de um baque veio de cima e sua boca secou. Alguém estaria no sótão? Ela tentou dizer a si mesma que poderia ser um esquilo ou um guaxinim, mas os movimentos que ouviu através do teto pareciam mais cautelosos e abafados, como se alguém estivesse tentando não chamar a atenção.

JOIAS FATAIS

Carly empurrou as cobertas e pegou o celular. Sem parar para pensar, digitou o número de Lucas.

Ele atendeu ao terceiro toque.

— Investigador Bennett.

Com a boca bem perto do celular, ela disse baixinho:

— Lucas, é Carly. Acho que há alguém no sótão.

— Já estou indo.

A ligação terminou. Ela deixou o celular de lado e dirigiu-se à porta. Abriu-a e olhou para o corredor escuro de acesso à porta da escada do sótão. Teria sido apenas impressão ou a porta se abrira um pouco? Ela cruzou os dedos e tentou acalmar a respiração para que seu coração voltasse ao ritmo normal. O que deveria fazer? Tinha de abrir a porta para Lucas entrar, mas não queria deixar a avó e Noah sozinhos nas mãos de um possível intruso.

Pegou de novo o celular e digitou uma mensagem de texto informando o código da porta para ele entrar. "Estou perto do bebê e da vovó e tenho um taco de beisebol."

Depois de enviar a mensagem, ela pegou o taco de beisebol no armário e voltou a vigiar a porta. Ao chegar ao hall, ouviu a porta ranger no pavimento inferior. A sensação de alívio enfraqueceu seus joelhos e ela respirou fundo. Lucas estava dentro da casa e chegaria rapidamente até ali.

Ela olhou para a escada através da escuridão e viu a sombra de Lucas subindo de dois em dois degraus. Ele atravessou o corredor sem fazer barulho e ela apareceu para encontrá-lo.

— Ele ainda está aqui?

— Não ouvi passos atravessando o corredor.

Lucas estava vestido com bermuda e camiseta, provavelmente sua roupa de dormir. Com a arma na mão, levou o dedo à boca para pedir silêncio e moveu-se furtivamente até a escada de acesso ao sótão. Ao aproximar-se da porta, ela se abriu e um vulto correu em direção a Lucas. Um tiro foi disparado na noite silenciosa.

Carly abriu a boca, sentindo as pernas pesadas e geladas. Embora precisasse proteger o bebê, queria desesperadamente ir ao encontro de Lucas para saber se ele estava bem.

— Acenda a luz — gritou Lucas.

Ela tateou na parede à procura do interruptor e acendeu as luzes. Viu Lucas agachado sobre alguém no chão trajando roupa preta, máscara de esqui preta e sapatos pretos.

— Ele... ele está morto? — Com a voz trêmula, ela limpou a garganta.

Lucas aproximou-se da pessoa e arrancou a máscara de esqui. Ao ver os cabelos loiros, ele abriu a boca, espantado.

— É uma mulher, não um homem. — Lucas pressionou os dedos na garganta da mulher. — Está morta. Atacou-me com uma faca. — Apontou para a arma na mão da mulher. — Preciso relatar isto. Fique com Noah, por precaução. — Ele se dirigiu ao corredor para entrar em contato com a polícia.

A porta do quarto da avó se abriu e ela apareceu vestida com um roupão azul esvoaçante.

— O que está acontecendo?

Carly estava tão acostumada a ver sua avó sempre forte e no controle que se sentiu condoída ao vê-la com o queixo tremendo e a boca demonstrando medo. Correu para abraçá-la.

— Está tudo bem, vovó. Alguém entrou aqui, mas Lucas veio assim que o chamei.

A avó afastou-se e olhou para o corpo no chão.

— Hou... houve tiros? Ela está morta?

Lucas guardou seu celular.

— Ela está morta, Mary. Todos estão bem?

— Estamos bem — disse Carly. — Vou dar uma olhada em Noah para ter certeza de que ele não acordou assustado.

O bebê, porém, não estava chorando e não havia acordado, portanto, ela não se surpreendeu ao encontrá-lo dormindo.

JOIAS FATAIS

Tocou em sua mãozinha quente, voltou ao corredor e fechou a porta atrás de si.

— Ele continua dormindo. Quem é esta mulher?

— Não faço ideia. Não posso tocar mais no corpo até o socorro chegar. Eles vão precisar fazer uma investigação, porque disparei com minha arma. Talvez seja afastado por uns tempos.

— Não é justo! Você reagiu a uma invasão doméstica.

— Faz parte do protocolo. Tudo vai ficar bem.

Eles ouviram o som da sirene do lado de fora. O socorro havia chegado, mas o único socorro de que eles precisavam estava parado calmamente no corredor, como se fosse um super-herói usando bermuda de corrida.

Só depois de uma hora foi que as batidas do coração de Lucas, provocadas pela descarga de adrenalina, voltaram ao normal. O odor contínuo de sangue descia pela escada até onde ele estava, aguardando saber se havia alguma evidência. A casa de Mary estava apinhada de investigadores e policiais forenses, mas após ter disparado sua arma de fogo, ele precisava entregá-la ao seu chefe e deixar que os outros encontrassem as evidências.

Peppi Perez, a médica-legista, desceu a escada até onde Lucas se encontrava. Com mais de 40 anos de idade, ela era alta e empertigada, com os lábios sempre franzidos como se estivesse sentindo um odor desagradável. Era competente e Lucas sempre a respeitara.

Lucas cumprimentou-a com um movimento de cabeça.

— Peppi.

Não deveria falar com ela até ser considerado inocente, mas a cena era caótica e ele achou que seria liberado.

Em resposta, ela balançou a cabeça.

COLLEEN COBLE

— Lucas. Ela está morta, claro, mas você sabia disso. Vamos tirá-la daqui rapidamente e levá-la ao necrotério, para que eu possa fazer a autópsia. — Petti bateu de leve no braço de Lucas ao passar por ele. — Sei que é difícil, mas parece que você não teve alternativa.

Foi um choque descobrir que o intruso era uma mulher, mas estava escuro e ela usava máscara de esqui. Somente quando ele a puxou e os cabelos loiros apareceram foi que ele se deu conta de que havia matado uma mulher. Essa constatação o deixara atônito e abalado.

Havia disparado sua arma no cumprimento do dever somente uma vez, e se arrependera. Um rapaz de 20 e poucos anos atacou-o, empunhando uma arma. Ao fazer uma retrospectiva, Lucas achava que deveria ter se atracado com o rapaz e lutado para tirar-lhe a arma. Mas ele o feriu. Como policial, foi investigado pela primeira vez após uma situação difícil como aquela. Nunca quis passar por outra experiência. No entanto, lá estava ele. Viu o brilho da faca na mão dela e sabia que precisava atirar.

Peppi saiu do local e ele se dirigiu à sala de estar, onde viu Carly sentada com o bebê no colo. Mary estava na cozinha preparando café e chá, como se fosse um evento social. No entanto, o pessoal da polícia gostaria de ingerir um pouco de cafeína às 2 horas da manhã. Lucas sentia-se desconfortável por estar descalço, usando bermuda e camiseta. Teve de agir assim que recebeu a ligação de Carly.

As pálpebras delicadas de Noah tremiam levemente enquanto ele dormia, sorrindo como se estivesse sonhando com cãezinhos ou algo divertido.

— Ele não parece estar traumatizado.

Carly sorriu e balançou a cabeça negativamente.

— Continuou dormindo durante toda esta agitação.

Ela havia trocado de roupa antes de descer a escada e usava calça de ioga e uma camiseta com a palavra *RADAR*. A mulher gostava *mesmo* de palíndromos.

JOIAS FATAIS

O sorriso dela desapareceu após olhar de relance para Lucas. Ele virou-se ao ouvir som de passos vindos do vestíbulo. Vicent Steadman, com a cabeça calva brilhando sob a luz, entrou na sala de estar. Lucas e Vince foram parceiros durante cinco anos e Lucas confiava nele como um irmão.

— Conseguiram identificar a mulher? — perguntou Lucas.

— Sim, encontramos a picape dela com a carteira de habilitação no porta-luvas. O nome que apareceu na carteira era Debby Drust.

Debby parecia ser o nome de uma pessoa simpática e amiga, de uma vizinha ou de uma mulher que frequentava a igreja, não de alguém capaz de invadir uma casa com duas mulheres indefesas e um bebê.

Lucas assentiu com a cabeça.

— Sabemos alguma coisa a respeito dela?

— A ficha dela nos levou a Dimitri Smirnov, o mesmo endereço em Nova York que consta na carteira de habilitação da mulher que morreu. O fato interessante a respeito de Dimitri é a conexão dele.

— Com a máfia russa?

— Exatamente.

A conexão russa logo após Carly ter encontrado um ovo Fabergé de valor incalculável não poderia ser desprezada. Lucas concentrou-se na expressão aflita de Carly. Uma palavra, mesmo para seu melhor amigo, explodiria neles. O ovo era mais valioso do que ele poderia imaginar. Assim que essa informação fosse parar no arquivo de investigação, a notícia seria divulgada. Não haveria meios de reprimir algo tão sensacional.

Lucas desviou a atenção dos olhos cor de chocolate de Carly. Tinha de contar a Vince e pedir que ele jurasse segredo, mas as palavras não lhe saíam da boca. Teria de aprofundar-se sozinho no assunto, mesmo com o conflito de interesses.

Ele não tinha dúvidas de que seria inocentado, mas isso demoraria um pouco. Se ele se intrometesse na investigação, poderia

COLLEEN COBLE

criar um enorme problema, mas não havia como evitar. Foi um milagre o capitão não ter insistido em ir ao hospital para cumprir o procedimento normal de ação.

Ao perceber que Vince estava olhando firme para ele com uma das sobrancelhas levantadas, Lucas se recompôs.

— Em que esse tal de Dimitri está metido? Droga, tráfico, como sempre?

— Sim. Coisas pesadas como metanfetamina e heroína. Ele é suspeito de ter cometido uma série de roubos e assassinatos na Costa Leste também, mas ninguém conseguiu pôr a mão nele. Pelo menos até agora.

— E a tal da Drust? Há outra conexão além do endereço?

— Ainda não sabemos muita coisa sobre ela. Quando são ágeis e rápidas, as mulheres conseguem ser excelentes arrombadoras de propriedades. Você disse que ela estava no sótão?

Vince olhou para Carly em busca de confirmação. Ela assentiu com a cabeça e disse:

— Ouvi barulhos no sótão e vi a porta de acesso à escada entreaberta, por isso chamei Lucas. Fiquei apavorada por causa do bebê e da minha avó.

O bebê se mexeu ao ouvir a voz da mãe e seus olhos azuis se abriram por um instante. Depois de um bocejo, fechou-os de novo. Lucas não sabia explicar sua fascinação pelo bebê porque normalmente já teria se esquecido dele. Talvez porque o bebê fosse filho de Eric e agora não tinha pai. Houve ocasiões em que Lucas se sentiu órfão de pai, embora o pai tivesse morrido apenas alguns anos atrás.

Carly levantou-se com o bebê no colo.

— Tudo bem se eu colocar o bebê no berço? Quero limpar toda esta bagunça.

Vince deu um passo de lado.

— Claro. Já terminamos a inspeção no pavimento superior.

64

Quando notou que o som dos passos dela na escada foi desaparecendo, Vince bateu de leve no ombro de Lucas.

— Tudo bem com você, amigo? Você precisa ficar fora disso.

Lucas fez um movimento brusco com a cabeça e virou-se. Não podia intrometer-se na recapitulação do tiro, mas não podia ficar de fora sem saber o motivo da interferência da máfia russa.

Em pé na porta, o tenente Bernard Clark gesticulou.

— Vamos ao hospital, Lucas.

Lucas assentiu com a cabeça de novo e o acompanhou. Uma amostra de sangue havia sido tirada dele e era necessário ir à delegacia para relatar o que acontecera. A noite seria longa.

OITO

A máfia russa invadira a casa dela.

Os dois últimos dias desde o tiro foram estressantes. Cada célula do corpo de Carly queria levar a avó e Noah para bem longe do perigo que os espreitava. Mas não podia fazer isso sem explicar *por que* tudo aquilo tinha acontecido. Agora ela precisava confiar na palavra de Lucas de que ele os protegeria. E ele fez exatamente isso na outra noite. E se na próxima vez ele não estivesse em casa? Mas a polícia já deveria ter pegado o tal de Dimitri e não haveria próxima vez.

Enquanto arrumava as camas para suas irmãs, que chegariam a qualquer momento, Carly não conseguia entender o que acontecera. O cheiro agradável dos lençóis secos ao ar livre permanecia no ar, fazendo-a querer deitar-se na cama e cobrir a cabeça com as cobertas. Não estava pronta para enfrentar o dia que se aproximava.

A presença das irmãs ali só traria mais complicação ao que estava acontecendo. A ideia de esforçar-se tanto para que elas fossem felizes a fez suspirar fundo e sacudir a cabeça. Ela as amava muito, porém, elas eram exigentes demais. Sempre foram. E talvez parte da culpa fosse dela por atender a todos os seus pedidos.

Depois de arrumar as camas, ela foi dar uma olhada em Noah, que continuava dormindo, e desceu a escada de acesso à cozinha. Sua avó, trajando um vestido azul-turquesa esvoaçante que quase lhe cobria as unhas do pé pintadas, estava assando biscoitos de chocolate. O aroma deu água na boca de Carly.

— Pegue um biscoito, Carly Ann.

Carly pegou um biscoito ainda quente na grelha e colocou-o na boca. Lambeu o chocolate nos dedos e inclinou a cabeça.

— Isso é barulho de porta de carro?

Talvez fosse uma de suas irmãs. Ela limpou as palmas das mãos no *short*. Se fosse a máfia de novo, eles não anunciariam sua chegada batendo a porta de um carro.

Através da porta de tela, ela viu Amélia descendo de um Cadillac Escalade. Para Dillard, sempre o melhor. Dillard era corretor de imóveis e valorizava muito as aparências. Para fazer uma viagem de carro de Jacksonville a Beaufort, ele vestira terno e gravata. Ao vê-lo inclinar a cabeça para analisar a bela mansão antiga, Carly sabia que Dillard estava calculando qual seria a parte deles na venda da propriedade quando a avó morresse. Carly sentiu-se mais segura com a presença dele ali. Dillard era um ávido colecionador de armas e sempre carregava uma pistola.

Carly forçou um sorriso e desceu até a varanda para cumprimentá-los.

— A viagem foi rápida.

Jacksonville ficava a três horas de carro. Era meio-dia e Carly não havia planejado nada para o almoço. Pensou que eles só chegariam à tarde. Havia frios na geladeira e sobras da carne assada e da torta de tomate da noite anterior, mas achou que esse cardápio não causaria boa impressão a Dillard nem a Amelia. Talvez fosse melhor sugerir que fossem a um restaurante.

Carly abraçou Amelia, que se encolheu no abraço e apertou-a de leve antes de se soltar e se afastar rapidamente. Por ser a filha do meio, Amelia evitava conflitos, mas Carly sabia muito bem que as duas irmãs se precaviam quando estavam perto uma da outra. Amelia queria ter a mesma independência firme de Emily, mas sempre foi mais diplomática a esse respeito. Quando estavam juntas, ela sorria e abraçava, mas passavam meses sem conversar.

— Você parece estar bem — disse Carly.

Ela e Amelia tinham cabelos e olhos escuros, mas enquanto Carly quase sempre prendia os cabelos em forma de rabo de cavalo ou de um coque malfeito, Amelia mudava o penteado com mais frequência do que Carly trocava as fraldas de Noah. Pelo menos, era o que parecia. Hoje ela se apresentava com um corte de cabelo em camadas com pequenas mechas que se destacavam de modo atraente. Trajava calça Capri branca, camisa de seda vermelha e sandálias com tiras que provavelmente custaram mais do que Carly gastaria para comprar dez pares de sapatos.

Elas eram muito diferentes, mas Carly a amava muito.

Amelia afastou alguns fios de cabelo dos olhos.

— Obrigada, você também parece estar bem. Emagreceu rapidamente depois do nascimento do bebê.

— Não demorou muito, porque tenho de amamentar Noah com muita frequência.

Amelia torceu o nariz. Carly não deveria ter dito aquilo. Provavelmente Amelia nunca teria um bebê se isso significasse ganhar peso e amamentar.

Carly virou-se para a porta.

— Preparei a Suíte Madressilva para vocês dois. Há um banheiro anexo.

Esse era um dos únicos três quartos com banheiro anexo. Emily poderia gritar e protestar, mas Dillard reclamaria mais alto ainda se tivesse de atravessar o corredor até o banheiro. Carly viu-o tentando tirar duas malas grandes do porta-malas do carro e rodando-as em direção à casa.

— Preciso de ajuda — gritou. — Há mais duas iguais a esta.

Eles deviam ter trazido roupas suficientes para um exército. Carly desceu a escada larga em direção à entrada de carros.

— Temos uma lavanderia aqui, você sabe.

O olhar que ele lhe lançou sob as sobrancelhas loiras continha animosidade.

— Viemos a seu pedido, mas precisamos de todas as nossas coisas. Você sabe que não posso ficar, certo? A ajuda de Amelia vai ter de ser suficiente.

— Fico agradecida.

Engolindo as palavras que queria dizer, ela arrastou uma mala em direção à varanda.

— Pode deixar que eu ajudo.

Carly virou-se ao ouvir a voz grave de Lucas. Ele pegou a mala pela alça e levantou-a do chão para carregá-la até a casa.

— O que você está fazendo aqui? — perguntou ela baixinho.

— Vou lhe contar mais tarde.

Lucas não estava sequer respirando com dificuldade enquanto subia a escada carregando a mala maior das três para dentro da casa e depois para o segundo pavimento, onde encontraram Amelia e Dillard andando em volta do tapete antigo.

O olhar de avaliação de Dillard ao redor da sala irritou Carly. Não era ele quem decidiria o que fariam com a casa. A decisão seria da avó. Ela não estava disposta a deixar ninguém – nem Dillard nem suas irmãs – passar por cima de sua avó. Eles estavam ali para que o sonho dela se tornasse realidade. O dinheiro da avó estava dependendo das decisões que eles tomariam e assim que Emily chegasse, Carly deixaria o assunto muito claro para todos.

Lucas colocou a mala no chão.

— Posso falar com você por um instante, Carly?

— Claro.

Carly acompanhou-o até o corredor e, antes de falar, ele fez um sinal para que ela descesse a escada.

— Você chegou a conhecer Debby Drust?

— Acho que não. Por quê?

— De acordo com alguns registros, ela participou de algumas aulas sobre maternidade na mesma época que você. Mas nunca teve um bebê. E o endereço dela é em Nova York, por isso ela nem sequer pertence a esta cidade.

Carly assimilou a novidade. Debby a estaria seguindo? A expressão de alerta nos olhos cor de avelã de Lucas deixou claro que ele achava a mesma coisa.

— Você tem uma foto dela? — perguntou Carly.

Lucas pegou o celular e mostrou-lhe uma foto.

— Ela parece ter mais de 40 anos. Não é uma idade normal para ter filhos, você não acha? Não que seja impossível, mas você deve ter notado a presença dela.

Carly analisou a foto da loira atraente.

— Eu me lembro dela. Sentou-se ao meu lado em duas aulas e perguntou onde eu morava. Quando respondi que morava com minha avó, ela me encheu de perguntas sobre a família da vovó. Depois do intervalo naquele dia, sentei-me do outro lado da sala e ela não apareceu mais.

Lucas semicerrou os olhos.

— Ela estava pescando informações. Carly, penso que alguém sabe sobre o ovo ou pelo menos desconfia que ele está por aí. Você deve estar certa. A morte de Eric tem total relação com isso.

E todos eles corriam perigo.

***

Por que cargas d'água ele estava ali?

Os aromas tentadores do camarão e dos cereais deixaram Lucas com água na boca. Ele estava carregando Noah enquanto Carly preparava o prato. Havia saído horas atrás e depois voltou com mais informações sobre a tal Debby Drust.

Muito bem, talvez aquela não fosse a história inteira. Seus instintos protetores vieram à tona em razão da maneira que Dillard

JOIAS FATAIS

estava tratando Carly. E a irmã dela não a estava tratando muito melhor. Ao voltar com as informações, Lucas viu Amelia carregando Noah de modo negligente, sem apoiar a cabeça dele. Quando o bebê colocou seus dedos molhados no rosto dela, ela quase gritou enquanto o entregava a Lucas.

O bebê resmungou um pouco e Lucas o movimentou para cima e para baixo até ele se acalmar. Por que o bebê não tinha os olhos castanhos de Carly? Os olhos castanhos não eram dominantes? Ele voltou a atenção a Carly em vez de concentrar-se em assuntos fúteis.

As bochechas rosadas de Carly faziam seus olhos castanhos brilharem e a testa estava um pouco úmida em razão do calor da comida que preparava.

— Ufa! Tomara que o ar-condicionado chegue logo. Obrigada por enfrentar a cozinha quente comigo e por carregar Noah. Agora posso carregá-lo.

Lucas colocou o bebê nos braços dela.

— Com certeza. Por que sua irmã não está aqui para ajudá-la?

Carly colocou o bebê em pé, encostado em seu ombro.

— Amelia não cozinha. Odeia cozinhar porque seu cabelo fica cheirando a comida.

— Você cozinhou camarão com cereais. A respiração dela vai ficar com cheiro de alho.

— E Dillard vai lhe dar balas de hortelã. Ela nem sempre foi uma diva. Dillard tem alguns critérios.

— Ele é malandro — disse Lucas com voz zangada e franziu as sobrancelhas. — Ficou esperando que você arrastasse as malas pesadas. Isso é ridículo.

Ela encolheu os ombros.

— Às vezes os maridos têm alguns critérios e a esposa gosta de agradá-los, principalmente se for algo fácil.

Havia um tom na voz dela que chamou a atenção de Lucas.

— Eric era exigente?

Carly beijou a moleira de Noah.

— No início, não. Mas quase sempre dava ouvidos à mãe. De acordo com ela, eu não fazia a melhor comida para ele e minha cozinha era desorganizada. Logo que nos casamos, ele ficou atônito em pensar que eu prepararia o seu almoço. Ele gostava de devorá-lo com os outros policiais. Mas as reclamações insistentes dela o desgastaram. Não o culpo por isso.

Lucas não sabia o que pensar. Só conheceu Eric quando ambos eram adolescentes e não teve muito contato com a mãe dele. O pai de Lucas nunca tratou sua mãe daquela maneira. Fazia tudo o que ela queria e a tratava com muita delicadeza. Mas ela estava debilitada e fraca. Os cuidados com a esposa monopolizavam toda a atenção de seu pai e de Mary também. Pelo que ele se lembrava, a avó de Carly atravessava o quintal levando comida para a família e abraços para ele e Ryan. A infância deles teria sido muito diferente sem a calma presença de Mary em meio ao caos.

Ele pegou um biscoito de chocolate para matar a fome até a hora do jantar e o som de motor de carro chamou-lhe a atenção. Parecia próximo.

— Acho que alguém chegou.

— Deve ser Emily. — Carly parecia resignada e, ao mesmo tempo, entusiasmada.

Lucas acompanhou-a. Atravessaram a sala de jantar até a sala de estar, onde o resto da família tomava chá nas canecas polonesas azuis de Mary.

Carly olhou de relance para a janela grande e viu o Nissan vermelho estacionado atrás do Escalade.

— É Emily.

Mary esticou os braços e Carly colocou o bebê no colo dela e correu em direção à porta com um sorriso no rosto e olhos brilhantes. Lucas permaneceu onde estava, observando a linguagem

JOIAS FATAIS

corporal. Quando Carly se aproximou, Emily continuou com os braços ao lado do corpo enquanto a irmã mais velha a abraçava. O único sorriso foi forçado.

O vestido vermelho e justo de Emily não lhe permitia curvar--se para pegar a mala. Provavelmente ela quebraria o tornozelo se tentasse arrastá-la com saltos altos o suficiente para causar-lhe sangramento nasal. Seus cabelos castanhos com algumas mechas enrolavam-se em torno do queixo pontudo.

Com ar de decepção no rosto, Carly mordeu o lábio e caminhou até o porta-malas para ajudar com a bagagem. Lucas deveria ajudá-la para que ela não tivesse de carregar tudo sozinha. Já sabia como seria essa troca de responsabilidades. Saiu da casa rapidamente e foi até o carro para pegar duas malas.

Emily finalmente sorriu ao ver Lucas.

— Você ainda mora na casa ao lado, Lucas? Faz séculos que não nos vemos.

Com um sorriso sedutor, ela deu um passo à frente como se fosse abraçá-lo.

Lucas desviou-se dela, dirigindo-se ao porta-malas.

— Sim, continuo aqui.

Essa família era muito confusa. Lucas e Ryan tinham algumas desavenças de vez em quando, mas ele nunca duvidou de que seu irmão o amava. E faria qualquer coisa para o irmão mais novo. Será que não havia nenhum senso de aconchego e apoio na família Tucker? O coração de Mary ficaria partido ao ver suas netas comportando-se como inimigas precavidas.

Lucas subiu a escada com as malas e fez uma pausa na entrada para que Carly e Emily o alcançassem.

— Que quarto?

— O primeiro à esquerda no alto da escada — respondeu Carly.

Emily jogou sua bolsa de couro na prateleira ao longo da parede.

— Você me colocou no Quarto das Rosas? Quero a Suíte Madressilva. Você a reservou para Amelia?

73

COLLEEN COBLE

— Ela é casada, Emily. Faz mais sentido eles ficarem na Suíte Madressilva.

— E a Suíte Lavanda? Lá tem banheiro também.

— Noah e eu ficamos com ela.

— E você está aqui há meses! Não há motivo para não trocar comigo.

Ela era assim mesmo? Lucas olhou para o rosto zangado de Emily. Até que seria bonita com aquela pele perfeita que não precisava de maquiagem, mas o modo petulante de mexer a boca e a expressão de raiva em seus olhos apagaram qualquer traço de beleza naquele rosto retangular. Ele gostaria que Carly tivesse coragem para enfrentar a irmã, mas ela apenas mordeu o lábio como se estivesse levando o pedido em consideração.

— De jeito nenhum — disse Lucas. — Não seja idiota, Emily. Carly tem uma tonelada de coisas para o bebê e tudo o que é dela está aqui. Ela *mora* aqui agora. Que tipo de irmã chegaria aqui para tomar o quarto dela e do bebê? Vou levar estas malas ao Quarto das Rosas e você pode muito bem ficar lá. Se não gostar, há muitos bons hotéis na cidade.

Com as malas nas mãos, ele subiu a escada com passos firmes e tentou não pensar nas expressões de espanto que deixou para trás. Se eram de fato de espanto, ele não sabia, mas tinha certeza de que viu um ar de alívio nos olhos de Carly.

NOVE

No domingo à noite, cada músculo do corpo de Carly doía em razão de ter andado de um lado para o outro na casa, porque queria ter certeza de que suas irmãs se sentissem amadas e cuidadas desde que chegaram. Quando ela acabou de pesquisar a vida do imigrante russo e deitou-se entre os lençóis secos ao ar livre, o relógio ao lado da cama marcava quase meia-noite. Deixou um exemplar de *Plot and Structure** na mesinha de cabeceira para ler mais tarde, quando sua mente estivesse menos cansada.

Com dificuldade para fechar os olhos, ela deitou-se de costas, olhando para o teto. Uma luz fraca passou rapidamente pelo teto como se fosse alguém na entrada de carros. As duas irmãs estavam dentro de casa, portanto, quem estaria lá fora àquela hora da noite?

Carly levantou-se e pegou o taco de beisebol que havia colocado ao lado da cama junto com o celular e caminhou rapidamente até o corredor, na ponta dos pés. Não havia luz acesa nas frestas da porta fechada do quarto de Emily, e o costumeiro ritmo das ondas de seu aparelho de ruído branco chegou fracamente aos seus ouvidos.

Com o coração batendo acelerado, ela parou no alto da escada. Deveria descer ou ligar para Lucas? Dillard estava na casa e

---

**Enredo e estrutura* (tradução livre). Livro de James Scott Bell. (N. T.)

COLLEEN COBLE

normalmente tinha uma arma por perto, mas ela não estava inclinada a confiar na habilidade dele. Mas será que a máfia russa anunciaria sua presença dentro de um veículo com as luzes acessas na entrada de carros? Provavelmente não. Se não fosse um criminoso, quem estaria ali? Mesmo de onde estava, ela viu os faróis iluminando o *hall* de entrada, no pé da escada.

Desceu dois degraus e parou para ouvir melhor. Os faróis se apagaram e o pé da escada escureceu. Com o taco em uma das mãos e o celular na outra, ela desceu mais dois degraus.

O som vindo de trás a fez dar um salto e ela quase rolou escada abaixo. Emily estava bem atrás dela, com os cabelos escuros presos no alto da cabeça e ofegante.

— Algum problema? — perguntou baixinho.

— Um carro entrou aqui — respondeu Carly também em voz baixa.

— Talvez estivesse manobrando.

Era uma possibilidade, mas Carly agarrou o antebraço da irmã ao ouvir som de passos subindo a escada da varanda.

— Tem alguém lá fora.

— Vamos chamar a polícia. Ou Lucas. Ele mora aqui do lado.

Carly não queria incomodar Lucas de novo sem motivo, mas parecia que havia um. Assentiu com a cabeça e procurou o número dele no celular. Antes de digitar a chamada, a campainha tocou.

— Um intruso não tocaria a campainha. — Emily passou por ela e desceu os degraus.

Alguém bateu na porta.

— Ei, mãe, você está acordada?

Os joelhos de Carly pararam de tremer ao ouvir a voz conhecida. O que seu pai estava fazendo ali àquela hora da noite? Ele morava na Califórnia, bem distante da Carolina do Sul. Se veio para uma visita, por que não ligou antes? Ela começou a pensar onde ele dormiria. Apesar de haver muitos quartos na casa enorme, nenhum deles era especial para hóspedes.

JOIAS FATAIS

Seus pés tocaram o piso de carvalho frio por causa da brisa da noite entrando pelas janelas abertas. O ar gelado fez o resto do medo desaparecer. Quanto tempo fazia que ela não via o pai? Pelo menos dois anos. Ele não era o mais carinhoso dos pais e raramente se preocupava com as filhas do primeiro casamento. Tinha uma filha com a segunda esposa, mas, repetindo, Carly não conhecia sua meia-irmã. Aliás, nem sua madrasta.

— É o papai! — Emily abriu a porta e abraçou o homem em pé ali.

Carly acendeu a luz da varanda e o pai delas piscou por causa da súbita iluminação. Ele não havia mudado muito. Continuava bonito embora estivesse chegando aos 50 anos de idade. Fios brancos salpicavam nas laterais de seus cabelos escuros e ralos e ele usava bermuda e camisa havaiana. Era bem provável que herdara da mãe aquele estilo *hippie*. Ele não visitava a mãe com mais frequência do que visitava as filhas, mas Carly achava que ele ligava para ela mais vezes.

Ele abraçou Emily.

— Oi, Miudinha. Não sabia que você estava aqui. — Seu olhar passou por cima do ombro dela até onde Carly estava. — Eu esperava que você ainda estivesse aqui.

Uma onda de entusiasmo tomou conta do peito de Carly. Ele viera para vê-la? *Queria* vê-la? Um sorriso brotou-lhe nos lábios e ela deu alguns passos em direção ao pai, mas um vulto apareceu atrás dele. A garota devia ser Izzy. Já estaria de férias? O mês de maio ainda estava na metade.

O pai soltou-se de Emily e puxou a filha para seu lado.

— Faz um pouco de tempo que vocês não veem Izzy.

— Isabelle. — Curvando o lábio e mostrando-se ofendida, ela puxou o braço que ele segurava.

A garota tinha cerca de 15 anos e Carly se lembrava muito bem de como suas irmãs eram nessa idade. E a primeira ordem do dia era ter certeza de que não chamaria a irmã pelo nome de Izzy.

Carly afastou-se da porta de entrada e acendeu a luz.

COLLEEN COBLE

— Entrem.

Ela precisava arrumar dois quartos, não apenas um. A quantidade de tudo o que a atingira de uma só vez era suficiente para ela querer dizer a eles que se virassem, mas não podia fazer isso. Teria sido tão difícil assim eles avisarem antes de aparecer?

Fechou a porta atrás deles e trancou-a de novo.

— Vou levar um pouco de tempo para arrumar os quartos.

— Sem problema. Arrume só um, para Izzy. Posso tirar um cochilo na poltrona reclinável antes de pegar o avião amanhã.

Carly olhou para a irmã e depois para o pai.

— Você não vai ficar?

— Tenho de viajar à Itália a negócios. Vou passar um mês fora e Izzy precisa de um lugar para ficar.

O pai dela era advogado e viajava com frequência. Carly sempre imaginou que ele usava a profissão para fugir das responsabilidades em casa.

Isabelle caminhou até a sala de estar e jogou-se no sofá.

— Não acredito que vou ter de ficar nesta cidadezinha insignificante.

Carly acompanhou-a, seguida do pai e de Emily.

— Onde sua mãe está, Isabelle?

Ela encolheu os ombros, mas seus olhos azuis brilharam.

— Foi embora com o novo namorado e não sei onde ela está. Não atende minhas ligações.

Carly suspirou fundo e levou a mão à garganta. Estaria seu pai descartando Isabelle como se ela fosse um cachorrinho sem dono e indo embora?

O tenente Bernard Clark devolveu a arma a Lucas.

— Você foi inocentado de qualquer irregularidade por ter disparado sua arma.

JOIAS FATAIS

Lucas colocou a arma no coldre com uma forte sensação de alívio.

— Foi rápido.

Bernard encolheu os ombros fortes. Seu cabelo havia sido domado pelo quepe e formava uma cobertura elegante em sua cabeça grande. Ao vê-lo, Lucas sempre se lembrava de um leão descansando com sua juba loira e corpo imenso. Ele se aposentaria dali a seis meses e a equipe toda não queria perdê-lo de jeito nenhum.

— Não há mais perguntas? — Lucas quis saber.

— Foi tudo muito simples. A conexão da mulher com a máfia russa ajudou.

O aroma tentador de bom café atraiu Lucas ao balcão ao longo da parede. Serviu-se de uma caneca de café no bar de bebidas. O café dali não tinha resíduos. Bernard comprava seu próprio café *gourmet* e levava-o ao seu escritório. Usava uma cafeteira especial e guardava o creme em uma pequena geladeira, tudo pago com seu dinheiro. Até as canecas eram de boa qualidade e ele as lavava no fim do dia.

— Quero um também, se você não se importar.

Lucas serviu-se de uma segunda xícara e adicionou uma boa quantidade de creme antes de entregá-la ao chefe. Em seguida, sentou-se em uma cadeira e soprou o café.

— Por falar em máfia, alguma novidade sobre a investigação?

— Não muita até agora. Encontramos mais informações sobre a mulher que morreu. Nasceu na Checoslováquia e mudou-se para a Rússia com os pais quando tinha 10 anos de idade. A grafia original de seu sobrenome era Druzd, mas americanizaram a palavra quando ela chegou aqui aos 20 anos de idade. Suas conexões com Smirnov remontam à Rússia. Os investigadores encontraram impressões digitais dela em duas invasões de domicílio no Queens e desconfiam que foi Smirnov que articulou.

— E os assassinatos ligados a Smirnov?

— Ela é uma possível suspeita também, mas não temos evidência além das impressões digitais. Pelo que sabemos, ela conseguiu entrar e deixou a ação a cargo dele.

Lucas tomou um gole de café.

— Mas por que ela estava vasculhando o sótão de Mary Tucker? Beaufort fica muito distante de Nova York.

Será que a investigação tinha descoberto alguma coisa sobre o ovo Fabergé?

— Não faço ideia. Mary afirma que não possui nada de grande valor a não ser as antiguidades. A neta dela acha que o valor total giraria em torno de 20 mil. Dificilmente atrairia o interesse de um traficante de drogas que poderia conseguir esse valor em uma hora.

Lucas entendeu que Carly também havia mantido segredo sobre o ovo. O que ele estava fazendo ali? Tratava-se de um dilema que precisava ser discutido com ela.

Tomou o último gole de café e levantou-se.

— Vou sair daqui para deixar você trabalhar. Quero dar uma olhada nas anotações do caso.

Bernard já estava entretido de novo com os arquivos de seu computador. Lucas andou pelo corredor em direção à sua sala e começou a entrar, mas mudou de ideia e saiu. A primeira ordem do dia precisava ser a de convencer Carly a contar oficialmente à polícia a história do ovo. Ele estava guardado e protegido no banco.

Dirigiu sua picape até a casa dela e franziu as sobrancelhas ao ver um veículo estranho na entrada de carros. Já estava ali quando ele saiu. Parecia um carro alugado no aeroporto, mas ela não havia mencionado que receberia visitas.

Estacionou a picape em sua garagem e atravessou o gramado da casa dos Tuckers, esquivando-se dos galhos da "árvore dos anjos" na frente. Ao aproximar-se, viu Carly na varanda com Noah no colo balbuciando para o gato. Estaria ela chorando? Os olhos

JOIAS FATAIS

estavam vermelhos e ele tinha certeza de ter ouvido som de choro. Provavelmente as irmãs dela de novo.

Ele acelerou os passos e subiu a escada.

— Ei.

Ela continuou olhando para baixo.

— Bom dia. A vovó fez café e chá.

A voz rouca revelava tudo. Lucas acomodou-se na cadeira Adirondack ao lado do balanço.

— O que houve?

Ela ergueu o rosto manchado.

— Meu pai apareceu ontem à meia-noite. Veio até aqui para me dizer que devo tomar conta de Isabelle, minha meia-irmã. Não ligou antes, não pediu nada, só exigiu. — Ela enxugou os olhos com o pano de boca do bebê. — É tolice ficar tão aborrecida, mas isso só serviu para eu lembrar que sou um capacho. Não contestei nem fiquei brava. Desde que se casou de novo, o papai não aborreceu mais nenhuma de nós. Foi embora depois que mamãe morreu e nunca olhou para trás. Esta é a terceira vez que vejo Isabelle. Ele nunca se importou em reunir suas duas famílias.

Voltou a enxugar o rosto e prosseguiu:

— Acho que é uma tristeza boba, infantil. Eu deveria querer ajudar. E quero. Afinal, ela é a irmã que não conheço de verdade. Talvez me ame, já que minhas duas outras irmãs não me amam.

— Afinal, o que há com essas suas irmãs? Elas são duas crianças mimadas.

— Eu as mimei. — Ela olhou para ele com os olhos vermelhos. — O abandono de papai nos deixou muito abaladas. Eu queria compensar essa ausência e exagerei. Elas nunca foram responsáveis por nada, dá para ver.

— Com certeza houve mais coisas que isso. Elas são completamente grosseiras com você.

Carly olhou para as próprias mãos.

81

COLLEEN COBLE

— Aconteceu uma coisa, mas nunca falei sobre isso. Ainda não estou preparada, não quando alguém pode ouvir.

Será que isso significava que ela lhe contaria se estivessem sozinhos? Ele não tinha certeza por que se importava, mas se importava.

DEZ

Ela se sentia completamente humilhada diante de Lucas. Se havia uma coisa que Carly detestava, era chorar na frente de alguém. Principalmente de alguém que sempre foi forte e responsável como Lucas.

Enxugou de novo o rosto com o pano de boca do bebê e suspirou.

— Não costumo ser tão covarde assim. Dormi apenas quatro horas esta noite e menos ainda na noite anterior. Vou ficar bem depois de um descanso. — Ela conseguiu dar um sorriso fraco. — Quem sabe vou cochilar com Noah esta tarde.

Pepper acomodou-se ao lado dela, um pouco distante do alcance dos dedinhos de Noah. Embora Noah adorasse o gato, Pepper desconfiava muito daquele aperto forte. Noah começou a balbuciar na direção do felino, mas Pepper não lhe deu atenção.

Por que Carly insinuara que havia um estremecimento entre ela e as irmãs? Era algo em que ela não gostava de pensar, muito menos de falar. Esforçara-se tanto para ajudar as irmãs, mas nada do que fazia era suficiente. Afinal, o que alguém pode fazer para ser amado?

Os olhos de Carly encheram-se de lágrimas outra vez e ela piscou para dispersá-las.

— Alguma novidade sobre a mulher que invadiu a casa?

Lucas movimentou-se na cadeira.

COLLEEN COBLE

— É por isso que estou aqui. Nossa investigação vai ficar travada se eu não falar sobre o ovo pelo menos ao meu parceiro e ao meu superior.

O pulso dela acelerou-se.

— Você não pode fazer isso!

— Entendo que você queira manter o assunto em completo segredo e pode até não contar nada às suas irmãs e à sua avó. Mas minha equipe está paralisada por não saber por que um grupo da máfia russa de Nova York poderia estar interessado em você.

— E se não houvesse nenhum ovo?

Estaria ela agarrando-se a uma vã esperança? Somente algo de valor altíssimo como o ovo atrairia a atenção de pessoas poderosas à sua casa.

Carly afundou-se no balanço e disse:

— Não sei o que fazer.

— O ovo está protegido no cofre do banco. E precisamos investigar o que aconteceu para resguardar sua família. Você não quer mais invasões aqui. A próxima pode terminar com a morte de uma pessoa de sua família e não do invasor.

A maneira cuidadosa com que Lucas falava com ela demonstrava a importância do assunto para ele. Carly estremeceu ao pensar que mais pessoas pudessem saber da existência do ovo, mas isso era claramente necessário.

Suspirando fundo, ela olhou firme para ele.

— Por que está me ajudando, Lucas? Você deixou claro que não gosta de mim.

Essa constatação era óbvia quando ela namorava Ryan. As críticas de Lucas a respeito dela tantos anos atrás contribuíram para o rompimento do namoro. Lucas a confrontara depois de uma discussão com Ryan sobre as irmãs dela e isso foi suficiente para o afastamento entre eles. No entanto, ele a acudira quando ela pediu na semana anterior. Talvez por ser policial e sentir-se na obrigação

JOIAS FATAIS

de ajudá-la, mas ele foi mais generoso que a maioria deles quando deixou de lado os sentimentos pessoais para socorrê-la.

Lucas manteve o contato visual.

— Eu não desgosto de você. — Sem dar mais explicações, ele se levantou. — Preciso voltar à delegacia para explicar tudo isso a Vince e ao tenente Clark. Vou tentar manter o assunto em segredo o máximo que puder. Mas se for revelado, Carly, o perigo vai ser menor quando Smirnov e seu bando souberem que não vão conseguir nada se invadirem a casa de novo.

— Mas eles podem invadir o banco.

— Vou pedir reforço da segurança no banco.

Ela esboçou um sorriso.

— Há alguma possibilidade de transferi-lo para Fort Knox?

Ele riu e o som da risada provocou um arrepio no peito dela.

— Provavelmente não posso fazer isso acontecer sem que o mundo inteiro saiba. Você vai chamar um especialista no assunto?

Tudo estava indo depressa demais. Ela esperava fazer uma surpresa por ter encontrado a família biológica da avó, mas teria de contar à sua família o que estava ocorrendo. Provavelmente tudo explodiria. O conteúdo do baú havia sido deixado para ela pela bisavó, e suas irmãs surtariam. Entrariam em ação da pior maneira.

E havia ainda outra preocupação. Isabelle. Ela e o pai ainda não haviam acordado, mas ele se levantaria a qualquer momento para pegar o voo. Talvez fosse melhor revelar tudo à avó e às irmãs após a partida dele. A última coisa que ela queria era que o pai também se intrometesse no assunto. Seria difícil demais manter os outros calmos.

Lucas parou no alto da escada. — Vejo que as coisas estão caminhando rapidamente.

— A família precisa saber. Sou eu quem deve contar e eles vão ficar furiosos se não souberem antes que o mundo inteiro saiba.

— Acho que o assunto não vai sair da delegacia. Estamos acostumados a guardar segredo.

Carly levantou uma das sobrancelhas.

— Tenho visto muitos relatórios vazados de delegacias de todo o país sobre histórias importantes. Este assunto é mais que importante, Lucas. E vai haver uma correria para encontrar a surpresa que deveria estar dentro do ovo. Eu gostaria de encontrá-la.

Lucas subiu o degrau que havia descido e jogou-se na cadeira.

— Fale de novo sobre a tal surpresa.

— Ninguém sabe ao certo como essa surpresa é. Não há fotos, mas, no arquivo imperial, é descrita como uma galinha de ouro segurando frouxamente um pendente de safira no bico. A galinha está tirando a safira de um ninho numa cesta de ouro. A galinha e o ninho são cravejados de dezenas de diamantes com lapidação de rosa.

Lucas assobiou baixinho.

— Parece ter um valor incrível.

Ela assentiu com a cabeça.

— E se fosse colocada de volta no lugar ao qual ela pertence, a peça completa teria um valor incalculável. Não sei sequer imaginar esse valor. Mas, de fato, a tarefa mais importante deve ser a de autenticá-la. Vou contatar alguém que conheço.

Ao dizer essas palavras em voz alta, ela sentiu-se mais determinada a encontrar a surpresa, não pelo dinheiro, mas para ver essa peça incrível por inteiro e em toda a sua glória. Mas como faria isso?

— O que você acha de esperar umas duas semanas para contar à família enquanto eu procuro a surpresa? — Lucas ficou tão assustado quanto Carly ao ouvir essas palavras saírem de sua boca.

JOIAS FATAIS

Com o queixo caído, a boca de Carly formou um O.

— Por que você faria isso?

Ele não sabia a resposta, não sabia mesmo. A brisa soprou na água salgada da baía e revolveu o musgo das "árvores dos anjos" no jardim. Mary Tucker sempre foi uma mulher especial para ele e Ryan por ter tornado a infância deles suportável. Se pudesse fazer alguma coisa para ajudá-la e ajudar sua família, ele faria em um piscar de olhos. Mas seria apenas por causa de Mary? Ao olhar para o rosto de Carly, ele não teve tanta certeza assim.

Ela não passaria por cima de suas justificativas.

Lucas limpou a garganta.

— Eu me preocupo com sua avó. E, para ser sincero, o ovo é intrigante. Quem não gostaria de juntar o ovo com a surpresa e devolver ao mundo um tesouro como esse? Penso que todos nós temos um pouco de Indiana Jones dentro de nós. Pelo menos eu tenho.

— Eu também. O tesouro desconhecido está por aí, à nossa espera. — O sorriso luminoso eliminou as sombras nos olhos dela. — Aceito sua ideia. Por enquanto, não vou contar nada à família. Vou orar para que a notícia não seja vazada e podemos esperar até eu encontrar a irmã de minha avó e a surpresa.

Sons vieram de dentro da casa e ela olhou naquela direção.

— Parece que meu pai e o resto da família já se levantaram. É melhor eu preparar o café da manhã.

— Todos eles são adultos. Não sabem preparar um café da manhã para eles? Você não é empregada deles, Carly.

Ela franziu um pouco a testa.

— Eu sei, mas todos estão esperando. É o que sempre fiz.

Lucas apontou com a cabeça para Noah no colo dela. O bebê estava com a mão fechada na boca e talvez estivesse com fome.

— Você tem um ótimo motivo para deixar essa tarefa a cargo de outra pessoa.

— Se eu não fizer, a vovó vai fazer. E há muitas pessoas para alimentarmos.

Ele olhou de relance para a hora em seu celular.

— A padaria está aberta. Vou comprar alguns bolinhos. São mais que suficientes.

— Você não tem de fazer isso — protestou a moça.

— Eu sei, mas você precisa usar seu cérebro no enigma que temos de resolver.

Ela sacudiu a cabeça.

— Não tenho certeza se estou à altura do problema, mas quero tentar. Sempre fui fascinada por história. Lecionei história no ensino médio por alguns anos antes de me meter nas feiras de bugigangas.

Ele levantou-se.

— É incrível como você reconhece peças de coleção valiosas. Não sei distinguir um ovo Fabergé de uma carruagem de brinquedo da Cinderela. Afinal, como você entrou nesse negócio?

— Quando conheci Eric, a avó dele tinha uma loja de antiguidades e eu colaborava com ela indo a feiras de bugigangas. Descobri que tinha uma aptidão natural para encontrar tesouros para a loja nos lugares mais improváveis. A procura por objetos valiosos me fascinou. Quando ela morreu, decidi montar um estande na feira de bugigangas e estava ganhando um bom dinheiro com isso. Esse dinheiro complementava nossa renda para que pudéssemos comprar uma casa maior e eu parasse de lecionar. — Ela encolheu os ombros e mudou Noah de posição. — No começo, Eric ficou feliz, mas a mãe dele achou que eu ficava muito tempo fora de casa. Uma das muitas reclamações dela.

— E você ficava muito tempo fora?

— Durante mais ou menos cinco meses do ano eu viajava nos fins de semana e Eric me acompanhava quando não estava trabalhando. Mas aquilo interferiu no desejo da mãe dele de almoçarmos

JOIAS FATAIS

juntos aos domingos. Pouco antes de ele morrer, comecei a pensar em escrever um romance histórico. Ele não gostou nem um pouco da ideia. Achava que um emprego das 9 às 17 horas seria mais adequado ao nosso modo de vida.

A porta de tela foi aberta e Emily colocou a cabeça para fora.

— Você não vai preparar o café? Todos já acordaram.

Lucas não deu tempo para Carly responder.

— Já estou indo comprar alguns bolinhos. Sua irmã não dormiu muito bem depois que seu pai e sua irmã chegaram ontem à noite. Deve haver cereal na cozinha se você não quiser esperar.

Emily arregalou os olhos e recuou para dentro da casa. Lucas dirigiu-se à escada de novo.

— Volto o mais rápido que puder. Tire um cochilo com o bebê e quando eu voltar vamos dar outra olhada no sótão.

A família dela deixava qualquer um maluco. Seria melhor para Carly se eles não aparecessem com muita frequência.

ONZE

O silêncio era ensurdecedor.

Carly encontrou todos na sala de estar olhando para baixo. O que poderia ter acontecido enquanto ela estava do lado de fora conversando com Lucas? Com Noah dormindo em seu ombro, ela achou melhor levá-lo para cima e colocá-lo no berço antes de saber o que se passava. Levou a babá eletrônica consigo e fechou a porta antes de voltar para enfrentar os leões rondando dentro da toca.

A situação não havia melhorado quando ela voltou à sala de estar. Dillard e Amelia estavam sentados no sofá de dois lugares, especial para namorados, mas não pareciam nem um pouco apaixonados. A irmã estava praticamente agarrada ao braço do sofá e Dillard franzia as sobrancelhas enquanto olhava para seu celular. Não poderia voltar a Jacksonville com a rapidez que Carly desejava.

A brisa que atravessava as janelas abertas pouco ajudava para dissipar o cheiro do esmalte que Emily retirava das unhas. Sua expressão de rebeldia demonstrou a Carly que ela tentava desligar-se do que estava acontecendo. Não havia nenhum sinal da avó nem dos membros da família que haviam chegado à noite.

Carly não sabia se deveria fazer perguntas ou esperar que a bomba estourasse. Talvez o silêncio fosse a melhor escolha. Um som vindo da cozinha a alertou e ela seguiu naquela direção. A avó estava em pé diante do balcão moendo café. O pai e Isabelle aguardavam o café sentados à mesa, todos em silêncio.

JOIAS FATAIS

— Bom dia — disse Carly. — Vocês dormiram bem?

Isabelle encolheu os ombros.

— Os lençóis tinham um cheiro esquisito que não me deixou dormir.

Carly forçou um sorriso.

— Isso se chama ar fresco. Penduramos os lençóis no varal do quintal.

— Vocês não têm secadora?

— Temos, mas penduramos as roupas e os lençóis ao ar livre quando possível. É melhor para eles. Parecem ficar com cheiro de sol e ar fresco.

A irmã não disse nada e, ao olhar mais de perto, Carly viu os lábios dela tremendo. Ao ver também lágrimas em seus cílios, engoliu em seco. A situação devia estar difícil para Isabelle, tendo atravessado o país e sendo abandonada na casa de pessoas que ela realmente não conhecia. Nada disso era culpa dela. A culpa era do pai.

Carly concentrou a atenção no pai.

— Pai, você não pode fazer isso com Isabelle.

O queixo de sua irmã projetou-se para frente e ela olhou firme para Carly. Haveria um raio de esperança de ter a irmã como aliada? Carly deu-lhe um riso encorajador. Estava acostumada a enfrentar o pai, que negligenciara todas as filhas durante a maior parte da vida delas. Foi um pai ausente antes mesmo da morte da mãe. O trabalho dele era mais importante que as filhas.

Sem receber resposta do pai, Carly olhou para a avó em busca de ajuda, mas a avó parecia não estar prestando atenção enquanto despejava água na cafeteira. Carly não tinha ninguém para ajudá-la.

— Pai — insistiu. — É sério. Você precisa cancelar sua viagem. A situação está muito difícil para Isabelle.

Ele suspirou e, por fim, olhou para ela.

— Não posso fazer isso, Carly. É muito importante.

COLLEEN COBLE

— Você não pode aparecer aqui sem dar um telefonema e esperar que todos façam o que você quer. Está errado.

Carly tentou escolher as palavras com cuidado. Isabelle já estava traumatizada o suficiente desde o dia anterior e ela não queria fazê-la sentir-se indesejada.

— Você não quer Isabelle aqui?

Ela sentiu vontade de esbofetear o rosto presunçoso do pai.

— Claro que queremos. A questão não é essa. Está claro que ela não queria, mas você não lhe deu escolha. Tirou-a da escola antes do fim do ano letivo e atravessou o país de avião para deixá-la com pessoas que ela não conhece.

Ele fechou a boca com força e semicerrou os olhos castanhos.

— Esta casa é da minha mãe, não sua. A decisão não tem nada a ver com você.

Carly engoliu algumas palavras sobre ter arrumado o quarto para eles na noite anterior. Quem ele achava que fazia a maior parte do trabalho na casa? A avó parecia bem apesar da idade, mas era estava cada vez mais lenta e todos sabiam disso. E esse era o motivo pelo qual ninguém havia preparado o café da manhã ainda.

A avó virou-se, com a saia esvoaçante enrolando-se nos tornozelos.

— Kyle, estou muito feliz por ver você e Isabelle, mas Carly tem razão. Você nem sequer avisou. Isso é inaceitável.

— Foi uma viagem repentina.

— Tão repentina que você não pôde ligar do aeroporto enquanto aguardava na sala de espera?

— Quase perdemos o voo. Jogamos as roupas nas malas e fui o mais rápido que pude ao aeroporto.

A avó cruzou os braços ao redor do peito.

— Pelo menos você teria de ficar e ajudá-la a adaptar-se. E os deveres de casa? — A expressão da avó abrandou-se ao voltar a atenção à neta mais nova. — Isabelle, quando as férias vão começar?

— Daqui a duas semanas — Isabelle respondeu com voz trêmula. — Ainda tenho de fazer as provas.

— E por quanto tempo você vai ficar fora, Kyle? — perguntou a avó.

Ele se mexeu na cadeira e olhou para um ponto distante.

— Um mês mais ou menos.

— E espera que sua filha perca as semanas mais importantes do ano letivo? Na idade dela, isso vai influenciar na média das notas dela. É muito egoísmo.

— Não posso fazer nada, mãe. Há um problema sério no escritório central da empresa.

Sempre havia uma crise. Carly mordeu a língua, porque a avó estava lidando com o assunto da melhor forma que podia. A situação não parecia estar ligada à tensão que havia na sala de estar. Então, o que estava acontecendo?

— Você não vai a lugar nenhum enquanto não der um jeito para que Isabelle termine o ano letivo. Como pretende fazer isso?

— Resolvo quando voltar.

— Você vai resolver isso agora, filho. — A avó apontou para o celular na mão dele. — Agora.

Eram apenas 6 horas da manhã na Califórnia, mas ele suspirou e pegou o celular.

— Conheço o diretor da escola. Vou ver o que posso fazer.

Ele faria alguma coisa, pelo menos. Até Isabelle pareceu aliviada.

— Trouxe os bolinhos — avisou Lucas, atrás dela. — E estou sentindo cheiro de café. Cheguei na hora certa.

Ao menos havia uma distração.

———

Alguém trouxera frutos do mar para o almoço e o aroma tomou conta do corredor do lado de fora da sala de Bernard. Lucas

COLLEEN COBLE

atravessou a porta aberta e fechou-a atrás de si. Afundou-se em uma cadeira ao lado do parceiro.

— Tenho algumas informações sobre o que os russos devem estar procurando.

Vince e Bernard demonstraram expressões idênticas de interesse. Bernard assentiu com a cabeça.

— Estamos ouvindo. Qual é a novidade?

— Não pode sair desta sala. O perigo vai aumentar exponencialmente se alguém mais souber.

— Você sabe que isso é impossível — disse Bernard.

Lucas inclinou-se para frente.

— A vida da família Tucker depende disso, chefe. A novidade é grande demais. Preciso de duas semanas para desenrolar tudo. Vou manter vocês dois informados, mas não quero que apareça em nossos relatórios. Se eu não conseguir nada em duas semanas, vocês poderão contar ao resto da equipe. É o achado do século.

Bernard ergueu as sobrancelhas loiras.

— Está bem. É melhor que seja verdadeira, Lucas. Desembuche.

— Carly encontrou um ovo Fabergé de valor incalculável, desaparecido desde 1922. Antes disso estava guardado no arquivo do inventário do governo provisório da Rússia, talvez no depósito de armas do Grande Palácio do Kremlin.

— Nunca ouvi falar desse assunto — disse Bernard. — Vale alguns dólares?

— O último foi vendido por 30 milhões. Esse deve valer mais, muito mais. A surpresa dentro do ovo está desaparecida e provavelmente os russos estão atrás dela também.

Lucas contou aos dois a respeito da herança de Mary e de como isso poderia levar a mais informações sobre quem sabia da existência do ovo e quem poderia estar à procura do tesouro.

— Para mim, parece uma história de Indiana Jones — disse Vince. — Coisa de louco. Você tem certeza de que é verdadeiro?

— A minha certeza se baseia na certeza de Carly. E isso explica a invasão na outra noite.

— Carly já vasculhou tudo no sótão? Talvez a surpresa esteja lá, em algum lugar.

— Ela ainda não vasculhou tudo — admitiu Lucas. — Vai fazer isso, mas haveria mais sentido se a mãe biológica de Mary tivesse dividido tudo entre as duas filhas. O ovo valeria mais ainda com a surpresa dentro de novo.

— Onde o ovo está agora? — perguntou Bernard.

— Num cofre no banco.

Vince franziu as sobrancelhas.

— É seguro? Se a máfia russa estiver à procura dele, invadir o banco não seria problema para eles.

— Pensei nisso também. Podemos fazer tocaia no banco por duas semanas? Sei que estou pedindo muito, mas pense na contribuição para a história se conseguirmos resolver isso, tenente.

Lucas queria dizer que seria um excelente fim de carreira para seu chefe, mas não deveria dizer nada. Bernard teria de se dar conta do impacto que algo tão grande teria sobre sua reputação.

Bernard assentiu lentamente com a cabeça.

— Você tem duas semanas, Bennett. Não posso autorizar o gasto desse dinheiro por mais tempo. Mas, uau, se conseguíssemos pegar os russos e entregar o ovo ao mundo em uma operação, seria extraordinário.

Aquele era um eufemismo. Lucas assentiu com a cabeça e levantou-se.

— Vou fazer o melhor possível.

Despediu-se dos homens e dirigiu-se à sua picape. Carly precisava vasculhar o sótão e seria mais rápida se ele -ajudasse. Não esperava encontrar a surpresa lá, mas era o lugar lógico para começar. O resto da família perguntaria o que estava acontecendo lá em cima e ele não tinha respostas prontas. Esperava que Carly tivesse uma para apresentar.

A família inteira era confusa, mas sua vida doméstica havia sido apenas um pouco melhor. Ryan deveria começar a reforma na segunda-feira. A situação ficaria caótica com todas as irmãs lá. E o pai mal-humorado. A presença de Kyle só servira para aumentar o estresse de Carly.

Lucas estava começando a entender que, em todos aqueles anos, ela devia ter carregado uma carga mais pesada do que ele imaginara.

DOZE

Ninguém queria falar com ela, mas ela precisava saber o que se passava.

Carly inalou o cheiro agradável da cabeça de Noah e colocou-o no chão da sala de estar para que ele rolasse sobre um cobertor. Pepper estava deitado um pouco distante do bebê, que dava gritos agudos, tentando alcançar o gato.

O pai de Carly estava no pavimento superior tomando banho antes de viajar e Isabelle voltara para o quarto assim que o pai conseguiu dar um jeito para que ela terminasse as aulas online. Mesmo depois que todos os detalhes foram acertados, ela irrompeu em lágrimas quando ficou claro que permaneceria ali sob os cuidados da avó.

Carly pegou sua caneca de café e acomodou-se no chão ao lado de Noah e olhou firme para Amelia.

— O que está acontecendo? Ninguém está conversando. Você está brava comigo, com os outros ou as duas coisas?

Amelia olhou para Carly com os olhos castanhos semicerrados e não disse nada. Carly virou-se para Dillard. Talvez ele falasse. Segurava as chaves na mão, portanto, ela desconfiava que ele planejava voltar naquele dia para Jacksonville.

Emily limpou a garganta.

— Por que estamos aqui, Carly? A reforma da casa ainda não começou, por isso nossa ajuda não é necessária.

— Claro que é. Vamos começar tirando os móveis do pavimento inferior. É por ali que Ryan vai iniciar a reforma. Vai ser na segunda-feira.

Ela já havia informado isso a todos, portanto, qual o motivo daquilo tudo?

Amelia cruzou os braços.

— E agora vamos ter de morar no pavimento superior? Ficar sem cozinha durante semanas, talvez meses. Sem lugar para sentar. Não sou necessária aqui, ainda não.

— Você pode começar pela parte externa a qualquer momento, Amelia. Você e Emily podem trabalhar juntas e decidir o esquema das cores, o que incluiria testar as cores das tintas e criar um design no computador. E Emily poderá direcionar as mudanças que deseja ver na casa. Mudar portas de lugar, demolir paredes, esse tipo de coisa.

Carly olhou ao redor da sala de estar e fez uma nova avaliação. O papel de parede cor-de-rosa estava gasto e descascado em vários lugares. O piso de carvalho precisava ser retocado e o layout provavelmente teria de ser modificado para adaptar-se aos grupos que se hospedariam na casa. E certamente a cozinha e a sala de jantar necessitavam de uma boa reforma. O pensamento de cuidar de tudo isso sozinha era sufocante.

Emily movimentou-se, demonstrando insatisfação.

— E daí? Você vai conseguir tudo como sempre.

Ah, o verdadeiro xis da questão. Sempre dependia do testamento da mãe. Carly passou os dedos na cruz de platina pendurada em sua corrente.

— A vovó planeja deixar a casa para todas nós. E que o lucro obtido na pousada seja também dividido entre nós três.

— Não parece ser uma quantia alta — interferiu Dillard. — Quando a avó de vocês pagar as benfeitorias necessárias, o tempo para recuperar os custos será uma eternidade.

Ele não estava errado e Carly viu uma expressão sombria no rosto das irmãs. As coisas estavam dando errado com muita rapidez.

— Então vocês planejam ir embora e deixar tudo isto para trás? — disse Carly movimentando a mão ao redor da sala de estar.

— Você é a mais velha e a neta favorita — disse Emily. — E tem Noah também. Está morando com a vovó e teve muito tempo para convencê-la a deixar tudo para você.

Antes que Carly pudesse responder, a campainha tocou e ela avistou Lucas na varanda. Levantou-se e dirigiu-se depressa à entrada da casa e abriu a porta de tela assim que conseguiu controlar as emoções.

— Entre.

Os olhos cor de avelã e semicerrados de Lucas desviaram-se de Carly e percorreram a sala de estar. Ela tinha certeza de que não precisava explicar-lhe o motivo de estar aborrecida ao ver a tensão na família. Ele assentiu quando ela fez um leve movimento com a cabeça. A última coisa que ela queria era que ele exigisse uma explicação. Só serviria para piorar aquela situação terrível.

— Pensei em vir ajudar vocês a arrastar as coisas no sótão. Tenho um pouco de tempo livre.

Uma trégua. Pelo menos ela não teria de voltar à sala de estar pronta para a briga.

— Seria ótimo. — Com a voz um pouco trêmula, ela limpou a garganta. — Vou ver se a vovó pode tomar conta de Noah. Ele vai acordar daqui a uma hora mais ou menos.

E não ousou pedir a uma das irmãs que tomasse conta dele. A antipatia das irmãs por ela provavelmente respingaria no bebê, por mais incrível que pudesse parecer.

— Eu tomo conta dele.

Carly virou-se e viu Isabelle no pé da escada, com os olhos vermelhos. Havia tomado banho e seus cabelos loiros ainda molhados caíam sobre os ombros. Nos quatro furos de cada orelha havia pequeninas argolas penduradas.

— Tem certeza?

— Gosto de bebês. Trabalho como babá desde os 13 anos. Ele é muito fofo e vou arrumar alguma coisa para ele fazer. — Ela arregalou os olhos quando se aproximou da larga abertura da entrada da casa até a sala de estar. — Você tem um gato? Meu melhor amigo tem um e eles são divertidos! Mas a mamãe não permitiu que eu tivesse um bichano.

Carly queria saber mais sobre a mãe dela, mas aquele não era o momento.

— O nome dele é Pepper e Noah gosta muito dele. Se for preciso trocar as fraldas do bebê ou se ele chorar, pode me chamar.

Isabelle franziu o cenho.

— Não preciso de ajuda para trocar fraldas. É a primeira coisa que as babás aprendem. Minhas amigas dizem que sei acalmar os bebês. Eles nunca choram quando estão comigo. Os bebês são como cães. Sentem se você gosta deles ou não. Sentem sua energia ao redor deles.

A primeira impressão de Carly a respeito de Isabelle mudou. Talvez ela não fosse uma garota mimada como pareceu quando chegou na noite anterior. Que garota de 15 anos de idade não ficaria aborrecida se tivesse de atravessar o país no meio da noite sem nenhum aviso?

— Obrigada. Caso você precise de mim, estou no sótão. Ele só vai mamar daqui a uma hora mais ou menos.

Seria ótimo ficar longe da tensão na sala de estar, mesmo que fosse apenas por uma hora.

***

A surpresa desaparecida continuava desaparecida, mas Lucas não esperava encontrá-la.

Depois de duas horas abrindo cada gaveta dos móveis no sótão e vasculhando cada peça de roupa, Lucas e Carly não encontraram nenhuma indicação de que a surpresa do ovo Fabergé estava entre os pertences que ela herdara.

Parte dos cabelos escuros de Carly havia se soltado do rabo de cavalo, ela sentou-se no degrau mais alto do sótão e respirou.

— É o que eu esperava. Se a surpresa estivesse com o ovo, deveria estar em algum lugar no baú. Você até verificou se havia um fundo ou uma lateral falsa.

Lucas colocou um dos pés na travessa de uma cadeira velha e concordou com a cabeça.

— Verifiquei todas as gavetas à procura de fundos falsos. Acho que não está aqui, o que significa que nosso próximo passo lógico é encontrar a família que adotou a irmã de sua avó. Você acha que está na hora de avisar suas irmãs que vamos procurá-la? Talvez isso possa abrandar a raiva que percebi lá embaixo.

Ele não havia tocado no assunto ainda, mas talvez ela tivesse tido tempo suficiente para acalmar-se e comentar o que ele havia visto. O modo como as irmãs de Carly a tratavam era estranho demais para ele. Parecia não haver nenhum motivo para sentirem tanta raiva dela.

Carly tirou a tampa de uma garrafa de água e tomou um gole. Ele fez o mesmo para dar um tempo para ela decidir se responderia. Ou não. Por que ela deveria confiar nele e contar a verdade sobre uma situação familiar claramente perturbadora?

Ela rosqueou a tampa na garrafa e colocou-a no piso do sótão.

— Elas estão bravas desde que completei 25 anos de idade.

Então fazia cinco anos que as irmãs agiam daquela maneira.

— O que aconteceu quando você chegou aos 25 anos?

Ela levantou a corrente de platina de seu pescoço para mostrar-lhe a linda cruz pendurada nela. Ele já vira essa cruz, mas que ligação teria com as irmãs dela?

— Esta corrente pertencia à mamãe. Ela nunca a tirou do pescoço quando éramos crianças. Depois que ela morreu, não sabíamos o que havia acontecido com a corrente, mas nenhuma de nós se atrevia a perguntar ao papai. E quando ele se casou de novo e foi embora para a Califórnia, esquecemos a corrente. Um dia, depois que completei 25 anos, recebi uma caixa dele. Dentro estava esta corrente com um bilhete da mamãe. Ela sabia que estava morrendo e deixou a corrente para mim.

— Mas por que ele esperou até você completar 25 anos?

E havia uma pergunta mais importante ainda. Que poder teria aquela corrente para perturbar toda a dinâmica da família?

— Na carta a mamãe dizia que eu só deveria receber a corrente quando minhas irmãs tivessem idade suficiente para compreender. A corrente pertencia à minha avó e ela a deu à minha mãe como presente de casamento. A corrente deveria ser entregue à filha mais velha. A filha mais velha era eu.

Ele assentiu com a cabeça.

— Faz sentido.

— Acho que minhas irmãs teriam concordado se fosse apenas a corrente, mas havia também alguns títulos que venceram quando completei 25 anos. O valor era de 50 mil dólares. Na época eu estava casada e planejava dividir o dinheiro com minhas irmãs. — Ela olhou para as suas mãos e engoliu em seco. — O dinheiro estava em nossa conta conjunta no banco. Eu havia preenchido os cheques para Emily e Amelia antes de ir à feira de bugigangas. Eric não me acompanhou porque estava trabalhando.

Tenso, Lucas já estava prevendo o final de tudo aquilo.

— Ele gastou o dinheiro?

Ela torceu as mãos no colo e concordou com a cabeça.

— Deu entrada para a compra de uma nova casa.

Ele soltou o ar com força.

— Uau! Uau! E suas irmãs não aceitaram bem a notícia?

— Nunca contei a elas. Não queria que odiassem Eric. Minhas irmãs não sabiam que eu planejava dividir o dinheiro com elas. Sabiam apenas que recebi uma herança da mamãe e elas não.

JOIAS FATAIS

— E por que ela deixou o dinheiro só para você?

Ela corou e mordeu o lábio.

— Quando tinham entre 13 e 15 anos, as meninas encontraram um pouco de dinheiro que nossa mãe havia economizado. Estava dentro de um saquinho na gaveta da cozinha. Duzentos dólares era muito dinheiro para elas. E também para nossa mãe. Elas pegaram o dinheiro e saíram para comprar roupas. A mamãe ficou furiosa e achou que elas não fariam bom uso do dinheiro aplicado em títulos. Sempre acreditei que a mamãe queria que eu dividisse o dinheiro com elas quando tivesse certeza de que não seria desperdiçado.

— Mas Eric tomou uma atitude que impediu você de fazer isso.

— Era tarde demais para mudar. O dinheiro foi gasto e Eric achou que estava certo ao tentar usá-lo para nosso futuro.

Mesmo agora ela estava criando justificativas para ele. Talvez não tivesse sido a pobre esposa que ele imaginara.

— Eric sabia que você planejava dividir o dinheiro com elas?

Carly assentiu com a cabeça.

— Contei a ele e discutimos por causa disso. Poderíamos ter comprado a casa sem dar uma entrada tão grande, mas ela facilitou o pagamento das parcelas do financiamento. Quando saí na sexta-feira de manhã para o fim de semana, achei que ele havia entendido que, para mim, era muito importante dividir o dinheiro com minhas irmãs. Quando cheguei em casa no domingo à noite, a coisa já estava feita.

— Como ele fechou o negócio da casa sem você?

— Eu havia assinado antes de partir e ele estava cuidando dos últimos detalhes do fechamento do negócio. Por isso, quando cheguei já era tarde demais para mudar.

Eric havia planejado tudo. O valor da entrada deveria constar dos documentos, mas ela assinou onde lhe foi indicado.

— Como suas irmãs souberam do dinheiro que sua mãe lhe deixou?

COLLEEN COBLE

— Viram a corrente e perguntaram ao papai. Ele lhes contou.

Todos haviam conspirado contra ela. Tratava-se de um desentendimento de longa data que não seria desfeito com facilidade.

— E agora sua avó quer ver todas as irmãs juntas. Não vai ser fácil.

Carly refez o rabo de cavalo e sacudiu a cabeça.

— Elas acham que vão realizar o trabalho e que a vovó vai deixar tudo para mim. Mas ela não vai fazer isso. E mesmo que fosse verdade, eu faria questão de dividir com elas.

— O que vai acontecer quando elas descobrirem que o conteúdo do baú foi deixado somente para você? Vão saber do ovo.

— Vou dividir o dinheiro com elas.

Lucas queria dizer a Carly que não cedesse às birras das irmãs, mas não queria que ela pensasse que ele era como Eric. Mas enquanto as irmãs não a tratassem com respeito, ele achava que Carly não devia nada para elas. Nem um centavo.

TREZE

Carly precisava contar à avó sobre sua mãe biológica.

Enquanto vasculhava o sótão com Lucas, aquele pensamento tomou conta de seu coração. Ela sempre tentou ser forte, ir em frente sozinha porque sua família dependia dela. Mas não era certo fazer isso sozinha. A avó estava intimamente envolvida no assunto e merecia ser informada a respeito.

A voz grave de Lucas interrompeu sua introspecção.

— Pronta para descer e enfrentar a família?

Ela forçou um sorriso. Queria ficar um pouco mais ali, mas Noah precisava ser amamentado e dormiria a qualquer momento. Isabelle devia ter realmente o dom de cuidar de bebês. Carly não ouviu nenhum choro de Noah.

Pegou a pasta de arquivo com os documentos que havia tirado do baú e levantou-a.

— Vou contar à vovó.

Lucas ergueu as sobrancelhas escuras.

— Sobre o ovo?

Ela sacudiu a cabeça.

— Não, a menos que você concorde. É que conheço minhas irmãs. Quando se derem conta do valor do ovo, vão me bombardear, pedindo que o avalie e venda. Dillard vai ser o primeiro.

— O ovo pertence a você — lembrou-lhe.

COLLEEN COBLE

Lucas tinha de saber que o código interior de justiça de Carly não a deixaria guardar tudo para si. Afinal, era muito dinheiro para uma só pessoa.

— Assim que a imprensa tomar conhecimento, a situação vai virar um circo. Não vamos ter um lugar sossegado para investigar o passado dela.

— Vai aparecer todo tipo de gente dizendo pertencer à família dela na esperança de pôr as mãos no dinheiro.

Carly torceu o nariz.

— Droga! É a última coisa de que precisamos.

O celular de Lucas avisou que havia uma mensagem e ele a leu.

— Vince tem uma pista sobre a família biológica da sua avó. Enviou-me uma mensagem com um número de telefone e ende-reço. A mulher, Anna Martin, parece ter parentesco com a família Balandin. A documentação é obscura. Você topa fazer uma viagem de carro? Fica perto de Savannah. Tybee Island.

Uma viagem de carro com Lucas parecia imensamente tenta-dora. Ficar longe dos olhares empedernidos das irmãs seria uma trégua bem-vinda.

— Quando?

— Amanhã depois da igreja? Noah gosta de viajar?

— Ele adora viajar. — Carly ficou emocionada por ele ter per-cebido que ela não queria ficar muito tempo longe do bebê. E não podia ficar longe por muito tempo. Noah mamava a cada três horas. — Ele costuma dormir logo em seguida. — Uma viagem a Tybee Island seria um percurso agradável de uma hora e meia em uma estrada tranquila. — Pena não podermos ir de barco.

Lucas levantou uma sobrancelha.

— Podemos, sim. Ryan e eu temos um barco. Estamos tão ata-refados que não o usamos com frequência, mas o barco está na marina, pronto para navegar. Será que o bebê aguentaria uma via-gem de barco?

JOIAS FATAIS

— Ele nunca viajou de barco, mas provavelmente logo vai dormir com o ronco do motor.

— Encontro você na marina às 13 horas.

— Eu levo o almoço.

Enquanto Carly se dirigia à escada, um som fraco de choro lhe chegou aos ouvidos. Noah estava com fome e pronto para dormir.

Ela teria algumas horas para conversar com a avó e abordar o assunto de sua família biológica. Sentiu as palmas das mãos úmidas só em pensar que teria de contar à família sobre os documentos encontrados. Pelo menos o ovo estava guardado em lugar seguro no banco e não seria descoberto. Aquele era um segredo que deveria ser guardado por um pouco mais de tempo. O alvoroço que se seguiria após sua descoberta ecoaria por todo o mundo artístico.

Depois de parar por tempo suficiente para esconder a pasta com os documentos, ela desceu até a sala de estar e foi pegar Noah, que estava bravo e com o rosto vermelho, nos braços de Isabelle.

— É hora de Noah dormir — disse Carly.

Isabelle parecia calma e serena enquanto o bebê chorava.

— Ele não chorou até agora.

— Você cuidou bem dele. — Carly balançou o bebê nos braços.

— Onde o papai está?

O leve sorriso desapareceu do rosto de Isabelle.

— Foi embora.

Sem se despedir. Sua rápida visita comprovou a enorme desconsideração que ele tinha pelas filhas. Não era importante ver nenhuma delas. Ele só queria usar a mãe e o resto da família. Pelo menos elas não teriam de conviver com ele como a pobre da Isabelle. Que péssimo pai!

— Já volto. — Carly levou o bebê, que chorava alto, escada acima.

Que tipo de pai Eric teria sido? Ela não teve a oportunidade de contar-lhe sobre Noah, mas desconfiava que, a princípio, ele ficaria bravo. Havia conversado com ele por quase dois anos sobre

107

a possibilidade de terem um bebê e ele sempre adiava o assunto. Sua gravidez foi um mistério, porque ela tomava pílula anticoncepcional, mas evidentemente Deus tinha planos que não lhes foram revelados.

Noah foi a chance que Carly teve para saber o que é amor incondicional. Ela sentou-se em uma cadeira de balanço para amamentá-lo. O cheiro agradável da pele dele acalmou-a e ela passou a mão em seu cabelo macio. O amor que um pai ou mãe sentia pelo filho era incomparável. Mesmo que tivesse ficado aborrecido no início, Eric teria mudado de ideia. Quem poderia resistir aos olhos azuis e ao sorriso desdentado de Noah? Depois de olhar para o filho, Eric teria ficado tão encantado quanto ela. De repente, seus olhos encheram-se de lágrimas. Se ao menos ele tivesse tido a chance.

A imagem de Lucas segurando Noah enquanto ele dormia em seu peito veio-lhe à mente. Até um estranho não resistiria ao carisma do bebê.

Os olhos de Noah se fecharam. Ela colocou-o no berço e ligou a aparelho de ruído branco. Pegou a pasta com os documentos e saiu do quarto na ponta dos pés.

Era hora de conversar com a avó antes de conversar com as irmãs. A avó merecia ouvir a verdade em particular, caso fosse perturbadora. Carly esperava que ela ficasse empolgada ao pensar que encontraria uma irmã gêmea.

A casa parecia curiosamente vazia quando Carly desceu a escada. Viu apenas a avó sentada na sala de estar, tomando uma xícara de chá em sua caneca favorita, a caneca polonesa azul. Sua saia esvoaçante em volta dos tornozelos cobria a maior parte da cadeira onde estava sentada. O cheiro da sopa de lagosta vindo da cozinha fez Carly lembrar que não havia almoçado ainda.

— Onde minhas irmãs estão?

— Pedi que levassem Isabelle ao *shopping*. Ficaram muito felizes por sair de casa antes que você descesse e as fizesse trabalhar. — Ela apontou para o sofá. — Sente-se, Carly Ann.

JOIAS FATAIS

Carly sentou-se na beira de uma das almofadas do sofá.

— Você acha que eu estava errada quando disse a elas o que precisava ser feito aqui?

— Claro que não. Elas precisavam saber quais eram suas obrigações. Estou surpresa por você ter esperado tanto tempo.

— Continuam zangadas?

— Foi apenas um chilique, penso eu. — A avó tomou um gole de chá e suspirou fundo, aliviada. — Como vão as coisas no sótão? Prontas para serem enviadas à feira de bugigangas?

— Nem perto disso. — Carly inclinou o corpo para frente. — Vovó, encontrei algo totalmente inesperado lá em cima. Na verdade, faz uma semana que encontrei, mas não disse nada até obter mais informações. Mas acho que você precisa saber o que é. — Ela entregou-lhe os papéis. — É melhor você mesma ler.

Os olhos azuis da avó revelaram curiosidade quando ela pegou os papéis.

— O que é isto, Carly Ann?

Carly sacudiu a cabeça, um pouco assustada.

— Leia o que está escrito no alto da página com letra miúda e retorcida.

A avó leu em silêncio antes de ver a certidão de nascimento embaixo. Deu um rápido suspiro, levou a mão à garganta e olhou firme para Carly.

— Ao que tudo indica, fui adotada — disse com voz trêmula. — Por que meus pais não me contaram?

— Não sei. Há um bilhete para mim da bisavó Helen, dizendo que a decisão seria minha. Acho que foi por isso que ela deixou para mim todas aquelas coisas que estão no baú. — Carly apontou para os papéis. — São os documentos de adoção, vovó. Seu nome foi mudado de Mary Balandin para Mary Padgett. Você viu a foto? — Ela levantou e pegou a foto que estava na pasta. — Esta é você com Elizabeth, sua irmã gêmea.

109

A avó empalideceu ao ver a foto.

— Gêmeas. Que idade nós tínhamos?

— Não se sabe, mas acho que as bebês deviam ter algumas semanas de vida. Não mais que dois meses. — Carly pegou os documentos de adoção e analisou-os com mais atenção. — Está datado de 2 de julho, o dia de seu aniversário. Acho que a bisavó Helen não sabia a data exata de seu nascimento e usou a data da adoção.

— Eu... eu não consigo acreditar.

Normalmente cheia de energia, a avó parecia estar prestes a desmaiar. Carly nunca a havia visto tão pálida.

— Quer deitar-se um pouco? — perguntou Carly.

Ela sacudiu a cabeça.

— Não, não. Estou apenas assustada. Uma irmã *gêmea*. Não consigo entender algo tão estarrecedor. Passei a vida inteira querendo ter uma irmã ou irmão. É possível encontrá-la?

— Estou tentando. Lucas está me ajudando e descobriu uma parente. Vamos de barco até Tybee Island para conversar com ela. Pode ser inútil, mas temos de tentar. Eu esperava encontrar sua família para lhe fazer uma surpresa no dia do seu aniversário, mas o assunto é mais complicado do que parecia. O nome Balandin não é comum. Só consegui rastrear a família depois que Lucas se ofereceu para ajudar.

A avó não desviou a atenção da foto.

— É muita gentileza dele. — Com lágrimas nos olhos, ela por fim encarou Carly. — E se minha mãe biológica ainda estiver viva? Se nos entregou para adoção, talvez fosse muito nova. Quem sabe aos 16 ou 17 anos de idade. Teria agora mais de 80, porém pode estar viva ainda.

— Pensei nisso também.

A esperança no rosto da avó partiu o coração de Carly. E se não conseguissem encontrar a irmã nem a mãe dela? E se as duas estivessem mortas? Era possível. A avó tinha quase 70 anos.

Acidentes, doença, algo que poderia ter levado a irmã e a mãe embora. No entanto, poderia haver uma tia ou um tio vivo. Uma sobrinha ou sobrinho. A avó receberia de braços abertos qualquer pessoa da família.

Não que lhe faltasse pessoas da família naquele momento em sua casa, mas essa encruzilhada apareceu de repente. A emoção seria muito grande só em pensar que havia uma pessoa de sua família em um lugar qualquer.

Carly tinha a intenção de encontrar alguém, custasse o que custasse. Não desistiria, por mais tempo que demorasse.

A porta de tela foi aberta e o resto da família entrou no *hall*. As faces de Isabelle estavam coradas e seus olhos azuis brilhavam. A luz do sol havia sido benéfica para ela. Até Emily e Amélia estavam sorrindo. Pelo menos até entrarem na sala de estar e avistarem os papéis espalhados no colo da avó.

— O que está havendo? — perguntou Amelia.

Carly encolheu-se ao ouvir a voz estridente da irmã. Por que tinha de ser sempre desta maneira?

— Encontrei algo interessante no sótão.

— Não apenas interessante. Assombroso — disse a avó. — Olhem aqui, meninas. Parece que fui adotada e tenho uma irmã gêmea por aí, em algum lugar. Carly vai encontrá-la para mim.

— Carly, o exemplo de perfeição. Carly, a mulher maravilha. — Agora o tom de voz de Amelia era estridente. — Não está vendo as intenções dela, vovó? Carly quer que você deixe tudo para ela. Acho que colocou esses documentos lá.

O sangue fugiu da cabeça de Carly e ela achou que ia desmaiar. Será que suas irmãs a *odiavam* mesmo? Levantou-se cambaleando e subiu a escada até seu quarto antes que as lágrimas começassem a descer pelo rosto.

QUATORZE

Carly estava linda naquele vestido vermelho de verão, mas hoje havia uma sombra em seus olhos castanhos. O que havia acontecido depois que Lucas saiu da casa ontem? Ela não tinha muita coisa a dizer quando entraram no barco e ele reprimiu as perguntas que lhe coçavam a língua. Se ela quisesse falar sobre o assunto, falaria sem a intromissão dele.

Em razão do vento forte, algumas mechas do rabo de cavalo de Carly caíram sobre seus ombros e a brisa quente deu um tom rosado às suas faces. Lucas conseguiu, de alguma forma, não a encarar enquanto manobrava o barco para fora da marina em direção ao sul, a Tybee Island. Eles passaram por casas grandes e antigas protegidas por carvalhos cobertos de musgo. Uma música estridente soou de um barco de adolescentes que eles ultrapassaram e Lucas sentiu cheiro de camarão cozido em algum lugar ao longo da praia.

Assim que chegaram a mar aberto, os sons cessaram e o silêncio pareceu mais íntimo e amigável. Como Carly havia predito, o bebê dormiu em seus braços e ela acomodou-o em um lugar mais confortável no colo. O colete salva-vidas verde fluorescente com um apoio para cabeça cercava seu rostinho e alguns tufos ralos de cabelo, mas ele parecia não se importar e dormiu durante o percurso.

— Como sua avó reagiu ontem quando você lhe contou a novidade?

JOIAS FATAIS

— Ela demorou um pouquinho para acreditar. E, em seguida, pediu que eu encontrasse sua família biológica o mais rápido possível. Se pudéssemos atender ao pedido dela, voltaríamos para casa com sua família a bordo. Começou imediatamente a se perguntar se sua mãe biológica poderia estar viva. — Com olhar sério, Carly virou-se para ele. — Você acha que isso é possível?

— Depende da idade da mãe dela quando as gêmeas nasceram. Eu não me surpreenderia se ela fosse muito jovem. Se esse for o caso, ela poderia estar com 85 ou 86 anos.

— Ou na sepultura. Tentei não alimentar as esperanças da vovó. Ou as minhas, nesse caso.

Ele queria muito perguntar-lhe por que seu sorriso havia desaparecido, mas virou a cabeça e olhou para a água azul. Os respingos da água do mar deixaram gosto de sal em seus lábios e no ar. Por que ele havia passado tanto tempo sem navegar? A agitação do dia a dia não era desculpa para não separar um tempo e fazer o que amava.

Gaivotas sobrevoavam o barco e um golfinho saltou a estibordo. A sensação de paz deu lugar à apreensão e ele olhou para Carly, que chorava em silêncio.

Foi chocante, mas ele fez a pergunta reprimida desde o momento em que a viu.

— Qual é o problema? Vi que você estava aborrecida assim que entrou no barco.

Ela enxugou o rosto com as costas da mão.

— O de sempre.

Ao menos ela não respondeu "nenhum" como a maioria das mulheres fazia.

— Suas irmãs.

— Até ontem à noite eu não havia percebido que elas me odiavam tanto. Acham que coloquei os documentos de propósito no baú para parecer heroína por ter encontrado a família biológica da vovó.

A audácia da família dela deixou-o sem fôlego e ele não encontrava palavras adequadas para expressar seu desgosto.

— É muita falta de consideração, mesmo da parte delas — disse ele por fim.

Ela concordou com a cabeça e enroscou uma mecha de cabelo atrás da orelha.

— Dormi muito pouco. Não sei como resolver isso, Lucas.

Quando a ouviu pronunciar seu nome, uma estranha emoção tomou conta dele, o que era esquisito. Parecia que ele nunca a ouvira dizer seu nome. Mas decidiu descartar a súbita sensação.

— Você tentou conversar com elas sobre o assunto?

— Não, fui para o meu quarto. Estava magoada demais para discutir com elas. Quando saí, só Isabelle estava acordada. Disse que lamentava por eu estar aborrecida. Quase a convidei para nos acompanhar, mas Ryan chegou para conversar com a vovó sobre a reforma que vai ser iniciada amanhã. Bastou um olhar dele para ela se apaixonar. — Carly deu um leve sorriso. — Eu não quis atrapalhar a adoração dela pelo herói.

— Ryan costuma ter esse efeito sobre as mulheres. Fez o mesmo com você tempos atrás.

Um sorriso, desta vez sincero, brotou nos lábios dela.

— Há muito tempo e numa terra muito distante. Eu era jovem e tola. Jamais daria certo.

— Por que não? — A tensão de Lucas aumentou enquanto ele aguardava a resposta. Seria loucura se isso fosse importante depois de tanto tempo.

— Ele continua solteiro. Não é do tipo que se acomoda. Depois que terminamos o namoro, descobri que ele se encontrara com minha melhor amiga para tomarem um café. Queria sair mais vezes com ela, mas ela não aceitou. Aquilo foi um choque para mim.

A notícia não causou nenhuma surpresa a Lucas. Ele desconfiava que Ryan saía com mais mulheres do que admitia. As únicas

JOIAS FATAIS

que ele mencionou haviam saído com ele no mínimo três vezes. Era difícil dizer quantas ele levara para jantar e nunca mais deu sequer um telefonema.

Lucas virou um pouco o barco.

— Acho que nós dois fomos prejudicados na infância. O fato de ver o meu pai lidar tantos anos com uma esposa deprimida deixou suas marcas. Minha mãe parecia ser muito feliz e normal, mas, de repente, ocorria uma reviravolta e ela passava o tempo todo na cama, talvez dias. Não comia e pouco falava.

— Eu não sabia, Lucas. Sinto muito. Deve ter sido difícil. Quem cozinhava para vocês, quem lavava as roupas, esse tipo de coisas? Seu pai não parecia ser do tipo que gosta de cuidar da casa.

— Ah, não era. Às vezes eu fazia essas coisas à noite, se posso dizer que sabia cozinhar. As refeições eram, na maioria, espaguete enlatado e sanduíches de queijo quente. Qualquer coisa que pudesse ser aquecida no micro-ondas. — Ele encolheu os ombros. — Mas eu era o mais velho. Tinha de cuidar de Ryan. Pelo menos duas vezes por semana sua avó levava comida pronta, biscoitos ou bolo. Ela foi um anjo para nós.

Carly arregalou os olhos.

— Foi por isso que você interferiu no meu namoro com Ryan. Agora eu entendo.

Verdade. Ele sempre cuidou do irmão mais novo e sempre cuidaria. E não podia negar que sua linda vizinha estava começando a intrigá-lo cada vez mais.

Lucas havia providenciado duas bicicletas na marina e, embora Carly não tivesse gostado da ideia a princípio, ele estava certo. O trajeto até o endereço havia sido curto, mas divertido. Lucas conseguira uma bicicleta com uma cesta na frente, onde Noah se

COLLEEN COBLE

acomodou, usando um pequeno capacete, e chegaram em segurança com o bebê acordado, porém feliz.

Ela baixou o descanso lateral da bicicleta e foi desamarrar Noah. Ele deu-lhe um sorriso com covinhas e movimentou as mãozinhas fechadas.

— Você está gostando, não, queridinho? Vou ter de levar uma destas para casa.

O ar fresco e os raios de sol fizeram bem a ele, muito mais que ficar no banco traseiro de um carro. Ela tirou o capacete e levantou o bebê do cesto.

Com o bebê nos braços, ela virou-se para ver a casa. O chalé branco era tão bonito e pitoresco quanto poderia ser, com palmeiras balançando seus ramos acima do telhado inclinado. A porta azul sob a varanda branca acrescentava um toque acolhedor. O coração de Carly bateu em ritmo acelerado quando ela fixou o olhar na casa. As respostas estariam ali dentro ou aquilo seria um beco sem saída?

Ela quis ligar antes, mas Lucas insistira que a surpresa seria a melhor opção. Ele era investigador, portanto, devia saber o que estava fazendo, mas ela se sentiu desconfortável por ter chegado à casa da mulher sem nenhum aviso.

A mão quente de Lucas pousou em seu ombro.

— Relaxe. O bebê vai conquistar a simpatia dela. Ele tem carisma. E covinhas também.

Ela deu uma risadinha.

— Você tem razão. Talvez seja melhor eu virá-lo para encantá-la de vez.

Noah gostava muito de ficar com o corpo virado para frente e mexeu as pernas com força quando ela o colocou nessa posição. Segurando-o com os dois braços, ela dirigiu-se à entrada. Quando se aproximaram, ela viu que a porta estava entreaberta. E alguma coisa a assustou.

JOIAS FATAIS

Ela parou e Lucas aproximou-se.

— Não estou gostando disto, Lucas.

Ele olhou para a porta entreaberta.

— Alguém forçou a entrada.

Provavelmente os riscos em torno da fechadura alertaram o subconsciente dela para o problema.

— O que devemos fazer?

— Quero que você atravesse a rua e vá até aquele café — respondeu, apontando. — Vou chamar a polícia daqui antes de entrar.

Ela não achava certo deixá-lo ali, mas tinha de pensar na segurança do bebê, por isso atravessou a rua com relutância até o Sandy Bar, um restaurante de paredes não muito altas, telhado azul e linda decoração de praia. Mas ela não achou conveniente entrar e acomodou-se em uma cadeira branca de ferro diante de uma mesa pequena. O cheiro agradável de b de caranguejo fez seu estômago se contorcer, mas no bom sentido. Não era hora de sentir fome. Ela estava assustada demais com a segurança de Lucas.

Viu o rapaz falar por alguns instantes ao celular antes de sacar a pistola do coldre em sua cintura e avançar em direção à porta. Abriu-a com o pé e entrou, desaparecendo dentro da casa. Carly sentiu-se mal por não conseguir vê-lo. O que ele estaria vendo no interior da casa? Orou por ele e por quem estivesse lá.

O tempo que ela ficou sem vê-lo pareceu uma eternidade. O som de sirenes a distância chegou-lhe aos ouvidos e duas viaturas pararam bruscamente diante da residência. Lucas reapareceu e ela suspirou de alívio. Ao menos ele estava bem. Viu-o conversando com os policiais e sua expressão sombria não contribuiu para diminuir a ansiedade dela. Algo havia acontecido dentro da casa.

Por fim, ela acalmou-se um pouco e pediu um chá gelado enquanto aguardava a chegada dele. A bebida doce fortaleceu-a e ela tomou outro gole. Finalmente ele virou-se e caminhou em sua

COLLEEN COBLE

direção. Ela começou a levantar-se, mas ele fez um sinal para que continuasse sentada.

Ao chegar à mesa, ele afundou-se em uma cadeira ao lado dela.

— Terrível, Carly, terrível mesmo. Encontrei Anna Martin morta na cozinha.

Morta. Carly levou a mão à garganta.

— Parece que foi atingida por uma arma calibre 44 tarde da noite de ontem. O local está todo revirado. O intruso estava procurando alguma coisa. Muito metódico e profissional.

— Os russos de novo?

Seus olhos cor de avelã olharam para ela com expressão inflexível.

— Talvez. Alguém sabia o que eles estavam fazendo. Vou relatar aos investigadores daqui a invasão em sua casa.

Ele não podia estar falando sério. Ela abriu a boca, mas não conseguiu falar. Engoliu em seco e tentou de novo.

— Você vai ter de contar a eles sobre o ovo, Lucas.

— Acho que não temos escolha, Carly. O problema aumentou e uma pessoa inocente morreu. Detesto violar sua confiança, mas se guardarmos esse segredo só para nós, vamos prejudicar a investigação. O que você faria antes de tudo se soubesse que a notícia chegou à imprensa?

— Precisaria comprovar sua veracidade.

— Então pode ser que ele não seja realmente o ovo perdido?

Ela odiava abalar a confiança dele, mas balançou a cabeça.

— Tenho quase certeza, Lucas, porém, precisamos de provas. Mas, pensando bem, diria que preciso contar primeiro à minha família. Depois de ontem à noite, não vai ser fácil.

Sua voz engrossou diante da ideia de enfrentar mais ódio vindo das irmãs, mas Lucas estava certo.

O problema era grande demais para ser contido. Um assassino havia cometido um crime e sua família poderia ser a próxima vítima.

JOIAS FATAIS

Ela abraçou Noah com força. A segurança deles era mais importante que um ovo Fabergé de valor incalculável. O dinheiro, por maior que fosse, não valeria a perda de sua família. A pobre mulher dentro da casa já havia pagado um preço final.

QUINZE

A viagem de volta a Beaufort foi longa e silenciosa. Carly começou a falar várias vezes, depois calou-se. O que poderia dizer? Ao encontrar aqueles documentos, ela acendera o estopim de todo esse problema. Se não tivesse encontrado aquela pasta, Anna talvez ainda estivesse viva.

A família estava reunida em torno da mesa da sala de jantar quando ela e Lucas entraram. Carly havia dito a Lucas que ele não precisava entrar na casa, mas ele reagiu com firmeza:

— *Não vou deixar que você enfrente isto sozinha.*

E ela não teve coragem de contra-argumentar. O fato de saber que tinha alguém ao seu lado a fez endireitar o corpo e erguer a cabeça.

A avó foi a primeira a vê-la e começou a se levantar. Carly sacudiu a cabeça.

— Acho melhor a senhora ficar sentada, vovó. Há muitas coisas para lhe contar. Muitas mesmo.

Carly percorreu a mesa com o olhar. Amelia e Emily pareciam um pouco envergonhadas, mas talvez o otimismo inerente a Carly a fizesse pensar que poderiam estar arrependidas de suas palavras ásperas. Esparramada em uma cadeira, Isabelle olhava para seu celular como se o que as irmãs mais velhas tinham a dizer não fosse importante para a vida dela. Mas tinha importância, para todas elas. Pelo menos Dillard já voltara para Jacksonville.

— Isabelle, você cuidaria do bebê? — perguntou Carly.

A irmã pareceu surpresa, mas largou o celular e abriu os braços. Noah estava pesando nos braços de Carly e ela o colocou nos braços de Isabelle. Deveria sentar-se ou permanecer em pé? Em pé, Carly decidiu. O peso do que tinha a dizer seria mais leve se continuasse em pé.

— Encontrei outra coisa no sótão. Tentei manter segredo porque essa descoberta vai mudar tudo.

O segredo acabara com a vida de Anna, e Carly engasgou com as próximas palavras e perdeu a linha de pensamento. Sentindo frio, muito frio, ela começou a tremer.

Lucas aproximou-se dela o suficiente para que o calor de seu corpo a aquecesse e colocou a mão em seu ombro.

— Quer que eu conte?

Um nó formou-se em sua garganta, mas ela sacudiu a cabeça.

— Havia um ovo vermelho, vermelho berrante, no baú, envolto em um xale russo. A princípio, pensei que fosse um brinquedo de criança, mas era muito mais que isso. Vi uma porcelana branca na tinta lascada e decidi limpar o ovo.

A atenção da família estava completamente concentrada em Carly e ela se esforçou para contar tudo.

— Assim que a pintura foi retirada, percebi que estava segurando um dos ovos Fabergé desaparecidos.

Ninguém estava ofegante igual a ela. Ninguém ficou sobressaltado nem demonstrou nenhuma emoção, mas a verdade era que elas não sabiam o que o ovo significava.

— Os ovos Fabergé foram produzidos para a esposa do czar da Rússia — prosseguiu Carly. — Em 1885, o czar Alexandre III ofereceu o primeiro à czarina Maria Feodorovna. Os registros mostram que foram produzidos 52 ovos no total, mas alguns estão desaparecidos. Havia um deles no baú, a Galinha com o Pendente de Safira.

Emily perguntou ofegante.

— Vale muito dinheiro?

— Não sei quanto. Milhões. Todos os ovos Fabergé tinham a tal "surpresa" dentro. A surpresa do nosso ovo está desaparecida e espero encontrá-la antes que a notícia saia daqui. A imprensa vai acampar em nosso gramado quando souber da novidade. Vai ser quase impossível procurar a surpresa quando tudo for revelado.

— E por que você está nos contando, querida? — perguntou a avó. — O conteúdo do baú lhe pertence. Você não precisava revelar isso agora.

— Eu sei — disse Amelia. — Os russos invadiram a casa, certo? Então alguém sabe.

Carly assentiu bruscamente com a cabeça. O olhar firme da avó cruzou com o dela.

— Mataram a mulher que íamos visitar, vovó. Reviraram a casa procurando alguma coisa, talvez a surpresa. Se a surpresa estava com ela, eles a encontraram.

— A mulher que imaginamos ser nossa parente? — A avó quis saber.

Carly concordou com a cabeça.

— Lucas encontrou o corpo. Não tivemos oportunidade de conversar com ela.

Lucas apertou o ombro de Carly como se dissesse que ela se saíra bem.

— O ovo está em lugar seguro, por isso nenhum invasor vai encontrá-lo aqui. Mas todas precisam estar vigilantes. Carly não vai contar nada à imprensa, mas a notícia pode vazar. Espero que não, porque todas vão correr um risco maior.

— Por quê? — perguntou Isabelle. — Se está seguro, está seguro.

— O que vocês acham que sua irmã faria se o assassino sequestrasse uma de vocês e exigisse o ovo em troca? — perguntou Lucas.

— Entregaria o ovo — respondeu a avó. — E quem sabe eles nos matariam para ter certeza de não haver nenhuma testemunha.

JOIAS FATAIS

Pelo menos a avó entendeu. A boca de Carly estava seca quando ela pensou na desgraça que poderia acontecer. Como tirá-las dessa confusão? Entregar o ovo voluntariamente? Como, porém, fazer isso se ela não conhecia o agressor sinistro nem sabia como alcançá-lo? Sua família era preciosa para ela, mesmo que as irmãs não acreditassem. Ela estava disposta a entregar tudo o que possuía aos russos para protegê-las.

Naquele exato momento, isso não parecia ser uma opção.

———

Lucas amava sua profissão, mas não queria estar na delegacia naquele exato momento – não quando muitas coisas dependiam de encontrar os russos que haviam assassinado uma mulher inocente. Ele percorreu a lista de nomes possivelmente ligados à família Adams. Se Eric imaginou estar sendo seguido após ter entrado em contato com o filho, era bem possível que não estivesse enganado. Agora que a notícia sobre o ovo provavelmente seria divulgada, não havia nenhuma vantagem em esquivar-se de Roger na esperança de não chamar sua atenção. Ele tinha conhecimento do ovo ou tinha algum motivo para estar interessado.

Uma cópia da ficha criminal de Roger Adams revelou-se interessante. Furto em lojas, dirigir embriagado e uma acusação de roubo provaram para Lucas que o homem não teria hesitado em invadir a lojinha de Carly onde Eric foi assassinado. Teria ele sido capaz de matar ou aquele crime precisava ser jogado aos pés da máfia russa?

A porta da sala de Lucas foi aberta e Vince entrou. Segurava uma caixa de rosquinhas e ofereceu uma a Lucas, que não aceitou.

— Obrigado, acabo de comer um omelete.

— Saudável demais. — Vince sentou-se na cadeira do outro lado da sala. — O tenente Clark quer uma atualização do caso.

COLLEEN COBLE

Ontem fiquei sentado do lado de fora do banco o dia inteiro graças a você. Nada. Duvido que alguém saiba que o ovo está lá.

— Alguém sabe que ele está por aí.

Antes que Lucas pudesse explicar, o chefe deles entrou na sala e fechou a porta.

Bernard escolheu uma rosquinha de nozes e acomodou-se em uma cadeira, com uma das botas apoiada no joelho.

— O que você conseguiu no fim de semana?

— Conseguimos algo pior que um roubo.

Lucas contou aos homens sobre o assassinato de Anna Martin.

O sorriso desapareceu do rosto de Bernard. Ele apoiou as duas botas no chão e jogou fora o resto da rosquinha.

— Fiquei em dúvida se você estava certo, Lucas. Eu não deveria ter duvidado de você. A polícia de Tybee Island encontrou um suspeito?

— Ainda não verifiquei esta manhã. Estou correndo contra o tempo para encontrar quem está por trás disso antes que façam nova investida contra a família Tucker. Carly contou sobre o ovo à família dela ontem à noite. Assim que soubemos do assassinato, achamos melhor alertá-las.

Lucas entregou a Bernard a lista com os crimes de Roger Adams.

Bernard alisou a sobrancelha loira enquanto analisava a lista.

— Poderia estar envolvido. — E entregou-a a Vince.

— Para mim, são os russos. — Lucas contou aos homens que a casa de Anna Martin havia sido vasculhada metodicamente. — O negócio é sério para eles. Se encontrássemos uma conexão com a família Baladin, tenho certeza de que teriam feito o mesmo. Provavelmente estão olhando em todos os cantos para encontrar a surpresa. Acho que sabem que o ovo está com Carly.

Bernard pegou seu celular.

— Conheço o chefe de lá. Quero ver o que descobriram.

Lucas continuou a procurar outros membros da família enquanto o chefe ligava para a delegacia de Tybee Island. Com os

124

JOIAS FATAIS

ouvidos atentos à ligação, ele examinava a lista de crimes do país. Um caso chamou-lhe a atenção e ele inclinou-se para frente. A invasão de uma casa em Bluffton de propriedade de Grace Adams Hill.

— Você viu o nome que consta na invasão dessa casa? — perguntou Lucas a Vince. — O sobrenome de solteira é Adams.

— E mais outras mil pessoas com esse sobrenome. É perda de tempo, Lucas.

— É possível que ela pertença à família. Acho que vou até lá para conversar com ela.

Bernard encerrou a ligação.

— Foi uma conversa interessante com o chefe. Os vizinhos ouviram uma agitação logo depois da meia-noite. A vizinha da casa ao lado disse que viu um asiático fugindo numa *van*.

— Asiático? — Lucas trocou um olhar com seu parceiro. — Não é o que eu esperava.

— A vizinha anotou a placa do carro e eles pegaram o cara. Ele está preso e eu disse ao chefe que talvez você queira ter uma conversa com o tal sujeito, se ele achar que vale a pena.

Isso era mais importante que a invasão da casa e Lucas levantou-se.

— Vamos para lá agora.

— Talvez você consiga descobrir se o assassinato tinha alguma relação com o que está ocorrendo aqui.

Lucas não acreditava em coincidências, portanto, tinha muitas esperanças de obter algum tipo de resposta.

— Eu dirijo — disse a Vince.

E seguiu com o parceiro até sua picape.

— Não sei por que você dirige este carro chamativo — resmungou Vince. — Todos na cidade sabem que é você quem está chegando.

Lucas ligou o motor e entrou no trânsito.

— Isso não impede que eles respondam às perguntas.

COLLEEN COBLE

Ele descobrira que a aparência incomum de sua picape era capaz de iniciar uma conversa e deixar as testemunhas mais dispostas a falar. A cor azul bem viva fazia as pessoas sorrirem e Lucas aceitaria qualquer informação que pudesse obter para chegar à solução de um crime.

O percurso até Tybee Island levaria uma hora e meia e ele pensou em pegar o barco de novo, mas o tempo que perderia para chegar à marina e fazer uma boa verificação não compensaria. Eles já estariam a meio caminho da ilha. Na volta, os dois poderiam parar em Bluffton. Desviariam só um pouco do caminho e poderiam matar dois coelhos com uma só cajadada.

Lucas olhou para seu parceiro. Se ao menos Carly estivesse ali no lugar de Vince. Seu parceiro gostava de ouvir *jazz* no trajeto e falar sobre seu time de beisebol preferido durante a viagem toda. Carly era uma excelente companheira de viagem. Não tentava controlar o rádio e não era faladeira.

Ele esperava que o único problema que ela enfrentaria hoje seria a equipe de Ryan iniciando a demolição no pavimento inferior. O bebê estaria em segurança no meio de toda aquela sujeira, poeira e confusão? Quando eles parassem para tomar um café, ele diria a ela que fosse à sua casa caso precisasse fugir da bagunça.

E ele não reclamaria se, ao chegar em casa, encontrasse Noah e ela lá dentro. Pelo menos o assassino não saberia onde Carly estaria.

DEZESSEIS

Aquele seria um dia caótico. Carly andava com cuidado, passando por cima do entulho do que havia restado da parede entre a sala de estar e a sala de jantar. A camiseta com palíndromo que ela escolhera naquela manhã combinava perfeitamente com o que esperava: *Wow!* O futuro da casa parecia animador, mas ela não tinha tanta certeza de como seria a convivência com sua família.

Isabelle deu passagem para Carly ir até a geladeira pegar uma garrafa d'água.

— Onde o bebê está?

— Dormindo, mas eu não tinha certeza se ele conseguiria pegar no sono com todo esse barulho. Liguei o aparelho de ruído branco e fechei a porta para evitar a entrada de barulho e poeira. — Carly olhou ao redor. — Onde elas estão?

— Emily pisou num prego e Amelia teve um chilique. As duas correram para o pronto-socorro. — Isabelle levantou os cabelos loiros, deixando o pescoço livre. — Sua família é maluca.

Carly começou a dizer a Isabelle que a família também era dela, mas a adolescente estava entretida colocando pão na torradeira. Carly estava começando a pensar que a garota era a mais equilibrada das irmãs. Pena não terem passado mais tempo com ela.

— Alguma notícia do papai? — perguntou Carly a Isabelle, com o estômago roncando ao sentir o cheiro agradável do pão na torradeira. Ela precisava comer alguma coisa naquela manhã, mas cozinhar no meio daquele caos não parecia nada divertido.

— Ele está em Roma. Chegou bem. É só isso que sei. — Sua voz tremeu um pouco e ela pegou a manteiga quando a torrada ficou pronta.

O que Carly diria para consolá-la? Todas elas haviam convivido com falta de atenção a vida inteira. Provavelmente isso não era novidade para Isabelle.

— Você sabe cuidar bem de bebês.

— Gosto deles. — Quando ela se virou para olhar para Carly, com o prato de torrada na mão, não havia nenhum sinal de lágrimas em seus olhos azuis. — A vantagem de estar aqui é que as aulas começam três horas mais tarde para mim. Posso aproveitar grande parte da manhã antes de ficar na frente do computador. Há alguma coisa que eu possa fazer para ajudar você?

O estrondo de uma tábua caindo fez Carly estremecer.

— Parece que a casa está desabando.

— Pelo menos vocês vão ter ar-condicionado quando tudo terminar. Não sei como você consegue viver aqui sem ar-condicionado.

— Você não conhece a história de Beaufort e como as casas eram construídas. Vamos dar um passeio de charrete pela cidade depois que Noah acordar e antes que o dia esquente muito.

Isabelle olhou para ela.

— Por que você está sendo tão legal comigo?

— E por que não seria? Você é minha irmã.

— Nunca pensei nisso.

Carly não queria culpar os pais de Isabelle, portanto, achou por bem escolher o que deveria dizer ao pisar em campo minado.

— Você mora longe daqui e todos estão sempre atarefados. Mas estou feliz por você estar aqui agora. — O sorriso de Isabelle foi quase invisível, mas Carly o notou. Talvez essa situação resultasse em uma bênção de Deus. — Você poderia ajudar-me encaixotando

JOIAS FATAIS

os utensílios da cozinha e levando-os ao pavimento superior. A demolição vai chegar aqui dentro de alguns dias.

Passos com botas pesadas atravessaram os entulhos na sala de estar. Ao virar-se, Carly viu que os passos eram de Ryan, com um cinto de ferramentas de couro ao redor da cintura. O peso das ferramentas fazia o cinto descer um pouco mais até o quadril. A bandana vermelha em sua cabeça deixava-o parecido com um pirata, e bonito demais, embora Carly acreditasse estar imune ao seu imenso charme. Isabelle era uma história diferente e as estrelas em seus olhos cintilaram quando ela ficou frente a frente com Ryan.

— Sua equipe já está fazendo grande progresso — disse Carly, entregando-lhe uma garrafa com água fresca.

— Obrigado. — Ele tirou a tampa da garrafa e tomou um gole.

— A demolição é rápida. Gostaria de dizer o mesmo a respeito da reforma. Você vai ter de conviver com poeira e barulho durante meses.

Ela torceu o nariz.

— Você precisava me lembrar disso?

Ele riu.

— Estou tentando evitar reclamações sobre a demora do serviço. Você vai estar ocupada demais tentando manter suas irmãs felizes.

Ele conhecia a dinâmica do relacionamento de Carly com as irmãs.

— Vou fazer o melhor que puder — disse ela.

— Encontrei algo na parede que talvez lhe interesse. — Ryan tirou um papel do bolso traseiro e entregou-o a Carly. — Parece ser a árvore genealógica da família Padgett.

— A família da vovó mora nesta casa desde que foi construída. Ela mudou para cá com o vovô logo depois que se casaram. — Carly desdobrou o papel e colocou-o na mesa da cozinha para dar uma olhada. — A vovó vai adorar ver isto.

129

COLLEEN COBLE

Carly começou pelo primeiro nome e seguiu a árvore genealógica da família até a avó e o pai, e depois até ela e suas irmãs. Nenhuma surpresa. Mas havia uma pequena estrela ao lado do nome da avó. Era o único nome com uma estrela ao lado. O que isso significava? Ela examinou os outros nomes à procura de uma pista sobre o significado da estrela. Nada.

— Há alguma coisa no verso também — disse Ryan. — Alguma coisa escrita, acho. — Ele olhou para a sala de estar quando um de seus empregados o chamou.

Carly virou o papel e viu a letra miúda e retorcida no verso. E uma estrela desenhada à mão no início do texto. Ao ler, ela levou um segundo para entender tudo. Ao lado da estrela havia um nome. Elizabeth Durham. Constava que ela era irmã de sua avó, nascida no mesmo dia. A estrela desenhada à mão devia ser a legenda explicando a estrela no outro lado do papel.

A irmã gêmea da avó.

Carly não conseguia acreditar no que via. Seria esse o sobrenome da gêmea da avó depois da adoção? Talvez fosse, porque o sobrenome era diferente do nome Balandin que eles haviam visto no documento encontrado no baú. Durham era um nome comum, portanto, seria difícil rastreá-lo, mas era um ótimo começo.

Isso talvez fosse um divisor de águas para a pesquisa deles. Ela mal podia esperar para contar a Lucas.

Eles esperavam que essa parada fosse mais útil que a última. Quando Lucas e Vince chegaram a Tybee Island, a polícia já havia libertado o suspeito. Depois de conversar com o policial encarregado da prisão, Lucas descobriu que o sujeito tinha um álibi plausível e teria de libertá-lo também. Testemunhas confirmaram seu paradeiro na hora do assassinato e aquela havia sido claramente uma falsa prisão. Lucas também conversou com o investigador por alguns minutos e descobriu que a polícia acreditava que a vítima havia pegado o invasor em flagrante.

A casa de Grace Adams Hill localizava-se na rodovia Island Slipper, em Bluffton, e a vista de dentro da casa devia ser espetacular. De um lado, o rio, e do outro, o campo de golfe, além de um céu azul exuberante e uma leve brisa agitando as copas das árvores.

Lucas estacionou na entrada circular e desceu da picape.

— Não vamos demorar muito. Duvido que a invasão nesta casa tenha relação com o que Carly encontrou.

Vince resmungou enquanto descia da picape e acompanhou Lucas.

— Tentei dizer isso a você.

A calçada contornava a frente da casa de dois pavimentos, passando por flores e arbustos muito bem cuidados até a varanda da frente. Dois carpinteiros estavam substituindo a porta de entrada e o batente. Eles pararam e saíram do caminho quando viram Lucas e Vince.

— A proprietária está lá nos fundos cuidando do jardim — disse o mais jovem.

Lucas agradeceu e ambos deram a volta em direção à água. Lucas esperava encontrar a mulher cuidando dos canteiros de flores, mas ela estava curvada sobre uma horta. Parecia estar retirando insetos das folhas e jogando-os dentro de um balde.

Ao vê-los, ela endireitou o corpo.

— Em que posso ajudá-los?

Lucas achou que ela tinha 50 e poucos anos. Os cabelos escuros e ondulados, com alguns fios brancos, estavam presos em um coque, e o calor deixara seu rosto corado. A parte do corpo não coberta pela camiseta regata e pela bermuda estava avermelhada e Lucas imaginou que a pele arderia mais tarde naquele dia.

Os dois homens apresentaram seus distintivos.

— Polícia de Beaufort, sra. Hill — disse Lucas. — Gostaria de fazer-lhe algumas perguntas.

Ela retirou as luvas.

— Claro.

Lucas olhou para o balde com água e sabão ao lado dela.

— A senhora está lavando insetos?

— Estou livrando as plantas dos escaravelhos-da-batata. Não gosto de usar inseticidas. — Ela apontou com a cabeça na direção de um *deck* espaçoso com cadeiras confortáveis e cozinha ao ar livre. — Vocês aceitam chá ou limonada?

Sem esperar a resposta, ela foi até a caixa térmica.

— Limonada parece uma ótima sugestão — disse Vince.

Os cubos de gelo tilintaram nos copos e Grace os levou aos homens.

— Preparei esta limonada hoje de manhã com os limões do meu quintal.

A doce acidez chegou à língua de Lucas.

— A melhor que tomei até hoje.

A mulher instalou-se no sofá e apontou para as cadeiras confortáveis. Os homens acomodaram-se na beira do assento.

— Bom — disse ela. — Vocês não vieram aqui para falar de limões e jardinagem. É sobre a invasão? Foi um roubo estranho. Os ladrões arrombaram meu cofre, mas não levaram meus títulos de aplicação de dinheiro nem meus anéis de casamento. Abriram caixas no porão, esse tipo de coisa. Parece que não levaram nada. Eu estava viajando a negócios e encontrei uma bagunça ao voltar para casa.

Lucas trocou um olhar com Vince.

— A senhora tem ideia do que eles estavam procurando?

— Nenhuma. Tudo o que havia no porão eram arquivos antigos do orfanato onde minha avó trabalhou muito tempo atrás. Em Savannah.

JOIAS FATAIS

Bingo.

— Sua avó se chamava Natalie Adams?

As sobrancelhas de Grace formaram um arco.

— Como você sabe disso?

— É uma longa história sobre duas gêmeas separadas após o nascimento e adotadas por duas famílias diferentes.

Grace inclinou o corpo para frente.

— Fascinante! Você pode me contar algo mais?

— A senhora examinou os arquivos?

Ela torceu o nariz e sacudiu a cabeça.

— Não examinei aquelas coisas velhas e empoeiradas. Mas minha filha fez isso. Ela está escrevendo um romance e interessou-se pelo orfanato.

— Então a senhora não sabe se os ladrões levaram alguma pasta do arquivo?

— Acho que continuam no porão, menos os que estão com meu irmão.

— Que seria Roger Adams?

— Sim, é o meu irmão mais velho.

Lucas já suspeitava que Roger poderia estar por trás da morte de Eric, portanto, tinha de escolher as perguntas com muito cuidado.

— O seu irmão já examinou os arquivos que estão aqui?

Ela sacudiu a cabeça.

— Ele queria, mas cortamos nosso relacionamento há uns vinte anos.

— Esse afastamento tem alguma ligação com os arquivos?

— Tem mais ligação com Roger por ele ser um idiota. Quando minha mãe morreu, ele quis tomar conta de tudo e decidir quem ficaria com as coisas dela. Minha mãe designou-o como executor testamenteiro e ele levou tudo o que queria, até as coisas que pertenciam à minha avó. Eu queria ficar com alguns objetos como lembrança, mas ele se opôs a quase tudo. Foi tão traumático que não temos contato desde aquela época.

Lucas terminou de tomar a limonada e levantou-se com o copo na mão.

— Obrigado pelo tempo que a senhora nos dispensou.

Ela levantou-se do sofá e pegou o copo da mão dele.

— Foi uma satisfação ajudar. Você me fez pensar se não foi Roger quem invadiu a casa e pegou os arquivos. Não sei como descobrir.

— Tenho certeza de que o investigador encarregado da invasão da casa colheu as impressões digitais. Talvez a investigação nos forneça algumas respostas.

Ela desceu a escada, para acompanhar os investigadores.

— Duvido que eles tenham tanta sorte. Eu deveria ligar para Roger.

Lucas parou, virou-se e a encarou.

— Seria melhor a senhora não fazer isso. Há alguns bandidos procurando tudo o que se refere àquela adoção. Eu não gostaria nem um pouco que a senhora chamasse a atenção deles.

Ela franziu as sobrancelhas.

— Você não mencionou isso. Acha que foram eles que entraram aqui?

— É bem provável. A senhora poderia me fornecer o endereço e o número do telefone de Roger? E de sua filha também. Ela pode ter notado alguma coisa nos arquivos antigos do orfanato.

— Claro.

Ela entrou na casa e voltou com um cartão de visitas, que foi entregue a ele.

— Este é o cartão do Roger. Ele mora na ilha e minha filha mora comigo. Ela vai chegar daqui uma hora mais ou menos. — As nuvens encobriram o sol e ela passou os braços ao redor do corpo, tremendo de frio. — E eu aqui pensando que foi um simples roubo. Devo contratar seguranças ou mudar-me para um hotel por uns tempos?

Lucas olhou para o cartão. Roger era leiloeiro.

JOIAS FATAIS

— Penso que o assaltante encontrou o que procurava, mas é sempre bom tomar cuidado.

Ela pareceu aliviada.

— Obrigada por ter vindo.

Lucas esperou até chegarem ao jardim para dizer o que pensava.

— Não gostei disso, Vince. Por sorte, ela não estava aqui.

DEZESSETE

O escritório de leilões de Roger localizava-se em uma casa ao estilo de um antigo celeiro, perto da rua, em uma área tranquila de Tybee Island. Lucas apontou para uma pequena casa de fazenda, atrás do escritório. Havia carros estacionados, portanto, ele supôs que Roger estivesse trabalhando e estacionou a picape perto da porta.

Enquanto ele e Vince se aproximavam da entrada, um homem saiu correndo pela porta da frente e passou rente a eles.

O homem, mais velho que os dois, tinha o rosto vermelho e os lábios cerrados demonstrando raiva. Olhou para eles e correu em direção ao seu carro, um antigo Taurus azul.

— Aconselho vocês a não fazerem negócio com esse trapaceiro.

Lucas trocou um olhar com Vince, cujas sobrancelhas estavam levantadas. A primeira impressão não foi nada boa. Dirigiram-se à entrada e chegaram a um espaço amplo e aberto que cheirava a uma mistura de óleo, poeira e madeira velha. A sala estava abarrotada de carros velhos, móveis e artigos de cozinha. Sem saber para onde olhar primeiro, Lucas avistou um homem de cabelos brancos espessos e barba branca.

Os investigadores caminharam para interceptá-lo.

— Roger Adams? — perguntou Vince.

— Quem quer saber?

Os dois mostraram seus distintivos.

136

JOIAS FATAIS

— Investigadores policiais.

Mal olhando para eles, Roger continuou a escrever em um papel preso a uma prancheta.

— Do que se trata?

— Eric Harris. — Lucas queria pegar Roger desprevenido. O assassinato de Eric não era lembrado pela maioria das pessoas.

— Ah, sim, ele me ligou uma vez, mas nunca conheci o cara.

— Você poderia nos fornecer detalhes de sua conversa com o sr. Harris?

Roger moveu-se em direção à próxima pilha de objetos: caixas com peças de automóvel.

— Ele queria saber sobre o trabalho de minha avó num orfanato muito tempo atrás. Mas eu pouco sabia sobre o assunto.

— O sr. Harris disse qual era o motivo dessas perguntas?

— Queria encontrar registros de uma antiga adoção.

— Ele anotou que você fez perguntas sobre algumas coisas antigas que ele poderia ter encontrado. Do que se tratava?

Roger fez um gesto com a mão para mostrar o espaço desordenado.

— Eu vendo coisas velhas para viver. Não queria perder uma oportunidade de negociar.

— Sua irmã disse que você tem alguns arquivos do orfanato. Você viu alguma coisa sobre uma adoção?

Roger curvou o corpo e arrastou uma caixa.

— Não muita. Tentei encontrar algumas informações sobre o assunto e achei que tinha encontrado alguém ligado à família Balandin, mas descobri que ela era apenas uma prima e não sabia nada sobre eles.

Suas atitudes e respostas cautelosas levantaram suspeitas e Lucas analisou sua expressão quando Roger se levantou sem olhar para eles.

— A pessoa que você encontrou era Anna Martin?

137

COLLEEN COBLE

— Era. E daí? Não deu em nada.

— Ela foi assassinada por um ladrão.

Roger arregalou os olhos, demonstrando apreensão.

— Você está brincando. Alguma ideia de quem a matou?

— Ainda não. Você não estava procurando por uma coisa específica que o sr. Harris poderia ter encontrado?

Por fim, Roger olhou para ele e levantou uma sobrancelha.

— O que, por exemplo?

— Diga você.

— Não tenho nada a dizer. Tudo não passa de uma velha história. Veja bem, tenho um cliente que vai chegar a qualquer momento e a última coisa de que preciso é que ele me veja conversando com a polícia. Vocês não entendem? Vão embora.

Lucas encolheu os ombros e entregou-lhe um cartão de visita.

— Se você se lembrar de alguma coisa, ligue para mim.

Sem olhar para o cartão, Roger enfiou-o no bolso da camisa.

— Claro.

Lucas e Vince dirigiram-se para a saída.

— Ele sabe mais do que está dizendo — comentou Lucas quando saíram do local. — Tenho certeza de que ele encontrou alguma coisa nos arquivos a respeito do ovo e está curioso desde então. Desconfio que a pista dele até Anna Martin alertou os russos de que havia uma ligação dela com a família Balandin, por isso decidiram vasculhar a casa. Infelizmente ela os pegou no pulo.

Lucas olhou para seu relógio.

— A esta hora a filha de Grace já deve ter voltado para casa. Quem sabe ela viu alguma coisa interessante nos arquivos.

Os dois homens voltaram à casa de Grace e viram um sedã branco estacionado na entrada da garagem. Foram até a porta da frente e tocaram a campainha.

Grace abriu a porta.

138

JOIAS FATAIS

— Estava justamente contando a Jessie sobre as perguntas de vocês. Ela quer muito conversar com vocês sobre os arquivos. Acompanhem-me.

Os dois foram conduzidos até a sala de estar, onde uma mulher de quase 30 anos estava sentada com uma caixa aos seus pés. Havia papéis espalhados em seu colo e no sofá. Ela se parecia muito com a mãe. Tinha cabelos escuros encaracolados e rosto em formato de coração.

Ergueu os olhos com um sorriso quando os ouviu entrar.

— Minha mãe me contou sobre suas perguntas e eu estava separando alguns papéis para vocês. Sentem-se para podermos conversar sobre o assunto. — Os homens acomodaram-se nas cadeiras em frente à moça, e ela pegou um papel amassado. — Estes papéis estavam no meu carro, por isso o ladrão não conseguiu pegá-los. Aquela época foi muito interessante. Minha bisavó Natalie era enfermeira num pequeno orfanato em Savannah. Há muitas histórias comoventes.

— Durante quanto tempo sua bisavó trabalhou lá?

— Uns vinte anos, é isso? — Ela olhou para a mãe pedindo confirmação e Grace confirmou com um movimento de cabeça. — Meu bisavô morreu quando minha avó tinha 2 anos de idade e minha bisavó foi trabalhar lá para sustentar os filhos. Eram quatro no total.

Lucas inclinou o corpo para frente.

— Estamos particularmente interessados nas gêmeas que foram deixadas no orfanato há cerca de setenta anos. O sobrenome é Balandin.

— Li alguma coisa sobre essa adoção. É triste mesmo. Faltam algumas informações. O tio Roger tem algumas caixas daquela época. Eu não tenho a história completa, mas existe um diário antigo da vovó que mencionava a chegada de uma moça russa. Ela estava trabalhando numa grande fazenda e engravidou. Ninguém

139

COLLEEN COBLE

percebeu e ela deu à luz duas gêmeas num antigo fumeiro. Uma empregada da fazenda lhe falou do orfanato e ela levou as bebês para lá. Minha bisavó estava trabalhando naquele dia e ficou com o coração partido porque a mãe queria ficar com as filhas. — Ela sacudiu a cabeça. — Triste demais.

A história parecia correta.

— Posso ver o diário? — perguntou Lucas.

— Aqui está. — Ela entregou-lhe um velho diário de couro. — Está marcado com o adesivo amarelo.

Lucas virou a página e leu a anotação.

— Sua bisavó disse que queria que alguém adotasse as meninas para mantê-las juntas. Então ela sabia que elas teriam de ser separadas.

Jessie concordou com a cabeça.

— Na página seguinte, a vovó menciona que a mãe deixou alguns pertences para ajudar as meninas a se reencontrarem. Além de um ovo e de um pendente antigos. Mas nunca encontrei nada parecido.

Lucas leu a anotação, fechou o diário e devolveu-o.

— Você faz ideia de quem adotou as bebês? E se importaria de fazer uma cópia das páginas que mencionam as gêmeas e o ovo?

— Vou fazer a cópia antes de você ir embora. — Jessie levantou-se. — Não sei exatamente como você descobriu o nome da minha bisavó. Você tem mais informações que nós sobre o assunto.

A conversa não ajudou, mas confirmou que eles estavam no caminho certo. Lucas levantou-se.

— Você foi muito útil. — Ele lhe entregou um cartão de visita. — Se encontrar mais alguma coisa, ligue para mim, por favor.

Carly ficaria muito interessada em ouvir sobre o pendente. E ler aquelas páginas.

JOIAS FATAIS

O caos dentro da casa forçou Carly a ficar no jardim, onde o cheiro agradável da brisa do mar levava embora o cheiro desagradável de pó e madeira velha. Montou o chiqueirinho de Noah e colocou-o dentro. Ele olhou para o musgo nos galhos do carvalho e movimentou as pernas com força.

— Hora de fazer alguns exercícios, rapazinho.

Noah estava crescendo rápido. Era muito triste saber que ele nunca conheceria o pai. Nem se lembraria dele. Não havia nenhuma foto de Eric carregando o filho bebê. Tudo havia sido apagado com sua morte.

Fazia dias que ela e Lucas não conversavam sobre a morte de Eric. O assassinato de Anna Martin e a invasão ali haviam deixado essa preocupação de lado, mas Carly estava cada vez mais convencida de que o mesmo homem havia atirado em seu marido e deixado Noah órfão de pai.

Ela abriu seu Kindle na metade do livro *Anna Karenina*. A leitura do romance russo havia estimulado sua imaginação e ela estava começando a ter uma ideia melhor do livro que queria escrever. Seu celular tocou e ela estremeceu quando viu a foto de Opal na tela. Sua sogra ligava para ela a cada quinze dias mais ou menos pedindo para ver Noah e Carly tinha de aturar sua visita, suportando críticas veladas e constantes. Carly forçou um sorriso antes de atender a ligação.

— Bom dia, Opal.

— Vou a Beaufort hoje e gostaria de saber se posso passar aí para ver o bebê.

O tom de voz de Opal era, em geral, doce e açucarado com garras disfarçadas. Hoje assemelhava-se mais a morder um limão.

— Estaremos aqui, mas o local está caótico desde que a reforma da casa da vovó começou. Mas podemos nos sentar no jardim para ficar longe do caos.

— Reforma? Você não disse nada na última vez que estive aí.

— Foi uma decisão da vovó e ela só me informou quando estava perto de começar.

— Entendo. Bom, estarei aí dentro de uma hora mais ou menos.

— Tudo bem, até mais.

Carly percebeu um movimento e sorriu ao ver a avó saindo pela porta dos fundos e caminhando em sua direção. O tilintar dos braceletes da avó anunciavam sua chegada.

— Ah, você está aí. — A avó segurou sua saia vermelha esvoaçante, curvou-se sobre o chiqueirinho e sorriu para Noah. — Oi, rapazinho. Está feliz por ver a vovó?

Noah movimentou as pernas com força e balbuciou por ser o centro das atenções.

— Pode tirá-lo daí se quiser. Acho que ele ficou feliz ao ver você — disse Carly.

A avó ergueu Noah e acomodou-se no gramado com o bebê no colo. Ele tentou rapidamente agarrar o bracelete dela, mas seus dedinhos não conseguiram, portanto, ela colocou uma pulseira na palma da mão dele.

— O barulho lá dentro é suficiente para deixar qualquer um maluco. O pessoal está almoçando agora.

— Você cuidaria dele por alguns minutos? Quero arrumar meus cabelos. Opal está chegando.

A avó torceu o nariz.

— Misericórdia! Só nos faltava essa. — Ela permitiu que Noah lhe apertasse o dedo. — Pode deixar que eu cuido deste rapazinho.

As marteladas e a confusão haviam cessado e Carly ficou feliz com a pausa para o almoço quando entrou e passou pelos entulhos até a escada.

Dirigiu-se a um espelho e prendeu os cabelos em forma de rabo de cavalo antes de virar-se para a porta. Um leve som chamou-lhe a atenção. O som de arrastar alguma coisa ou de mudá-la de lugar voltou, mas ela não conseguia entender de que direção vinha.

JOIAS FATAIS

E não havia ninguém ali para se movimentar. Suas irmãs ainda não tinham voltado do pronto-socorro e Isabelle estava na biblioteca onde assistiria às aulas à distância. A equipe de Ryan estava em horário de almoço, portanto, somente ela se encontrava ali.

Arrepios percorreram suas costas e ela enfiou a cabeça para fora da porta.

— Há alguém aí? — Tudo nela queria correr em direção da escada e sair dali, mas ela disse a si mesma que estava exagerando.

Ao girar o corpo e olhar em volta do quarto, ela viu a porta do *closet* ligeiramente aberta. Mas ela sabia que a havia fechado depois de se vestir naquela manhã. Afastou-se e pegou o celular para chamar Lucas enquanto descia correndo a escada.

Provavelmente a casa estremeceu um pouco em razão da reforma. Carly voltou ao lugar onde sua avó e Noah se encontravam. A avó franziu a sobrancelha.

— Carly Ann, parece que você viu um fantasma.

Carly forçou um sorriso.

— Ouvi alguns barulhos estranhos na casa.

Um grito de socorro de dentro da casa foi ouvido. Carly virou-se e correu para lá. Entrou correndo e viu Ryan ao telefone chamando uma ambulância.

— O que aconteceu? — perguntou ela quando ele desligou.

— Um dos meus empregados foi esfaqueado.

— Acidente de trabalho?

Ele sacudiu a cabeça com tristeza no olhar.

— Ele estava no seu *closet*, Carly. Não havia nenhum motivo para ele estar lá em cima. Ainda não estamos trabalhando nos outros pavimentos da casa. Alguém o esfaqueou lá em cima.

Ela abriu a boca e deu um passo para trás. Outro intruso?

143

DEZOITO

Ver luzes vermelhas piscando em sua rua não fazia parte do dia a dia de Lucas. E a mesma cena ocorrera uma semana antes. Ele viu a ambulância estacionada na entrada de carros e duas viaturas da polícia no jardim. Viu também Ryan e sua equipe de trabalho conversando com um policial perto da varanda.

Onde Carly e Noah estariam? Lucas desceu do veículo e correu em direção à varanda. Um dos policiais o avistou e fez sinal para que ele se aproximasse. Relutante, Lucas mudou de direção e foi falar com ele.

— O que aconteceu aqui?

Lucas foi informado dos detalhes básicos. Um trabalhador havia sido espancado e esfaqueado dentro da casa.

— A vítima é Charlie Kostin. Trabalha para seu irmão.

— Qual é o estado dele?

— A equipe está cuidando dele, mas a situação não parece boa. A faca atingiu o fígado. Estão tentando estabilizá-lo antes de transportá-lo.

— Quem o encontrou?

— Seu irmão. A vítima estava no *closet* do quarto de Carly.

— Fazendo o que lá?

O policial encolheu os ombros.

— Sei tanto quanto você.

— Onde Carly está? E o resto do pessoal está bem?

JOIAS FATAIS

— Na cozinha. Ninguém mais foi ferido.

Lucas agradeceu-lhe e dirigiu-se à varanda novamente quando seu irmão o chamou. Ele virou-se e viu Ryan vindo em sua direção, com os olhos arregalados e a boca contraída demonstrando preocupação.

— Você sabe o que aconteceu aqui? — perguntou Lucas. — O que Kostin estava fazendo lá em cima no quarto de Carly?

— Estávamos em horário de almoço. Ninguém deveria estar dentro da casa. Só notei a falta dele quando reiniciamos o trabalho. A picape dele continuava aqui. Comecei a procurá-lo e ouvi um gemido. Ele está muito mal.

Lucas estremeceu ao pensar em Carly vendo uma cena como essa.

— Há quanto tempo ele trabalha para você?

— Foi contratado esta manhã.

"Kostin".

— Russo?

— Talvez de origem russa. Mas é americano. Disse que nasceu em Nova York e trabalhou no ramo da construção durante alguns anos. Mudou-se recentemente para cá. Recebeu várias ofertas de trabalho, mas eu o contratei.

"Talvez ele estivesse procurando o ovo."

Lucas não queria tirar conclusões precipitadas, mas fazia sentido. Talvez Carly tivesse visto algo que contaria somente a ele.

— Vou procurar Carly.

— Ela está no *deck* dos fundos com Mary e Noah. As irmãs não estão aqui.

Lucas fez um movimento afirmativo com a cabeça e contornou a casa até o quintal. Viu Carly e Mary sentadas em um balanço de dois lugares sob uma cobertura. Noah dormia no ombro de Mary.

Carly avistou-o e a ansiedade em seu rosto intensificou-se. Levantou-se e correu na direção dele.

— Estava esperando você. Liguei e deixei mensagem no seu celular. — Ela fez um movimento como se fosse encostar-se no

145

COLLEEN COBLE

peito dele, mas se conteve e apertou as mãos contra o próprio peito. Seus ombros frágeis tremiam e ela ajeitou o rabo de cavalo.

Lucas sufocou o desejo de abraçá-la.

— Vince me contou sobre o incidente aqui e vim imediatamente. Você viu alguma coisa?

Ela sacudiu a cabeça.

— Tentei ficar fora do caminho dos trabalhadores. Fui para o meu quarto para arrumar o cabelo porque Opal está vindo para cá. Ouvi alguns barulhos e me assustei. Se tivesse olhado ao redor, talvez ele não estivesse tão mal assim.

— Ou talvez você tivesse sido atacada.

Uma decisão começou a tomar corpo na mente de Lucas. Ryan poderia não gostar, mas parecia ser a única solução. Lucas conduziu Carly até a avó porque suspeitava que Mary seria a única que tomaria a decisão final que ele planejara.

Mary parecia serena como sempre, embora houvesse uma linha de expressão incomum em sua testa. Seus cabelos haviam se soltado das presilhas de cristal e vários fios brancos caíam ao longo do queixo.

— Agora que você chegou, talvez Carly pare de se preocupar.

Carly suspirou.

— Vovó, alguém atacou o homem. Você pode ser a próxima vítima. Ou uma das minhas irmãs. Houve muitas invasões nesta casa. Não estamos seguras.

— O que está acontecendo aqui?

Lucas virou-se e viu Opal Harris atravessando o jardim e vindo na direção deles. Eric havia herdado os olhos azuis e os cabelos loiros da mãe. O olhar dela concentrou-se em Mary carregando Noah no colo.

Mary sorriu.

— Sua vovó chegou, Noah. — E entregou-o a Opal quando ela se juntou ao grupo.

JOIAS FATAIS

Com o bebê nos braços, Opal novamente exigiu saber a causa da presença da polícia e do caos. Carly explicou. Opal arregalou os olhos ao ouvir a notícia do ataque. — Você e Noah devem ir comigo e ficar em minha casa.

— Não posso fazer isso — disse Carly. — Minhas irmãs estão aqui e preciso ajudar a supervisionar a reforma.

— Você está pondo a vida do meu neto em risco. É muita imprudência. Eric insistiria em mantê-lo em segurança.

— Concordo plenamente — disse Lucas. — Tenho uma solução. — Virou-se e olhou para a casa dos Bennetts um pouco acima das árvores que a cercavam. — Temos muito espaço em nossa casa para todos vocês. Quero que se mudem para lá até que a situação volte à normalidade.

— Não podemos impor uma coisa dessa — disse Carly imediatamente.

— Não é uma imposição. Você vai ficar perto o suficiente para supervisionar o que se passa aqui e, ao mesmo tempo, longe de qualquer invasão à sua casa.

— Impossível — disse Opal. — Eric haveria de querer que você ficasse em minha casa.

Carly virou-se para ela.

— Você não tem espaço para todos nós, Opal. E mora muito longe para supervisionarmos a reforma.

Lucas não estava enganando a si mesmo sobre a dificuldade que seria ter uma casa cheia de mulheres em uma casa só de homens. Nenhum deles havia convivido com uma mulher, a não ser com a mãe. Vira as meninas Tucker crescendo e conhecia o comportamento recente delas para perceber que chiliques provavelmente seriam uma ocorrência diária.

No entanto, não podia recuar e permitir que algo acontecesse a elas. Alguém estava muito determinado a pegar aquele ovo. A única maneira de frustrá-lo seria ir até o fundo de tudo aquilo.

Mary colocou as mãos no quadril.

— Lucas tem razão, Carly Ann. Obrigada pela generosidade. Aceitamos com satisfação.

Carly trocou um olhar com a avó e fez um gesto de concordância.

— Está bem, mas não vai ser fácil. Para ninguém.

Seguiu-se um silêncio constrangedor depois que Mary levantou-se e dirigiu-se para a casa.

— Vou pegar as minhas coisas para levar. E dizer às suas irmãs que façam o mesmo. Opal, aproveite sua visita a Noah e a Carly.

Lucas viu o olhar de Carly querendo acompanhar a avó.

— É melhor você fazer o mesmo, Carly. Vou ficar aqui com Opal e Noah.

O sorriso de Carly acendeu um brilho de alívio em seu olhar.

— Não devo demorar. — E ela foi em direção da casa, atrás de Mary.

Opal semicerrou os olhos na direção dele.

— Devo avisá-lo sobre Carly. Ela não serve para ser boa esposa.

Lucas olhou firme para ela.

— Quero simplesmente protegê-la, Opal. Você deveria tentar fazer o mesmo em vez de criticá-la o tempo todo.

O rosto dela avermelhou-se.

— Vejo que ela já conquistou você, Lucas — disse, levantando a cabeça. — Vou dar uma volta no quarteirão com Noah. Não preciso de nenhuma babá. Sei mais que Carly como cuidar de um bebê.

Lucas a viu caminhar até o fim da casa. Não era de admirar que Carly quisesse fugir dela.

O celular dele deu um sinal de mensagem. Era de Carly. "Quero ver Kelly amanhã. Se ela sabe o que está acontecendo aqui, talvez tenha alguma pista sobre a morte de Eric. Estou cada vez mais convencida de que tudo tem relação com o mesmo homem ou com o mesmo grupo."

JOIAS FATAIS

Ele não havia pensado muito na morte de Eric naquela semana em razão dos problemas urgentes que surgiam todos os dias, mas ela não estava errada.

E respondeu à mensagem dela. "Vou com você. Nesse meio-tempo, arrume suas coisas para mudar de casa."

A confusão foi pior do que Carly esperava.

E não por causa de suas irmãs. Quando voltaram da longa espera no pronto-socorro, ficaram mais que animadas ao pensar que estariam longe do caos provocado pela reforma da casa. Com isso, Ryan e sua equipe trabalhariam na reforma de uma só vez, não em partes. E talvez tudo ficasse pronto antes do esperado.

O problema eram suas próprias emoções. Ela se importava muito com o que Lucas pensava. E se via pensando nele nos momentos mais estranhos. Havia perigo naquela direção. Seu casamento não proporcionara os anos mais felizes de sua vida. Nem da vida de Eric. Ela precisava concentrar-se em criar Noah.

Pelo menos era o que normalmente dizia a si mesma. Estar perto de Lucas o tempo todo perturbaria muito sua paz de espírito.

Agora, porém, não havia como parar. Quase todos os seus pertences pessoais haviam sido transferidos para a casa de Lucas. Enquanto ela respondia às perguntas da polícia mais uma vez, Lucas pediu aos empregados de Ryan que ajudassem a colocar as coisas em cestos e malas para levá-los à sua casa. Quando chegou a hora do jantar, todos estavam acomodados em suítes no pavimento superior.

E a casa dele era magnífica. Ela não a vira depois de totalmente reformada e a qualidade de cada cômodo era maravilhosa. Sua suíte era enorme e no banheiro havia uma banheira enorme e um boxe amplo. O trabalho em azulejo era lindo e ela desconfiava que ninguém usou aquele banheiro depois da reforma. Seus pés afundavam-se no carpete grosso bege e a roupa de cama combinava com cores neutras. As janelas ficavam de frente para a baía e ela fez uma pausa para admirar a vista.

Depois de certificar-se de que Noah estava dormindo no berço no canto do quarto, Carly pegou a babá eletrônica e parou no corredor. Fechou a porta e dirigiu-se à escada. Do alto da escada, ouviu as irmãs conversando sobre a casa. Pela primeira vez desde que chegaram, elas pareciam felizes e animadas. Talvez esse fosse um novo começo para elas. O fato de estarem hospedadas naquela casa histórica reformada talvez as fizesse entender a ideia da avó.

Elas estavam em volta de um piano de cauda na sala de música. Isabelle tinha as mãos pousadas nas teclas, mas ainda não começara a tocar. Amelia e Emily sentaram-se no sofá em uma área de descanso decorada com um tapete macio. A avó, acomodada em uma cadeira de espaldar alto, lia um livro. Atrás do sofá havia uma parede com estantes de livros. O piso de carvalho, nas partes que estavam à mostra, brilhava com um novo acabamento.

Carly pegou o celular e tirou uma foto da família feliz e em paz. Era uma cena que talvez não se repetisse tão logo. E dirigiu-se ao piano.

— Todas acomodadas?

Isabelle assentiu com a cabeça.

— Será que Lucas se importaria se eu tocasse o piano?

— Eu respondo. — Era a voz grave de Lucas entrando na sala. — Ninguém tocou esse piano desde que minha mãe morreu, mas nós o mantemos afinado. Adoraria ver alguém tocá-lo de novo.

Carly olhou para Lucas com um sorriso de gratidão e notou que ele havia tomado banho e trocado de roupa. Os cabelos escuros pareciam úmidos e ele usava bermudas e camiseta. Os pés descalços o tornavam de alguma forma mais acessível e atraente. Major o acompanhava de perto. O cão farejou o ar e Carly sabia que ele sentiu o cheiro de Pepper dormindo no colo de Isabelle.

JOIAS FATAIS

A casa vai ficar lotada. Será que Ryan já sabia disso?

Isabelle posicionou os dedos nas teclas do piano.

— Alguma música favorita?

— Qualquer uma de sua preferência — respondeu Lucas.

Palavras perigosas. Carly esperava que a irmã começaria a tocar uma música em ritmo de *rock*, mas de seus dedos foi ouvida uma canção de ninar de Brahms.

Lucas sorriu e aproximou-se do piano.

— Minha mãe tocava todas as noites. Você toca muito bem. Há quanto tempo tem aulas de piano?

— Desde os 3 anos de idade. Adoro piano.

Carly observou a interação entre sua irmã menor e Lucas. Sentia-se muito arrependida por não ter notado o temperamento verdadeiro de Isabelle logo que a conheceu. A garota tinha bom coração e era generosa.

Major ficou tenso ao avistar o gato, mas Lucas colocou a mão na cabeça do cão de pelo avermelhado.

— Fica!

— É melhor deixar Pepper lá em cima?

— O Major vai acostumar-se com ele. — Lucas liberou o cão e Major foi cheirar Pepper, que rosnou e colocou-se em posição de ataque, balançando a cauda de um lado para o outro. O cão ganiu e recuou, encostando-se à perna de Lucas. — Pepper mostrou a ele quem manda.

Isabelle terminou a música e iniciou outra composição clássica. Carly ouviu sons de Noah na babá eletrônica e virou-se para a porta.

Lucas a deteve.

— Vou buscá-lo. Venha, Major.

O cão lançou um último olhar firme para Pepper e acompanhou Lucas. Para Carly, parecia errado outra pessoa buscar Noah, que chorava no berço, mas forçou-se a não interferir.

Foi reunir-se com o resto da família na área de descanso.

— Todas bem acomodadas?

— Meu quarto é maravilhoso — disse Amelia. — O decorador sabia o que estava fazendo. Espero que nossa casa fique tão bonita quanto esta.

Emily mexeu no cabelo, irritada.

— Você acha que não vou saber realizar esse trabalho a contento?

— Você costuma trabalhar em espaços mais modernos — retrucou Amelia. — Acha que pode dar conta disso e decorar com moderação e elegância?

Carly queria tapar os ouvidos com as mãos e gritar para que parassem. Por que tinham de brigar o tempo todo?

— Emily tem muito bom gosto. Tem experiência em todo tipo de decoração. É uma sorte ela estar aqui.

Emily endireitou o corpo e arregalou os olhos.

— Obrigada, Carly. Vou fazer o melhor que puder.

Carly havia elevado o nível de cordialidade entre elas e orou para que as irmãs começassem a se entender melhor.

DEZENOVE

Ele estava se saindo bem em assuntos de bebê.

Lucas não havia deixado a cabeça de Noah escorregar nem um pouco. Bateu de leve nas costas do bebê encostado ao seu peito, e o bebê afastou rapidamente a cabeça do ombro dele para olhar ao redor. Noah começou a fazer aqueles barulhos de novo que Carly chamava de balbuciar. Não havia como negar que o garotinho era muito fofo.

Ao olhar ao redor do quarto, Lucas viu que estava limpo e arrumado. Carly havia guardado tudo. Será que ele lhe dera o melhor quarto daquele andar? Ele e Ryan tinham suítes de luxo idênticas no primeiro andar. Havia outras cinco suítes no segundo andar, todas com banheiro privativo, mas a de Carly era uma suíte de luxo com quarto espaçoso e banheiro requintado.

Tão logo as irmãs a vissem, provavelmente as discussões começariam.

Lucas atravessou o corredor com o bebê e desceu a escada. Carly saiu da sala de música e ele fez um movimento com a cabeça para que ela o acompanhasse até a cozinha. Queria ficar longe das irmãs dela o maior tempo possível, embora Isabelle não fosse igual a elas. Parecia ter abandonado a hostilidade inicial e a ansiedade típica dos adolescentes. Talvez as circunstâncias extremas com o pai tivessem sido responsáveis por essa transformação.

— Oi, doçura — disse Carly.

COLLEEN COBLE

— Está falando comigo ou com Noah? — Lucas arrependeu-se imediatamente da brincadeira. Que estupidez!

Um rubor subiu às faces dela, mas ela conseguiu dar um sorriso incerto.

— Ué, alguém já lhe chamou de doçura?

— Não, para dizer a verdade, ninguém. Eu estava brincando, claro. — Como se houvesse outra coisa para dizer.

— Alguma novidade sobre a investigação?

Foi uma boa ideia ela mudar de assunto.

— Os médicos acham que Kostin não vai sobreviver.

Ela estremeceu e os olhos encheram-se de lágrimas.

— Era o que eu temia.

— Ryan acabou de contratá-lo. Sinceramente, Carly, desconfio que ele faz parte do grupo que está tentando encontrar o ovo.

— Andei pensando se devo chamar a imprensa e contar a novidade sobre o ovo, que ele está em lugar seguro. Quem sabe os ataques parem.

— Ou aumentem. E se alguém sequestrar uma pessoa da família? Noah, por exemplo, e exigir o ovo em troca de devolver o bebê intacto? Penso que a ideia de divulgar a informação toda não funcionaria. Você está segura aqui.

— A não ser que eles decidam pagar para ver e fazer o que você acaba de mencionar.

Aquele era o maior medo de Lucas e poderia acontecer. Ele precisava encontrar os culpados e colocá-los atrás das grades antes que pudessem atacar Carly ou sua família.

— Tenho algumas novidades. Conversei com a família da enfermeira que foi mencionada na carta do orfanato. No diário dela, consta que a mãe era procedente da Rússia e deu às duas meninas algo para ajudá-las a se reencontrarem. Um ovo e um pendente. Isso lhe diz alguma coisa? A bisneta tirou cópia de algumas páginas do diário da enfermeira Adams e de uma foto semelhante àquela no sótão. Vou pegá-las para você.

JOIAS FATAIS

Carly levou a mão à boca, com os olhos arregalados.

— É inacreditável. Então as coisas foram divididas de propósito entre as duas como pensamos. Precisamos descobrir o que aconteceu com a gêmea de vovó. Estava me esquecendo de lhe contar o que aconteceu hoje. Um dos empregados de Ryan encontrou uma árvore genealógica escondida numa parede que eles derrubaram. Era um desenho da árvore genealógica da família Padgett e menciona a gêmea da vovó. E consta o nome dela depois de adotada: Elizabeth Durham!

O coração de Lucas bateu forte.

— Que notícia espetacular! Vamos tentar localizá-la.

— Eu esperava que esse fosse o elemento essencial. — Ela aproximou-se e acariciou o rosto do filho. — Continuo a lamentar o estado de Charlie Kostin. Estou orando por ele. Talvez consiga sobreviver.

— Você orou por ele?

Ela assentiu com a cabeça.

— É difícil demais discernir a vontade de Deus, não? Quando Eric morreu, pensei que fosse um castigo por todos os erros que cometi como esposa. Achei que Deus o levou para a glória a fim de salvá-lo de ficar décadas casado comigo.

Lucas franziu a testa.

— Que conversa maluca! Você não pode ter sido uma esposa tão terrível assim.

— Não sei. — Ela desviou o olhar do dele e pegou Noah que estava encostado ao ombro dele. — Começamos a brigar o tempo todo. Parecia que eu estava vivendo com um estranho rumo ao fim do casamento. Sei que ele não era feliz.

Com Carly tão perto, o cheiro do corpo dela chegou até ele com um leve aroma de flores. Ele sentiu a falta do bebê em seu peito quase que imediatamente.

Noah encostou-se à mãe e ela beijou a penugem no alto da cabeça do filho.

155

— Acho que os seres humanos estão sempre à procura de amor incondicional e começo a pensar que não passa de uma esperança tola. Tudo é condicional. Se continuamos no emprego que temos, é porque realizamos o trabalho a contento. Se falhamos no casamento, nós nos divorciamos. É sempre a mesma coisa. Nunca vamos conseguir fazer alguém feliz o tempo todo.

Lucas percebeu que tinha dado uma guinada de 180° em sua opinião inicial a respeito dela.

— Talvez isso faça parte do aprendizado de conviver com alguém e encontrar um meio-termo entre os dois. É impossível pensar que não existam conflitos num casamento. A gente aprende a fazer isso.

Ela cruzou o olhar com o dele de novo.

— Palavras de um homem que nunca se casou.

Ele sorriu.

— No meu trabalho, vejo muitos bons casamentos e muitos maus casamentos. Casamento dá trabalho e nunca tive tempo para isso. A gente não pode sair para trabalhar e supor que o relacionamento continuará se não houver o desejo de mantê-lo.

— Cada um de nós seguia o seu caminho na maior parte do tempo. Ele não se interessava pelo meu negócio de bugigangas e, mesmo quando me acompanhava nos fins de semana, passava a maior parte do tempo no hotel vendo televisão ou andando pela cidade. Eu não podia fazer parte do trabalho dele. Ele não podia comentar os casos nem nada parecido. Assim, eu ficava de fora do que acontecia no mundo dele todos os dias.

Um reforço a mais sobre a dificuldade que um policial tinha para fazer um casamento dar certo. Talvez a culpa não tivesse sido de Eric. Lucas também não acreditava que o erro foi de Carly. Talvez não tivesse sido erro de ninguém, mas das circunstâncias.

JOIAS FATAIS

Depois que a casa ficou silenciosa e todos estavam dormindo, Carly analisou as frases curtas na cópia que Lucas conseguira com a família Adams.

> Uma menina russa chegou ao orfanato hoje. Sofia Balandin traba-lhou como ajudante de cozinha em uma das fazendas. Falava inglês muito bem e disse que morou na região de Savannah durante cinco anos, depois de ter emigrado da Rússia com os pais. Trazia consigo duas filhas gêmeas e disse que elas nasceram em um fumeiro. Uma das empregadas da fazenda contou-lhe sobre nosso orfanato e ela precisava abrir mão das filhas ou perder o emprego. Chorou e fiquei com o coração partido ao ver seu sofrimento. Deixou a foto e algu-mas coisas para as bebês. Preciso encontrar pais adotivos para elas.

O relato simples e conciso incendiou a imaginação de Carly. Embora ninguém a tivesse julgado quando estava grávida de Noah, ela entendia os problemas de ser mãe sem a presença do pai. Em 1955, devia ter sido difícil demais para uma jovem imigrante com pouco dinheiro e poucos recursos.

Os eventos desenrolaram-se em sua mente como cenas de um filme. Carly suspeitava que Sofia devia saber que o ovo e a surpresa dentro dele eram valiosos, embora na década de 1950 o valor fosse muito menor que o de hoje. O modo como o ovo foi disfarçado com tinta vermelha indicava que ela tentou protegê-lo.

A avó adoraria ler a história sobre seu nascimento, mesmo que, na maior parte, fosse ficção. Antes de reconsiderar, Carly abriu o notebook e acessou o aplicativo Scrivener.* Já havia rascunhado algumas cenas, porém, não como esta. As palavras brotaram de forma torrencial, envolvendo-a totalmente.

---

*Ferramenta para escrever textos longos e criar roteiros no formato correto. (N. T.)

COLLEEN COBLE

Sofia Balandin escondeu-se atrás de alguns sacos de farinha e orou para que a risada distante do novo episódio de *I Love Lucy** encobrisse sua caminhada até a despensa. Sentira dor nas costas durante a maior parte do dia. O cômodo era abafado e estava tão quente que quase a impedia de respirar. Do lado de fora, no escuro, Andrew, o filho do proprietário da fazenda, desceu a escada, sussurrando o nome dela.

Sofia havia sido muito tola ao atender ao pedido dele quase oito meses atrás e pagara um preço alto por isso. Deveria ter relatado a investida dele à sra. Larson, mas tinha certeza de que a culpada seria ela, não Andrew.

Ela passou a mão na barriga protuberante. A *ditya* nasceria em breve e o que ela faria? Naquele mesmo dia, um pouco antes, notara a sra. Larson olhando para seu vestido e se perguntou se ela havia percebido sua condição. Se sim, Sofia seria expulsa dali. Não podia ir para casa, não depois da partida da mãe. O pai a mataria. Seu orgulho russo jamais seria capaz de aceitar uma filha grávida e solteira. Ele já tinha problemas suficientes por precisar se esconder da KGB.

Quando o som dos sussurros de Andrew desapareceu, ela conseguiu sair de trás dos sacos de farinha e andou na ponta dos pés, descalça, até a porta. O que deveria fazer? Entrou na cozinha e olhou ao redor. Os novos e lustrosos balcões de fórmica brilhavam, refletindo o luar que entrava pelas janelas.

— Sofia. — O sussurro delicado era claramente de Angelica, não de Andrew.

A dor nas costas de Sofia intensificou-se e ela foi de encontro ao som da voz da amiga. Encontrou Angelica, com os cabelos cacheados presos, perto da porta dos fundos.

— Você viu Andrew sair?

---

*Sitcom exibida nos Estados Unidos e no Brasil na década de 1950. (N. T.)

JOIAS FATAIS

— Vi, ele foi embora. Eu o vi ir até seu quarto e fechar a porta. Ele a encontrou?

— Não. — Um gemido brotou da garganta de Sofia e ela curvou o corpo de dor.

— O que aconteceu, Sofia?

— Minhas costas — disse Sofia baixinho.

— Ah, Sofia, deve ser o bebê. Minha mãe sempre disse que a dor nas costas é a pior. — Angelica amparou-a e praticamente carregou-a até a porta, tendo o cuidado de não deixar a tela bater. — O fumeiro vai abafar seus gritos. A sra. Larson não pode saber que você está grávida.

Um círculo de dor envolveu o ventre de Sofia e alojou-se nas costas. Estava piorando. A *ditya* estaria mesmo chegando? E o que ela faria depois de dar à luz? Talvez devesse ter contado a Andrew que estava carregando o filho dele no ventre. Teve medo de fazer isso porque, se ele contasse à mãe dele, ela acabaria sendo expulsa da mansão de Savannah sem ter nenhum lugar para ir. Os patrões fariam o possível para que a história do comportamento de Andrew não chegasse aos ouvidos da alta-roda da cidade.

Angelica levou-a para dentro do fumeiro e fechou a porta. Apressou-se em encontrar velhos sacos de farinha para amaciar o chão de pedra para Sofia. A *ditya* estava chegando.

Horas depois, Sofia deu à luz não apenas um, mas dois bebês. Eram duas meninas miudinhas, mas muito bonitas. Um mês antes da data prevista. Ela não sabia se deveria orar para que sobrevivessem ou suplicar a Deus que levasse embora esse seu problema. Lágrimas turvaram sua visão e ela queria apenas dormir e acordar, como se tudo tivesse sido um sonho, um pesadelo tão sufocante que não poderia ser verdade.

Angelica encostou-se à parede de pedra e olhou para baixo, para Sofia. Sua amiga era cinco anos mais velha e foi firme o suficiente para não cair nas garras de Andrew. Havia sido muito bondosa para com Sofia, mas não poderia resolver esse problema.

Sofia fechou os olhos que ardiam.

— Não sei o que vou fazer.

— Há um orfanato em Savannah não muito longe daqui. Vou pegar uma picape emprestada e levar você até lá. Vão sentir a nossa falta, mas o castigo será menos severo do que você ser encontrada aqui com as bebês.

Sofia abriu os olhos.

— Você é uma boa amiga, Angelica. Não tenho escolha. Você poderia pegar minha mochila? Gostaria de deixar algumas lembrancinhas com as meninas.

— Já volto com sua mochila e a picape.

Ela não teve coragem de vender o ovo e a surpresa, pois sabia que conseguiria apenas algumas refeições com o dinheiro. Mas, com eles, as meninas poderiam descobrir sua ascendência russa. Talvez um dia voltassem a se encontrar.

Essa foi a oração mais fervorosa de Sofia.

Carly piscou e percebeu que eram mais de duas horas da madrugada. Fechou o *notebook* e esticou-se na cama, mas partes da história infiltraram-se em seus sonhos até o amanhecer.

VINTE

O coração de Carly bateu forte quando Lucas estacionou do lado de fora da casa do condomínio onde Kelly morava e ela não sabia o motivo do nervosismo daquela mulher. Noah dormira durante todo o trajeto, mas se mexeu quando ela o levantou da cadeirinha. Lucas pegou a sacola de fraldas e o presente da bebê e eles se dirigiram à porta. O coração de Carly parecia prestes a saltar de seu peito.

— Você está bem? — perguntou ele. — Ficou calada durante o caminho todo até aqui.

Ela controlou os pensamentos.

— Não posso imaginar por que Kelly agiu como se não quisesse que viéssemos. Só concordou quando eu lhe disse que havia comprado um presente para a bebê. Sempre achei que tinha um bom relacionamento com ela.

— Hum, estranho mesmo.

— Isso me fez pensar se ela sabe algo sobre a morte de Eric e não quer contar ainda. Talvez estejam prestes a prender alguém e ela não quer discutir o assunto.

— Robinson teria me contado se isso fosse verdade.

Lucas passou o presente para a outra mão e bateu na porta.

Depois de alguns segundos, a porta foi aberta.

— Bom dia. — Kelly afastou-se um pouco para que eles entrassem, mas não sorriu nem olhou para Carly. A pequena entrada

COLLEEN COBLE

dava acesso ao corredor de onde se via uma pequena cozinha à direita ligada à sala de estar e à área do quarto à esquerda.

Kelly conduziu Carly e Lucas até a sala de estar, onde uma vela acesa enchia o ar com aroma de maçã. E apontou para um sofá de canto.

— Sentem-se. Caroline está dormindo e não sei se vai acordar antes de vocês saírem.

Seu cabelo crespo castanho avermelhado havia sido cortado em estilo mais curto e ela usava um pouco de maquiagem que intensificava a cor de seus olhos verdes. Por fim, o sorriso surgiu, mas foi forçado ou não passou de imaginação de Carly? E por que ela parecia não querer que eles vissem a bebê? Tudo era muito estranho.

Noah se mexeu e abriu os olhos. Seu bocejo transformou-se em choro e Carly acomodou-o no colo com o rosto virado para Kelly. Colocou um chaveiro de brinquedo na mão dele e ele segurou as chaves com seus dedinhos.

— Ele é encantador — disse Kelly.

— Obrigada. É um bebê bonzinho. — Carly inclinou-se para frente. — Aconteceram muitas coisas na semana passada. — Contou sobre as invasões e os assassinatos, e os olhos de Kelly arregalaram quando ela detalhou os eventos, um após o outro. — Estou mais convencida que nunca de que Eric foi assassinado por alguém que estava procurando alguma coisa. Você sabe como vai a investigação? Pode haver evidências de que eles descobriram que isso também ajudaria nos novos assassinatos.

Kelly fechou a cara.

— Não conversei com ninguém da delegacia. Sinceramente, estou tentando ficar fora disso. Tomei a decisão de não voltar. Minhas horas vão ser muito imprevisíveis e, para uma mãe solteira, é difícil encontrar creches abertas fora do horário normal. Tenho dinheiro suficiente para mais algumas semanas, mas vou procurar outro emprego.

Carly sentiu-se desanimada. Tinha certeza de que Kelly haveria de querer ajudar a encontrar o assassino de Eric.

— Não se preocupe, Kelly — disse Lucas. — Vamos conversar com o chefe Robinson quando sairmos daqui.

— Sinto muito por não poder ser mais útil. — Kelly cruzou os braços diante do peito e levantou o queixo. — Tudo muda quando temos um bebê.

— Muda, sim. — disse Carly. — Você tem de fazer o melhor para Caroline. Quando outra pessoa depende de nós, nossa perspectiva muda.

Kelly mordeu o lábio e olhou para o relógio. Carly não conseguia imaginar por que ela estava tão nervosa e na defensiva. Não fazia sentido. Pegou a sacola com o presente que estava no colo de Lucas e entregou-a a Kelly.

— Para Caroline.

— É muita gentileza sua. — Kelly abriu a sacola e pegou três livros ilustrados. Olhou para o primeiro, *Orei por você*, e seus lábios começaram a tremer. — Obr... obrigada.

Ela estava chorando? Carly ficou aturdida com a reação de Kelly. Mudou Noah de posição no colo e percebeu que o chaveiro de brinquedo havia caído em algum lugar. Sacudiu as almofadas e olhou para o chão.

— Vocês viram o chaveiro de Noah?

Lucas começou a ajudá-la a procurar, mas Kelly levantou-se rapidamente.

— Penso que ouvi algum som de Caroline. — Saiu apressada da sala como se não visse a hora de livrar-se deles.

Carly levantou-se para ver se o chaveiro estava escondido nas dobras de sua camiseta ou bermuda, mas nada.

— Talvez tenha caído debaixo do sofá. — Lucas abaixou-se e passou o braço sob o tecido marrom do móvel. — Acho que encontrei. — Em sua mão havia um chaveiro de verdade, não um chaveiro de brinquedo. — Não é o dele.

COLLEEN COBLE

Quando ele deixou as chaves na mesa de café, Carly abriu a boca ao reconhecer o chaveiro com as chaves do chalé do lago que ela e Eric possuíam. Eric disse que o perdera durante uma pescaria com os amigos no fim de semana antes de sua morte e Carly não o encontrara quando se mudou para a casa da avó. E lá estava ele. Na casa de Kelly.

Kelly voltou com Caroline nos braços. A bebê de 4 meses tinha um tufo de cabelo loiro que ficava espetado. Seus grandes olhos azuis cravaram-se em Carly e Caroline deu um sorriso desdentado. Carly sorriu para ela, com o olhar concentrado no cabelo loiro e macio da bebê.

Eric era loiro. E as chaves estavam embaixo do sofá de Kelly. Sem parar para pensar, Carly pegou as chaves que estavam na mesa e balançou-as na mão.

— Kelly, as chaves que Eric perdeu estavam embaixo do seu sofá.

O rosto de Kelly empalideceu, depois ruborizou-se e ela engoliu em seco.

— Eu... eu. — Sua voz sumiu e ela parecia apavorada.

— Eric é o pai de sua filha? — Carly ouviu a própria voz vindo de um lugar distante. Isso não podia estar acontecendo. A qualquer momento Kelly riria depois de ouvir sua pergunta e ambas voltariam a ser amigas.

Kelly apertou os lábios antes de confirmar com um movimento trêmulo da cabeça.

— Nunca quis que você soubesse, mas talvez fosse melhor. Não tinha a intenção de magoar você.

Os ouvidos de Carly zumbiram e ela sentiu-se zonza. Mal percebeu quando Lucas a segurou pelo braço, conduzindo-a até o sofá. Ele pegou Noah das mãos dela e abaixou sua cabeça até ficar entre as pernas.

— Respire.

JOIAS FATAIS

Carly não tinha certeza se conseguiria respirar em razão do sofrimento que enfrentava. Seu casamento havia terminado totalmente e ela nunca teve consciência disso.

———

Havia algo a respeito de Kelly que intrigou Lucas durante toda a visita.

Enquanto Carly se recuperava da notícia indesejável de que seu marido lhe fora infiel, Lucas movimentava o bebê de um lado para o outro, tentando descobrir o que o incomodava. Fez uma checagem mental de tudo o que viu na casa. Pequena, mas confortável. Móveis novos, cozinha aparentemente remodelada e o cheiro do carpete indicava que acabara de chegar da fábrica. Através da porta aberta ao lado da televisão de 60 polegadas, ele avistou o quarto principal. O carpete de lá combinava com o carpete de cá, e a cama e as roupas de cama pareciam ter sido compradas recentemente também. E através da porta de vidro de acesso ao pequeno pátio do outro lado da televisão, ele viu móveis novos no ambiente externo. Tudo aquilo deveria ter custado uma fortuna.

Kelly estava em licença-maternidade e não planejava voltar. Onde conseguira o dinheiro para tudo aquilo? Apesar de receber auxílio-maternidade durante parte do tempo, o dinheiro não seria suficiente para ela viver depois de pedir demissão. No entanto, não parecia muito preocupada com dinheiro.

Carly levantou a cabeça e seu rosto pálido começou a readquirir cor. Lucas tocou em seus cabelos escuros no alto da cabeça.

— Você está bem?

Ela fez um movimento afirmativo com a cabeça e esticou os braços para pegar o bebê.

— Preciso amamentá-lo.

Kelly continuava em pé, desajeitada, ao lado da mesa de jantar com a bebê nos braços.

165

COLLEEN COBLE

— Pode usar o meu quarto. Há uma cadeira de balanço confortável lá.

Normalmente, Carly se cobria com um cobertor fino e permanecia no mesmo lugar, mas levantou-se e foi até o outro quarto. Lucas achou que ela precisava de algum tempo sozinha para se recompor. O rosto de Kelly não estava mais corado que o de Carly, mas Lucas não sentiu pena dela. Queria, porém, saber onde ela conseguira o dinheiro. Esperou para falar até que Carly entrasse no quarto com o bebê e fechasse a porta.

A bebê de Kelly era fofa, mas não tão fofa quanto Noah. Aquele ser tão pequenino estava começando a tomar conta de seu coração. Lucas aproximou-se um pouco mais de Kelly e fez um gesto com a mão ao redor da sala.

— Parece que você andou renovando as coisas por aqui. Carpete novo, cozinha nova.

Enquanto ele continuava a citar o nome de alguns móveis novos que via, as bochechas de Kelly ficaram quentes e vermelhas e ela desviou o olhar, o que era uma confirmação a mais para ele de que algo não havia sido aprovado no teste.

— Algumas.

— Ganhou na loteria?

Aparentemente apavorada, ela encostou os lábios apertados à cabeça da bebê.

— Não é da sua conta.

— Claro, mas há alguma coisa aqui que parece errada. Vamos conversar um pouco sobre o que está acontecendo. — Ele não queria falar do ovo a ela, mas se conseguisse despertar um pouco de curiosidade, talvez ela deixasse escapar alguma coisa. — Estamos desconfiados de que hajam objetos de valor nas coisas deixadas pela mãe de Mary Tucker. Você estava se encontrando com Eric. Ele mencionou ter encontrado algo de valor?

Ela passou a língua nos lábios e sacudiu a cabeça, mas sem olhar para ele. Estava mentindo.

JOIAS FATAIS

— Acho que sim, Kelly. Talvez tenha encontrado e entregado a você para ajudá-la nas despesas com a bebê. Ele sabia que você estava grávida, não?

— Ficou furioso. Disseram que... — Seu rosto empalideceu e ela fechou a boca.

— Quem disse o quê?

— Nada. Não interessa.

A porta foi aberta e Carly voltou com Noah. Seus olhos azuis estavam sonolentos.

— Vou até o fim deste assunto — Lucas disse a Kelly. — Vai ser mais fácil se você disser a verdade.

Ela desviou o olhar, sem dizer nada, mas ele notou medo e culpa. A parceira de Eric tinha muito mais coisas para contar. Kelly estava em posição de explicar grande parte do que acontecera com ele nos últimos meses antes de sua morte e Lucas pretendia extrair tudo dela.

— Todas estas coisas custam dinheiro — disse ele, apontando para os móveis. — E ficar em casa com o bebê também tem um custo. De onde veio esse dinheiro? É melhor você me contar. Seu extrato bancário vai revelar a verdade.

Os olhos verdes dela encheram-se de lágrimas.

— Ele deu dinheiro a Eric para poder dar uma olhada nas coisas que Carly herdou da bisavó.

— "Ele" quem? — Lucas exigiu saber.

Com os lábios trêmulos, ela engoliu em seco e sacudiu a cabeça.

— Não sei.

— De quanto dinheiro estamos falando? — perguntou Carly.

Kelly encostou de novo os lábios apertados à cabeça da bebê.

— Cem mil dólares.

Lucas trocou um longo olhar com Carly. Aquele dinheirão significava que o *ele* misterioso sabia sobre o ovo. Nada mais no sótão valia tanto dinheiro assim.

167

COLLEEN COBLE

Carly transferiu o bebê sonolento para o outro braço.

— Eric permitiu que vasculhassem meu local de trabalho?

Kelly sacudiu a cabeça.

— Ele mudou de ideia dois dias antes de morrer.

— E esse tal de "ele" matou Eric? — perguntou Lucas.

— Não tenho certeza, mas faz sentido.

— "Ele" mantém contato com você desde então?

— Não atendo ligações de números desconhecidos. Tenho medo.

Lucas não ofereceu nenhuma garantia a Kelly. Quem dorme com cães acorda com pulgas.

Depois de pegar a sacola de fraldas, ele seguiu Carly até a porta. Nenhuma das mulheres falou enquanto todos saíam da casa. Carly não estava preparada para aquele golpe e provavelmente Kelly nunca imaginara que tudo viria à tona. E não teria vindo se Lucas não tivesse encontrado as chaves.

Ele enfiou a mão no bolso. As chaves. Haveria alguma coisa no chalé que pudesse ajudá-los na investigação?

Aguardou até chegarem à área externa. Assim que Carly acomodou Noah na cadeirinha e deu a volta no carro para entrar no lado do passageiro, ele pegou as chaves e entregou-as a ela.

— Onde fica o chalé?

— Não muito longe daqui. Lago Moultrie. — Ela semicerrou os olhos castanhos. — Você está pensando a mesma coisa que eu?

Lucas ligou o motor.

— Sim. Não temos de desviar muito do nosso caminho. Vamos passar por lá e ver o que podemos encontrar. Você não foi mais lá desde que Eric morreu?

Ela sacudiu a cabeça.

— Não consegui encontrar as chaves. Pensei em trocar as fechaduras, mas era a casa de solteiro de Eric e mais um ponto de encontro para ele e seus companheiros de pesca. Aquele lugar nunca foi meu.

JOIAS FATAIS

Não era de admirar que o casamento deles tivesse sido difícil. Muitas partes da vida deles não eram compartilhadas. Em que Eric pensava? Talvez este fosse o problema: Eric não pensava *neles*. Só em si mesmo como um homem solteiro. Lucas sempre via esse problema na vida de seus companheiros. Se fosse sincero, talvez esse fosse o motivo pelo qual ele fugia de um relacionamento sério. Sabia que um bom casamento exige muito empenho e não tinha certeza se seria capaz de tomar essa decisão.

Dirigiu a picape para fora da cidade, mas planejava voltar para encontrar mais informações. E logo.

VINTE E UM

O chalé nunca pareceu acolhedor a Carly. Era uma construção baixa, com tinta branca desbotada e sem nenhuma paisagem para suavizar a fundação em alvenaria. Uma palmeira quase morta fazia uma pequena sombra na grama irregular do jardim. Ao longe, ouvia-se o ronco dos motores dos barcos no lago.

Carly fez uma careta ao aproximar-se da varanda com Noah nos braços. Lucas tinha a chave na mão e abriu a porta. Carly sentiu o ar de ambiente fechado assim que chegou ao pequeno *hall* de entrada da sala de estar/jantar que dava acesso à cozinha.

Ela olhou para os armários brancos enfileirados na parede da cozinha e franziu a testa.

— Na última vez que estive aqui, os armários ainda eram de pinho desgastado.

Lucas entrou na área principal e olhou ao redor.

— Quando foi isso?

Havia uma sensação de tristeza ao andar naqueles cômodos que Eric amava e perceber que ele nunca mais se sentaria no sofá surrado com as botas apoiadas na mesinha de centro lascada. Nunca mais acenderia o fogo na lareira enegrecida nem sairia correndo pela porta dos fundos com a vara de pescar na mão para ir até o lago, que podia ser visto através das árvores enfileiradas no quintal coberto de ervas daninhas.

JOIAS FATAIS

Tudo havia acabado. O sofrimento que ela sentia foi substituído por uma enorme sensação de traição.

— Carly?

Ela ergueu a cabeça e percebeu que Lucas estava falando com ela.

— Desculpe-me. O que você disse?

— Quando foi a última vez que você esteve aqui?

— Hum, cerca de seis meses antes de Eric morrer. Portanto, deve fazer um ano.

Carly atravessou o pequeno espaço até a cozinha. Os armários de pinho estavam pintados com tinta branca brilhante e os antigos puxadores de madeira haviam sido substituídos por novos puxadores de metal. O balcão de fórmica pintado de azul também era novo.

— Ele nunca mencionou que estava remodelando a cozinha.

— Talvez não quisesse lhe contar que estava gastando dinheiro no chalé, já que você não gostava dele.

Aquilo não fazia sentido para ela.

— Eu teria concordado. Eric passava muito tempo aqui. Nunca se queixou da condição do lugar. — Ela olhou ao redor. — Embora fossem reformas pequenas e baratas. A pintura e o balcão novo não custam muito dinheiro.

A pior parte não era o dinheiro. Era que ele devia ter feito tudo aquilo para agradar Kelly.

O pavor tomou conta de seu estômago quando ela se virou e dirigiu-se ao quarto principal. Abriu com força as gavetas da cômoda e viu o que temia. Em duas gavetas havia roupas íntimas e camisetas femininas.

E não eram dela.

Os ombros largos de Lucas atravessaram a porta, mas ele não disse nada enquanto ela examinava o resto do quarto. No armário havia mais roupas femininas e a gaveta do armário do banheiro continha maquiagem. Nada pertencia a ela.

171

COLLEEN COBLE

Os olhos dela ardiam e o seu estômago embrulhou. Kelly não havia sido uma aventura qualquer que resultou em uma bebê. O caso havia sido sério entre ela e Eric. Quanto tempo durou?

Noah enfiou as mãozinhas fechadas na boca e chutou o ar. Lucas aproximou-se dela para pegá-lo.

— Sinto muito, Carly.

Ninguém precisava dizer-lhe o que tudo isso significava. Ela engoliu em seco e concordou com um movimento firme de cabeça. As palavras ainda não conseguiam sair de sua boca.

O celular de Lucas vibrou e o som de seus passos desapareceu enquanto ele saía pelo corredor. A voz dele era baixa e ela agradeceu por ter um tempo a sós para tentar processar tudo o que vira e ouvira naquele dia. Nunca imaginou que Eric fosse capaz de traí-la. Estaria planejando pedir o divórcio? Kelly contara a Lucas que Eric sabia de sua gravidez.

Como ele teria reagido se soubesse que as duas mulheres de sua vida estavam grávidas ao mesmo tempo? Teria escolhido Kelly ou ela? Carly jamais saberia.

Ao ouvir os passos de Lucas voltando, ela enxugou o rosto com a mão e virou-se de frente para a porta. Teria de conviver com isso.

— Posso carregar Noah — disse ela, esticando os braços. — Obrigada pelo espaço que você me deu.

Lucas devolveu-lhe o bebê e ela sentiu o cheiro agradável da cabeça macia de Noah. Se nada de bom restava de seu casamento, havia um bebê em seus braços. Era o que bastava.

— Tenho novidades interessantes — disse Lucas depois que o bebê foi acomodado nos braços dela. — Pedi ao meu parceiro que verificasse a conta bancária de Kelly. Foi feito um depósito de cem mil dólares na conta dela dois dias antes da morte de Eric e outro no mesmo valor na semana passada. Rastreamos os dois depósitos até uma empresa de fachada afiliada a um figurão da cadeia de produtos alimentícios na Rússia.

172

JOIAS FATAIS

— Parte da máfia russa?

Ele sacudiu a cabeça.

— Um empresário chamado Ivan Bury. Mora em Moscou. Não encontramos nenhuma ligação com o crime organizado. Mas veja só. Ele ofereceu uma recompensa a quem encontrar qualquer um dos ovos Fabergé.

— Por que ele deu dinheiro a Kelly?

— Desconfio que foi a pedido de Eric, que queria escondê-lo de você. Ele não quis depositar na conta conjunta de vocês porque você faria perguntas. Dessa maneira, os dois podiam usá-lo no que quisessem. — Lucas semicerrou os olhos cor de avelã e passou a mão pelos cabelos curtos e escuros. — Ela chegou a lhe fazer perguntas sobre o seu negócio no mercado de bugigangas e a respeito do trabalho que Eric estava fazendo para você?

Carly rememorou as últimas semanas e estremeceu.

— Mencionei que estava verificando as coisas da vovó Helen. Não sei se ela perguntou ou se contei espontaneamente. Não me lembro, mas penso que mencionei ter encontrado um ovo antigo. Foi antes de eu ter removido a tinta.

— Ela é policial. Somos bons em dirigir as conversas na direção certa. Desconfio que ela atendeu bem todas aquelas ligações. E aposto que ela mesma ligou para ele e negociou o segundo pagamento por ter encontrado informações sobre o ovo.

Carly mudou Noah para o outro lado do corpo.

— O que você acha disso?

— O ovo foi roubado do Kremlin. Não tenho certeza de como chegou às mãos da mãe biológica de Mary, mas sabemos que houve muitos roubos durante a Revolução Russa. Talvez Ivan seja um colecionador. Não há meios de saber. Fiz algumas indagações e há algumas pessoas que acreditam que o ovo foi vendido e o dinheiro enviado ao novo governo. Supostamente foi parar no Kremlin, portanto, parece uma possibilidade lógica. Se ele é colecionador, talvez tenha farejado que o ovo estava rodando por aí.

Carly guardou essa informação na memória, pois era uma boa premissa para o romance que estava escrevendo.

— Gostaria de saber como ele foi parar no baú.

— É o que pretendo descobrir.

Ao olhar para a expressão determinada de Lucas, ela sentiu um raio de esperança de que ele seria capaz de fazer isso.

— É melhor voltarmos.

Lucas não se lembrava de ter visto tantas pessoas em sua casa.

Quando eles voltaram da viagem até o chalé do lago, ele ouviu o som do piano vindo da sala de música, onde avistou Amelia e Isabelle. Emily estava mudando as almofadas de lugar na sala de estar. Lucas não se importava com a bagunça que ela estava fazendo na decoração da casa, mas parecia muito atrevimento da parte de uma hóspede.

Carly subiu imediatamente a escada para trocar a fralda de Noah e Lucas dirigiu-se à cozinha. Mary era sempre uma pessoa com quem ele gostava de conversar quando seus pensamentos estavam confusos. O cheiro agradável do molho italiano deu-lhe água na boca. Eles não haviam comido nada desde o café da manhã a não ser um punhado de nozes e uma barra de granola que Carly levara para matar a fome.

— Lasanha? — perguntou ele.

Mary ajeitou o avental em volta da cintura de sua saia de estampa *paisley* vermelha e preta.

— Percebi pelo seu tom de voz que era isso que você queria. Sim, é lasanha. E pão de alho com queijo e salada. Fiz também um bolo de chocolate para a sobremesa.

— Eu sabia que havia um bom motivo para convidá-la a ficar aqui.

JOIAS FATAIS

Ela piscou para ele.

— Sei como conquistar o coração de um homem. Se você fosse quarenta e cinco anos mais velho, poderíamos chegar a um acordo.

Ele riu.

— Você é especial, Mary Tucker.

Lucas arrastou um banquinho até o balcão do desjejum, imaginando até que ponto poderia contar as novidades a ela. Mary era uma mulher sábia, mas ele não queria causar-lhe preocupações nem contar detalhes que Carly preferia manter em segredo.

Ela apontou para um conjunto de pegadores de alimentos na direção dele.

— Pelo amor de Deus, conte o que está angustiando você.

Lucas salivou quando ela cobriu a lasanha com molho e queijo por um minuto. A infidelidade de Eric deveria ser contada por Carly, mas ele podia falar de suas suspeitas a Mary.

— Descobri evidências de que deve haver dois grupos de pessoas à procura do ovo. Isso aumenta o perigo para todos e não sei bem o que fazer.

— Você tem feito tudo o que é humanamente possível, Lucas. Nenhum de nós vai deixar este mundo até que o bom Senhor decida que chegou a nossa hora. É bom tomar cuidado, mas eu não gostaria que ficássemos paralisados de medo. Você conseguiu descobrir alguma coisa a mais sobre minha irmã gêmea?

— Ainda não. Sabemos que o sobrenome do casal que a adotou é Durham. Vai demorar um pouco até chegarmos à família Durham que queremos, mas é um bom começo.

— Elizabeth Durham. Lindo nome. Não vejo a hora de conhecê-la para ver se somos parecidas uma com a outra e se temos os mesmos interesses. Mas não me importo nem um pouco se formos muito diferentes uma da outra. Uma irmã!

Lucas queria avisá-la que Elizabeth poderia não estar viva, mas preferiu não apagar o brilho de seus olhos azuis.

175

— Durham é um sobrenome comum. Espero encontrá-la.

Ao ouvir som de passos no piso de madeira, ele virou-se e viu Carly aproximando-se com Noah nos braços. O bebê chutou o ar e sorriu ao ver Lucas. Lucas sorriu para ele e segurou sua mão quando Carly chegou mais perto. O bebê agarrou-lhe os dedos com sua mãozinha.

— Achei que você não voltaria a dormir depois daquela viagem de carro, rapazinho — disse Lucas.

O bebê chutou o ar de novo e pareceu entusiasmado ao vê-lo. Embora fosse provavelmente imaginação de Lucas, seu peito se aqueceu quando ele pegou Noah dos braços de Carly.

— Vou segurá-lo, caso você precise ajudar Mary.

Ao pegar o bebê dos braços dela, ele viu angústia em seus olhos e queria tirar a opressão que ela sentia. Ela recebera um golpe ter-rível naquele dia.

Lucas transferiu o bebê para o outro braço e tomou um gole d'água.

Mary analisou a expressão da neta.

— Falta colocar a lasanha no forno e o pão de alho está pronto para ser torrado. Sente-se, Carly Ann, e conte-me o que Lucas não me contou. Assim que você entrou aqui vi que está preocu-pada com alguma coisa. Está pálida e com os olhos vermelhos. O que aconteceu?

Lucas engasgou com a água e cruzou o olhar com o de Carly. Ela semicerrou os olhos escuros, talvez imaginando que ele havia contado parte do acontecido, mas ele sacudiu a cabeça para tran-quilizá-la. Carly sentou-se ao lado dele e entregou um novo con-junto de chaves de plástico ao bebê, a "chave" para abrir a porta do segredo de Eric.

— Vimos a bebê de Kelly hoje.

— E?

— Ela é filha de Eric.

JOIAS FATAIS

Mary arregalou os olhos e aproximou-se de Carly, que segurou sua mão.

— Estou bem, vovó. Foi um choque, mas a maior surpresa foi que o dinheirão que ela está gastando veio de um empresário russo chamado Ivan Bury. Ele ofereceu uma recompensa para quem encontrar qualquer um dos ovos Fabergé. Lucas desconfia que Kelly está tentando ajudá-lo a encontrar o meu ovo. E tudo começou com Eric. Não sabemos o que Eric encontrou no baú. Será que ele viu o ovo e achou que era muito valioso? Ou será que havia algo lá que o levou a pesquisar informações sobre o ovo desaparecido? Se for isso, ele pode ter descoberto a recompensa oferecida por Ivan Bury pelo ovo e entrado em contato com ele. Kelly fez algumas perguntas quando liguei para ela depois de encontrar o bilhete de Eric, mas achei que fosse apenas conversa mole. Agora tenho dúvida.

A boca de Mary contorceu-se demonstrando desagrado.

— Papo furado. Não acredito que Eric faria isso. A filha dela é um pouco mais velha que Noah, certo?

— Sim, seis meses mais velha.

— Coisa de gente baixa — disse Mary com tristeza. — De gentinha.

Lucas não podia discordar. Tudo o que imaginava saber a respeito de Eric havia mudado no momento em que ele percebeu o que Kelly estava escondendo.

— Vou conversar com ela de novo. Quando eu lhe contar que rastreamos a origem do dinheiro, talvez ela conte o que sabe.

— Não sei se ela faz ideia do perigo que está correndo — disse Carly. — Pessoas já morreram. Se esse tal de Ivan Bury achar que ela pode incriminá-lo, não vai hesitar em eliminá-la.

Lucas gostaria de pensar que eles poderiam resolver o assunto rapidamente, mas ter dois grupos separados para investigar deixou tudo confuso. E ele ainda precisava encontrar a irmã gêmea de Mary.

VINTE E DOIS

Como a vida havia ficado tão confusa?

Carly colocou Noah no berço após o jantar e forçou-se a descer a escada. Morar com as irmãs lhe causava tensão e desconforto. Seus sonhos iniciais de fazer as pazes com elas haviam sido deixados para trás em razão do perigo que as rondava.

Quando ela entrou na cozinha para preparar um chá, seu celular tocou. Ao olhar para a tela seu coração deu um salto quando ela viu o nome Casa de Leilões Willard. Havia enviado um *e-mail* após o jantar informando o número de seu celular, mas só esperava uma resposta dali a alguns dias.

— Quem fala é Carly Harris — disse ela ao atender o celular.

— Sinto muito, sra. Harris, por ligar para a senhora tão tarde. Quem fala é William Taylor, da Casa de Leilões Willard. Acabei de abrir seu *e-mail* e examinei as fotos anexas. O ovo está em lugar seguro?

— Sim, está.

Embora tivesse pedido ao perito que ligasse para ela, agora que tudo estava prestes a ser revelado, esse pedido parecia ter sido um erro. Assim que fosse mostrado ao mundo, o ovo deixaria de ser dela. Sua legitimidade precisava ser comprovada e ela não queria fazer Lucas perder tempo, caso o ovo fosse falso.

— Que notícia maravilhosa! Posso ver o ovo amanhã? Se pegar um voo a Savannah amanhã cedinho, estarei aí por volta das onze horas.

JOIAS FATAIS

— Posso ir ao seu encontro em Savannah, se o senhor preferir.

— Prefiro deixar o ovo em segurança e vê-lo aí, se possível. Não quero correr riscos.

— O senhor acha que é verdadeiro, não?

— Não há como afirmar sem examiná-lo antes, mas as fotos são muito convincentes. — A voz do homem vibrou de expectativa. — Vai ser uma descoberta emocionante se for mesmo a Galinha com o Pendente de Safira. Onde podemos nos encontrar?

— Vou enviar-lhe o endereço do local.

— Um cofre de banco, espero.

— Sim, pareceu o lugar mais seguro de todos. E a polícia reforçou a segurança no local.

— Decisão sábia. Muito bem. Vamos nos encontrar às onze. Obrigado por nos contatar.

Carly encerrou a ligação e suspirou fundo. Amanhã ela saberia se o ovo era verdadeiro ou uma falsificação muito bem feita. Mas nada nela dizia que se tratava de uma imitação. Ela reconheceu o ouro verdadeiro quando o viu. E as marcas correspondiam às de outras peças Fabergé.

Ainda sorrindo, dirigiu-se à sala de música. Viu Amelia e Emily, uma de cada lado de Isabelle. Todas vestiam roupas de ginástica e o rosto vermelho das três mostrava que haviam acabado de sair de uma sessão de exercícios físicos ou ioga. O rosto de Isabelle também estava inchado e havia lágrimas em seus olhos. Carly não viu nenhum sinal de Lucas ou Ryan e não podia culpá-los por quererem fugir do drama em torno de sua família.

Esse era um problema que ela precisava resolver. Aproximou-se da irmã mais nova.

— O que houve, querida?

Isabelle colocou as mãos ao lado do corpo.

— Liguei para minha mãe e ela tentou o tempo todo acabar logo com a conversa. Ouvi a voz de um homem dizendo que ela deveria desligar. Por que é mais importante ouvir o que ele diz do que conversar comigo? — Sua voz era trêmula. — Será que ela não se preocupa comigo? Não quis ouvir o que eu tinha a dizer sobre a escola nem o que o papai estava fazendo. Disse várias vezes que ligaria para mim mais tarde, mas ela sempre diz isso e nunca liga.

Carly lembrou-se de como era a situação quando o pai partiu após a morte de sua mãe.

— Sei como você se sente. É difícil, mas os adultos nem sempre fazem o que é certo.

— Pelo menos você está aqui conosco — disse Emily. — Quando o papai foi embora, tínhamos a vovó e Carly. Imagine como você se sentiria se tivesse de ficar presa em casa sem ninguém, agora que o papai escapuliu de novo. Ele sabe como fugir de problemas.

Mais lágrimas começaram a correr pelo rosto de Isabelle.

— Ele não se importa nem um pouco comigo, não é verdade? Como posso entender a vida se ninguém me ama?

Carly semicerrou os olhos em sinal de advertência a Emily e Amelia.

— Faz parte do trabalho dele. Ele ama você, Isabelle. Ama todas nós. — As palavras que saíram de sua boca pareciam ocas.

— É o que você sempre disse para nós, Carly — interveio Amelia. — A certa altura da vida precisamos entender que as pessoas são como são. Você não pode mudar seus pais, Isabelle, e a culpa não é sua. Não pode se culpar por algo que está fora de seu controle.

— E o modo como você reage é a única coisa que pode controlar — disse Emily. — As pessoas nos decepcionam o tempo todo. Você precisa assumir o controle da sua vida e ir atrás do que quer. Seu futuro pertence a você. Veja aonde Amelia e eu chegamos depois que nossa mãe morreu e nosso pai nos abandonou. Você vai superar tudo isso.

Carly se conteve e olhou firme para as irmãs. Com a boca seca, lembrou-se de todas as conjecturas que havia feito sobre o

JOIAS FATAIS

relacionamento entre as irmãs e ela. Culpara a si mesma e reagira em vez de ver a situação com clareza. Por que havia agido assim? Emily estava certa. O futuro dela estava nas mãos dela, não na mão das irmãs.

Amelia franziu a testa e analisou a expressão de Carly.

— Algum problema?

— Eu me culpei durante anos pelo modo como vocês têm me tratado. Como se eu merecesse a culpa por não ter feito mais depois que nossa mãe morreu. E depois, quando Eric usou o dinheiro sem meu consentimento, vocês me culparam por isso. E assumi a culpa de novo por achar que o erro era meu. Acabei de descobrir que Eric teve um caso com outra mulher e uma filha com ela, com sua parceira de trabalho. Já estava começando a pensar que a causadora de tudo fui eu. Pensei que a culpa era minha por ele ter sido infiel. — Carly sacudiu a cabeça. — Nunca mais vou fazer isso.

Amelia arregalou os olhos castanhos.

— Espere, volte um pouco no tempo. *Eric* gastou o dinheiro? E sem nossa permissão?

Carly assentiu com a cabeça.

— Preenchi os cheques para vocês duas antes de ir à feira de bugigangas. Mas ele havia planejado usá-lo para comprar uma casa para nós dois. Fez isso sem permissão.

— Por que você não nos contou? — Emily exigiu saber.

— Não queria que vocês ficassem furiosas com Eric.

Amelia fechou as mãos com força.

— Isso é terrível, Carly. Você deveria ter visto os sinais do caráter dele quando usou seu dinheiro sem permissão.

Carly começou a concordar, mas parou.

— Vê como você torna as coisas tão fáceis, Amelia? Essa insinuação sutil de culpa dirigida a mim? Eu *deveria ter visto* dá a entender que a culpa foi minha. Não foi. Eric tomava decisões sozinho, sem minha participação.

Amelia se encolheu, mas seu rosto demonstrou compreensão e ela não disse nada. Abaixou a cabeça e olhou para as suas mãos no colo.

Carly viu uma sequência de anos atrás de si, anos durante os quais carregou a culpa que sua família colocou em sua cabeça. E seria difícil para ela não reagir mais daquela maneira, mas agora havia entendido. E a situação mudaria.

———

O sono era tão difícil quanto encontrar o culpado que estava à procura de Carly.

Lucas andou de um lado para o outro no quarto até pegar um livro e descer a escada de acesso ao jardim de inverno. Ele não sabia se suas hóspedes haviam descoberto, mas aquele era seu lugar preferido para pensar.

Atravessou a porta e desceu o degrau de acesso ao espaço e viu um leve brilho. Carly estava sentada com um *notebook* na espreguiçadeira e ergueu a cabeça. Sua expressão sombria lhe disse que ela continuava aborrecida em razão dos acontecimentos do dia.

— Não conseguiu dormir também? — perguntou.

Ela sacudiu a cabeça.

— Não é todo dia que a gente descobre que o homem com quem nos casamos não é quem imaginávamos ser. — Ela fechou o *notebook*. — Pode parecer tolice, mas depois que li a anotações do diário sobre Sofia, quis escrever a respeito dela. Estou escrevendo um romance para a vovó, sobre o que poderia ter acontecido. Uma forma de dramatizar tudo para ela.

— Que maravilha! Não sabia que você era escritora.

Com os cabelos soltos sobre os ombros, ela parecia perdida e vulnerável, trajando um roupão rosa sobre o pijama. Colocou o *notebook* na mesa ao lado da babá eletrônica e apoiou os pés no chão para dar espaço a ele.

JOIAS FATAIS

— Sempre gostei da ideia. Lecionei história no ensino médio e a ideia está esquentando há algum tempo. As feiras de bugigangas não são o melhor lugar para nos sustentar quando temos um filho pequeno. Estava tentando aumentar minha criatividade. É provável que não seja publicado, mas a vovó vai gostar dele.

Carly o surpreendia constantemente. Ele sentou-se no pé da espreguiçadeira ao lado dela.

— Tenho certeza de que você pode fazer qualquer coisa que puser na cabeça.

Ela deu um meio sorriso.

— Você não tem de trabalhar amanhã?

— Tenho. — O perfume das gardênias tomou conta do espaço. Ou seria o perfume do cabelo dela? — Com certeza foi um dia traumático.

O que dizer em uma situação como essa, que abalou o mundo dela? Talvez não fosse necessário dizer nada. Estar ao lado dela poderia ser suficiente para consolá-la.

Ela enroscou o cabelo atrás da orelha.

— Não tive oportunidade de lhe contar. Amanhã vai chegar um perito da Casa de Leilões Willard vindo de Nova York. Ele está ansioso por examinar o ovo. Vou encontrar-me com ele no banco às onze horas.

— Boa notícia. Pelo menos vamos saber se tudo é como você pensa.

— Ele pareceu muito otimista e entusiasmado.

— Com certeza. Está vindo muito depressa.

— Ele leu o *e-mail* hoje e está se preparando para chegar aqui amanhã. — Ela olhou para as próprias mãos. — Não sei pelo que orar. Vou ficar emocionada se o ovo for verdadeiro, mas significa que a atenção sobre nossa família vai aumentar.

Lucas não podia contra-argumentar essa conclusão. A notícia se espalharia logo e quem sabia o que poderia acontecer?

COLLEEN COBLE

— Qual é o nome do sujeito?

— William Taylor.

— Vince e eu vamos nos encontrar com você no banco. Acho que ele não vai tentar levar o ovo, mas quero ter certeza de que você e o ovo estarão seguros.

— Obrigada. Eu ia perguntar se você gostaria de estar lá.

Uma sombra cruzou a linha de visão de Lucas e ele avistou Ryan dirigindo-se à porta dos fundos. Tarde da noite. Ryan virou a cabeça e acenou. Alguns minutos depois já estava dentro da varanda cercada por tela.

Com uma sombra de fadiga nos olhos, Ryan encostou-se à parede de madeira dos fundos.

— Vocês estão acordados até tarde da noite.

Lucas olhou para o brilho fraco de seu relógio. Quase duas horas da madrugada.

— O roto falando do rasgado. O que aconteceu para você chegar tão tarde?

— Coisas e mais coisas. — Ryan lançou um olhar irônico a Carly. — Todas estão bem acomodadas?

— Sim. Obrigada por nos receber.

Ryan encolheu os ombros.

— Partiu tudo de Lucas.

— A casa é sua também. E somos muito gratas por ficarmos longe do barulho e da poeira. Sinto muito o que aconteceu com seu empregado. Como ele está? Você já conversou com a família dele?

— É exatamente o que eu estava fazendo. Procurando a família dele. O endereço que ele me deu aqui na cidade era falso e nenhum dos outros empregados sabe como entrar em contato com alguém. O número de emergência que ele me deu também não funciona. Pelo que sei, ele continua inconsciente.

Lucas assentiu com a cabeça.

JOIAS FATAIS

— Foi também a última informação que recebi. Vince deve ter descoberto também o endereço e o número de telefone falsos. Eu estava seguindo outras pistas hoje e não soube de mais nada. Vou conversar com Vince de manhã.

Ryan bocejou.

— Você quer dizer hoje.

Lucas riu e levantou-se.

— É melhor todo mundo ir dormir. Espero que Kostin acorde para eu poder interrogá-lo.

— É o suficiente para me assustar e não contratar novos empregados, mas preciso de ajuda — disse Ryan.

A babá eletrônica emitiu um som e Carly a pegou.

— Parece que Noah está acordando. É melhor eu ir até lá. — Ela se espremeu para passar por Ryan e desapareceu nas sombras.

Ryan cruzou os braços na frente do peito.

— Você gosta dela, não?

Lucas pensou um pouco em como responder à pergunta. Não queria discutir o assunto em profundidade àquela hora, mas não queria também deixar de responder à pergunta do irmão.

— Sim, gosto. Ela está sofrendo muito.

— E quanto ao Eric?

— O que tem ele? Ele é carta fora do baralho. — Lucas contou a Ryan o que haviam descoberto naquele dia.

Ryan endireitou o corpo.

— Lucas, ela vai ter muitos problemas por causa disso. Tome cuidado. Não quero que você se magoe. — Ryan riu e passou a palma da mão no cabelo. — Nunca achei que diria essas coisas a você. Você sempre teve uma placa de aço em volta de suas emoções tão grossa quanto um navio de guerra. Só... só tenha cuidado.

— Eu disse que gosto dela. Não disse que estou pensando em me casar com ela. Pelo amor de Deus, Ryan. Estou simplesmente ajudando-a a resolver o mistério do ovo e o assunto já chegou a

185

COLLEEN COBLE

assassinato e invasões. Assim que tudo terminar, não vou vê-la muito. Somos apenas amigos.

— Já ouvi isso antes. O que não vi antes é a expressão em seu rosto quando você olha para ela. E você convidou a turma toda para ficar aqui sem conversar comigo antes. Você sempre gostou de sua privacidade, mas jogou-a pela janela sem pensar duas vezes. Você está se enganando se pensa que não sente algo mais profundo que amizade. Talvez esteja apenas começando, mas acho que é tarde demais.

Lucas sacudiu a cabeça e encaminhou-se para a porta.

— Você está louco.

A risadinha de seu irmão o seguiu pelo corredor até o quarto.

VINTE E TRÊS

Carly queria agir do modo mais profissional possível em seu encontro com William Taylor. Ajeitou as mechas rebeldes de cabelo que escapavam do coque preso em estilo francês na parte traseira da cabeça. Com os pés doloridos por estar desacostumada a usar sapatos de salto alto, ela não via a hora de trocar a saia azul-marinho e a blusa branca por bermuda e camiseta regata. Com o sol batendo na cabeça, ela aguardava a chegada de Lucas na frente do banco.

— Você se lembrou de pegar a chave que estava no seu cofre?

— Claro. — Gotas de suor pontilhavam a testa de Lucas. — É melhor entrarmos.

— Eu queria que o sr. Taylor me localizasse com facilidade.

Lucas pegou o celular e analisou a foto do perito.

— Calvo, bigode grande. Deve ser fácil de ser identificado. Está um pouco atrasado. Não deveria estar aqui às onze horas?

Carly concordou com a cabeça.

— Pode ser que o voo tenha atrasado.

Ela havia amamentado Noah antes de sair e o deixara sob os cuidados de Isabelle, mas não queria ficar fora o dia todo.

Ou ele teria perdido o interesse no ovo? Talvez tivesse visto um sinal de alerta indicando que não era autêntico. Carly rejeitou a ideia. Tudo nela dizia que o ovo era autêntico.

Um carro preto chegou ao estacionamento e um homem saiu de dentro dele. Tinha entre trinta e quarenta anos de idade, cabelos

COLLEEN COBLE

loiros e rosto bem barbeado. O sorriso que deu ao parar na frente dela foi um sinal de reconhecimento.

— Sra. Harris? Sou William Taylor.

Carly deu um sorriso vacilante e Lucas, ao seu lado, ficou tenso. Ela segurou firme no braço dele em sinal de advertência quando ele começou a falar e sacudiu a cabeça.

— O senhor não se parece muito com a foto no site, sr. Taylor.

— Pode me chamar de William. Todos nós postamos fotos falsas na internet. Privacidade, a senhora sabe como é.

A explicação dele fez sentido, mas ela ainda não se convencera.

— Posso ver sua identidade?

— Claro. — Ele abriu a carteira e mostrou-lhe sua carta de habilitação e o cartão de visitas oficial da Casa de Leilões Willard. — Estou ansioso por ver o ovo. Vamos entrar?

Carly olhou para Lucas, que levantou uma sobrancelha e fez um leve sinal de concordância. Pelo menos estava ao lado dela e pronto para interceptar qualquer tentativa de furto. Quando entraram no banco, ela sentiu no rosto a temperatura mais baixa do ar-condicionado. Depois de mostrar seu documento, Carly e o funcionário do banco foram buscar a caixa enquanto Lucas conduzia Taylor até uma sala reservada.

O coração de Carly batia forte quando ela entrou na sala com a caixa. Mal podia esperar para voltar a ver o ovo. Cada minuto que ele ficou fora de suas mãos pareceu uma eternidade. Ela colocou a caixa em cima da mesa entre os dois homens e levantou a tampa para mostrar o conteúdo. O ovo de aparência leitosa brilhou sob as luzes no teto e Taylor respirou assustado.

Esticou a mão para pegar o ovo, mas se conteve.

— Posso?

— Claro.

Depois de calçar luvas brancas, ele levantou o ovo com reverência.

— Extraordinário — sussurrou. — Exatamente como imaginei.

JOIAS FATAIS

Virou o ovo e olhou-o de todos os ângulos. Em seguida, pegou uma lupa para ver mais de perto os detalhes.

A espera foi torturante enquanto ele examinava lentamente cada detalhe do ovo. Abriu e examinou também o seu interior e as marcas antes de colocá-lo com cuidado sobre a mesa e dar um suspiro profundo.

— Para mim, não há nenhuma dúvida de que é autêntico. Não imagino o preço que vai alcançar no leilão, mas desconfio que será perto de 40 milhões de dólares.

Carly respirou fundo. A questão não era o dinheiro. Era saber que o ovo valia tanto assim. O que os homens fariam para tomar posse dele? Não era de admirar que houvesse dois grupos atrás dele.

— Estou preparado para conseguir transporte seguro da peça até a casa de leilões e começar a informar o público sobre a venda — disse Taylor.

Carly sacudiu a cabeça sem pensar.

— Não estou disposta a vendê-lo. Ainda não.

Como explicar uma resposta tão irracional? Se o ovo sem a surpresa valia tanto, quanto valeria se eles encontrassem a surpresa? Repetindo, a questão não era o dinheiro, mas enquanto raciocinava, ela percebeu que não queria abrir mão dele. Queria vê-lo inteiro e completo.

No entanto, ela precisava passar o ovo adiante. Não tinha meios de protegê-lo dos ladrões. De que adiantaria ficar guardado em uma caixa no cofre escuro se ninguém poderia ver sua beleza? Ficou em um sótão durante décadas e merecia ser visto e admirado.

Ela, porém, havia perdido muitas coisas no ano passado e imaginava que ficaria magoada se perdesse o ovo também.

O brilho nos olhos de Taylor desapareceu e ele apertou os lábios em sinal de decepção.

— Entendo. Não quer vendê-lo, é isso?

— Quero, mas não agora. — Ela olhou para Lucas em busca de apoio e viu que ele estava tão espantado quanto Taylor. — E se encontrássemos a surpresa? — disse ela abruptamente. — Ao ver a expressão de susto nos olhos de Lucas, ela percebeu que não deveria ter mencionado essa possibilidade. — Quero dizer, a surpresa pode aparecer.

— Assim que a existência do ovo se tornar pública, alguém vai perceber que tem a surpresa — disse Taylor. — Mas, se a notícia não for divulgada ao mundo, duvido que a senhora a encontre. A menos que tenha alguma informação sobre sua localização.

Ela sabia que não poderia admitir isso.

— Vou pensar no assunto. — O ovo parecia frio em seus dedos quando ela o colocou de volta na caixa e levantou-se para trancá-lo de novo no cofre. — Obrigada por ter vindo. Manterei contato.

Carly apressou-se em colocar o ovo novamente no cofre para não ter de ver a decepção que Taylor demonstrou. Suas irmãs ficariam furiosas quando soubessem o que ela havia feito.

Lucas não tinha certeza se, um dia, entenderia as mulheres. A venda do ovo não era o motivo principal para ele ser avaliado? Os dois não conversaram sobre o assunto no caminho de volta para casa e ele sugeriu que levassem Noah ao Parque Chambers Waterfront. Embora o bebê fosse muito pequeno para brincar no parquinho, o lugar era tranquilo para uma caminhada à sombra dos carvalhos com musgos pendurados nos troncos e para ver os barcos indo e vindo. O rio corria a céu aberto e a marina estava sempre movimentada.

O suave aroma de sal do rio Beaufort misturava-se com o das flores desabrochando nos jardins. Os gritos das crianças brincando e o vento nas palmeiras proporcionavam um cenário relaxante enquanto ele empurrava o carrinho de bebê em direção às mesas e cadeiras do pátio. As unhas de Major, ao lado dele, produziam atrito no caminho de tijolos. Carly, em silêncio e com expressão distante, andava com passos pesados do outro lado dele, carregando o almoço que haviam comprado no Lowcountry Café.

Lucas encontrou uma mesa vazia perto de uma palmeira com vista para a água e prendeu o breque do carrinho. Noah movimentou as pernas no ar e gritou olhando para as folhas ao vento acima de sua cabeça.

— O garotinho gosta daqui.

— Ele gosta muito de ficar ao ar livre. — Carly abriu a sacola de comida e pegou o que havia comprado. — Hambúrguer e batatas fritas. Estes são seus. Comprei um sanduíche de carne de caranguejo, mas não estou com muita fome. — Colocou a comida na mesa e afundou-se em uma cadeira com as mãos no rosto. — Sou uma idiota. Por que cargas d´água não deixei Taylor levar o ovo? — Levantou a cabeça e viu que ele olhava para ela. — Eu amo aquele ovo, Lucas. Não foi uma estupidez? Não posso protegê-lo. Ele ficaria escondido no banco para sempre. E eu *preciso* vendê-lo. Minhas irmãs vão querer a parte delas.

— Pensei que tudo o que havia naquele baú pertencesse a você.

— Sim, mas não é justo eu ficar com tudo se o ovo vale tanto dinheiro assim.

Carly era a pessoa mais altruísta que ele conhecera. As preocupações dela baseavam-se todas em torno da família, não das coisas que poderia comprar com aquele dinheiro. Era uma quantia tão grande que mudaria a vida de toda a sua família, mas ela não estava concentrada em suas próprias circunstâncias.

O coração de Lucas foi tomado de emoção, uma emoção que era quase dolorosa. Desde o fim de seu noivado sete anos atrás, ele se fechara, não se permitindo nutrir nenhum sentimento por outra mulher. Não queria sofrer rejeição de novo, mas Carly não era Frani. Carly já havia sido casada com um policial e conseguira controlar as preocupações. O erro partira de Eric, não dela.

Olhou para Noah e o calor em seu peito intensificou. O bebê conseguira penetrar em seu coração mais rápido que Carly. Isso aumentava os risco de um relacionamento, mas talvez ele tivesse ido longe demais para se afastar agora. Ryan estava certo o tempo todo. Lucas enganara a si mesmo sobre seus sentimentos.

Agora que ele sabia, o que faria a respeito?

Não havia pressa. Ele poderia pensar no assunto mais tarde. No momento, precisava ajudar Carly a ter mais clareza sobre o que faria com o ovo.

— Não é má ideia esperar até vermos se conseguimos encontrar a surpresa.

Noah deu um gritinho e Carly entregou-lhe as chaves de plástico.

— Isso é outra coisa. Eu não deveria ter dito nada a respeito de tentar encontrar a surpresa. E se ele contar para outras pessoas?

— Teria sido melhor manter segredo, mas não podemos nos preocupar com isso agora. Vamos ver se conseguimos encontrar alguma informação sobre Elizabeth, a irmã de Mary. Pelo menos temos um nome e estou fazendo uma busca no banco de dados. Devo receber um relatório ainda hoje.

O vento havia desmanchado totalmente o penteado de Carly e ela empurrou as mechas de cabelo escuro do rosto.

— Há uma esperança, pelo menos. Não sei o que faria sem sua ajuda, Lucas. Você é a única pessoa com quem posso conversar abertamente sobre tudo isso. E eu aqui pensando o tempo todo que você não gostava de mim.

— Eu não conhecia você — rebateu ele. — E o que pensava que conhecia era errado. Acreditava no que Eric dizia. — Com os grandes olhos castanhos dela cravados nele, Lucas lutava para expressar o que queria dizer. — Eu o conhecia há muito tempo e isso mostra como as pessoas podem ser diferentes do que pensamos. Nunca imaginei que Eric fosse do tipo que trai a esposa.

— E o que você pensava a meu respeito?

— Você era jovem na época em que namorou Ryan. Quando vocês romperam o namoro, achei que você estava usando suas irmãs como desculpa para descartá-lo e já tinha outro no lugar dele. Eu lhe disse isso diretamente e no dia seguinte você rompeu o namoro com Ryan. Quando você começou a namorar Eric, eu tinha certeza de estar certo. Mas agora que vi como você põe as necessidades das outras pessoas acima das suas, percebi que estava enganado. Agora você está apenas começando a livrar-se das correntes com as quais sua família a amarrou. Naquela época, essas correntes estavam estrangulando você.

Ela olhou para as próprias mãos.

— Não é errado cuidar dos outros.

— Claro que não. Escolhi ser policial para cuidar dos outros. Mas suas irmãs atrapalham você.

— Eu sei. Percebi isso ontem. A culpa nunca é uma boa base para qualquer tipo de decisão.

— Você não tinha de sentir culpa de nada. E não tem. Pode fazer o que quiser com o ovo. Ele é seu. Tome a decisão com base no que é melhor para você e Noah.

Ela mordeu o lábio inferior.

— Mesmo agora eu sei que preciso vender o ovo. Ele é muito bonito para ficar guardado num cofre.

Ele desviou a atenção daquela boca extremamente deliciosa quando seu celular deu um toque avisando que havia uma mensagem. E a leu.

— Na hora exata. Aqui está o relatório que mencionei sobre Elizabeth. Estamos chegando a algum lugar.

VINTE E QUATRO

Enquanto Lucas examinava o relatório, Carly empurrou o carrinho com Noah no caminho em torno da água. As árvores bloqueavam o calor do sol a pino e a brisa suave procedente do rio evaporou a transpiração de sua testa.

Ela poderia muito bem levar adiante sua decisão. Acessou o *site* da Willard no celular e ligou para a casa de leilões.

— Conversei com William Taylor hoje, mas não tenho o número do telefone dele. Você poderia me informar?

Depois de uma longa pausa, ela ouviu a voz de uma mulher.

— O sr. Taylor faleceu duas semanas atrás. Você tem certeza de que foi com ele que conversou?

O medo tomou conta de Carly.

— Ele disse que era William Taylor. — Carly contou à recepcionista sobre o *e-mail* enviado e seu telefonema antes de descrever o homem para ela. — Notei que ele não se parecia com a foto exibida no *site*, mas ele disse que todos nós postamos fotos falsas por questão de privacidade.

— Não é verdade. As fotos são autênticas, mas não tivemos oportunidade de remover as informações do sr. Taylor.

— Mas ele recebeu meu *e-mail*. Será que foi enviado a outra pessoa?

— Vou rastrear sua correspondência. Aguarde na linha.

JOIAS FATAIS

Uma música clássica de piano começou a tocar ao fundo. O homem havia apresentado um documento de identidade. Certamente era um funcionário.

Depois de alguns minutos a música parou e uma voz masculina foi ouvida.

— Sra. Harris, quem fala é Brian Schoenwald. Rastreamos seu *e-mail*, mas aparentemente ninguém o recebeu. Não sei como o falsário obteve suas informações, mas isso é muito importante para nós. Se ele voltar a contatá-la, por favor, avise a polícia. Nós vamos investigar também.

— Vocês acham que foram vítimas de um *hacker*?

— Somos muito rigorosos quanto à segurança *online*, mas parece que não há outra explicação. Vi suas fotografias e posso dizer que estamos muito interessados em ver o ovo. Eu poderia agendar uma visita para avaliá-lo?

Carly queria dizer não, mas já tomara uma decisão que considerava correta.

— Sim, mas eu preciso de alguns dias. Te... tenho uma semana muito atarefada pela frente. Pode ser na semana seguinte?

— Hoje é sexta-feira. Que tal daqui a uma semana, digamos na próxima sexta-feira?

— Seria ótimo. — Carly informou o número de seu telefone e o endereço do banco. — Obrigada pela ajuda.

Quando terminou a ligação ela olhou para trás, para o lugar onde deixara Lucas. Ao ver que ele já havia desligado o celular, ela chamou-o com um gesto e ele foi ao encontro dela e de Noah.

Ao vê-la, Lucas franziu a testa.

— Alguma coisa errada?

— William Taylor, o *verdadeiro* William Taylor, está morto. Aquele cara era um impostor. — Ela contou o que acabara de saber. — Ele tinha toda a documentação correta. Como sabia que ofereci o ovo para ser vendido na casa de leilões?

Lucas cerrou os lábios.

— É fácil *hackear e-mails* e equipamentos eletrônicos. Alguém tem interesse pessoal em descobrir o que você está querendo fazer. Vou pedir ao departamento técnico que examine seu computador e celular, mas pode ter sido um *hacker* remoto. Vou aumentar a segurança de seu computador, mas, nesse meio-tempo, não faça nada importante nele. Use o meu computador. Ele é bem seguro. Hoje em dia há muitos dispositivos impressionantes de escuta, mas, neste caso, desconfio que alguém redirecionou seu *e-mail*. Você fez muito bem em seguir seus instintos e em não permitir que ele ficasse com o ovo. Se esse outro cara quiser a mesma coisa, não entregue nada para ele. Temos de cuidar da segurança de nosso equipamento e nós mesmos vamos entregá-lo a eles.

O coração de Carly bateu acelerado quando ela pensou em todas as coisas que haviam dado errado naquela manhã. Foi mais uma confirmação de que algo precisava mudar em relação ao ovo.

— O que o seu relatório revelou?

Um sorriso brotou nos lábios de Lucas.

— Penso que a encontrei. Há várias Elizabeth Durhams por aí, mas só uma tem a idade certa.

— A vovó vai ficar muito emocionada! E vai querer nos acompanhar.

— E não devemos contar a ela enquanto não descobrirmos a verdade. Não sabemos o que vamos encontrar do outro lado. Primeiro vamos conhecer Elizabeth. Se tudo der certo, poderemos marcar um encontro.

— Odeio não poder contar isso à vovó. Parece que estamos fazendo malabarismo com muitas bolas e que estou lutando para manter todas no ar. Este deveria ser um tempo feliz. Não podemos dar a ela a alegria da expectativa?

Os olhos cor de avelã de Lucas revelaram preocupação.

— Eu gostaria muito, mas acho que não é prudente, ainda não.

JOIAS FATAIS

— Ela tem quase setenta anos. Sabe como temperar esperança com realidade. Mesmo que essa mulher não seja sua irmã, ela poderá saborear a expectativa por uns tempos. Mas eu me curvo diante da sua experiência.

— Como você descobriu que isso é importante?

Carly sorriu.

— Também já tive decepções na vida. Férias que não deram em nada por causa do trabalho de Eric, a possibilidade de mudar para outra cidade por uns tempos, várias coisas. Depois que as decepções terminaram, eu disse a Eric que estava feliz só em ter pensado que aquelas coisas aconteceriam. Foram oportunidades de sonharmos juntos, fazer planos. Para cada decepção como essa, há o lado bom da esperança. Depois que Noah nasceu, resolvi tentar encontrar alegria nas pequenas coisas. Quero que ele sinta essa alegria também.

— Alegria. Uma palavra que não usamos muito.

— Eu sei. Não é felicidade, porque ela vem e vai embora. É aquela paz interior que temos quando aceitamos cada dia que Deus nos dá e somos gratos por ele.

— Você sempre me surpreende, Carly. Você é uma pessoa incrível. Eric não sabia como era feliz por ter você.

Carly emocionou-se com a expressão de ternura nos olhos dele. Os sentimentos que cresciam entre eles não eram expressos em palavras, mas ela os saboreava de maneiras muito significativas. Não sabia o que o futuro lhes reservava, mas podia prever esse futuro e aproveitar a alegria de cada momento.

———

Enquanto Lucas colocava um pacote de peito de frango no carrinho do supermercado, uma sombra passou atrás dele. Ao virar-se, viu Vince carregando uma cesta de compras.

— Ei, você deve ter visto minha picape no estacionamento — disse Lucas, arrastando o carrinho para o lado do balcão de carnes e virando-se para observar os corredores.

As lâmpadas fluorescentes iluminaram a cabeça calva de Vince enquanto ele concordava.

— Claro que vi. Fui dar uma olhada em Charlie Kostin. Ele parece estar bem, Lucas. Conversei com os colegas dele de empregos anteriores. Ouviram falar dele, mas não o conheceram. Ele apareceu aqui e começou a trabalhar com Ryan imediatamente. Os empregados de Ryan dizem que ele era calado, mas agradável. Não lhes contou detalhes pessoais. Sua vinda para cá pareceu proposital, agora que sabemos o que sabemos.

— Casado?

— Não.

Essa informação não surpreendeu Lucas. O crime organizado russo vivia de acordo com o que eles chamavam de código de ladrões, algo para ser admirado em sua cultura. Deixavam para trás todos os laços familiares, inclusive esposa e filhos. Mas o código de ladrões também incluía não trabalhar, e esse tal Kostin estava trabalhando para Ryan.

Se ele não pertencia ao crime organizado, por que estava aqui?

— Talvez estivesse à procura do ovo.

Vince pegou um pacote de carne moída e colocou-o na cesta.

— Foi o que pensei. E se ele estava, quem o esfaqueou? Será que houve algum desentendimento com outro membro da quadrilha que também queria o ovo? Não me parece provável e isso me fez pensar se temos dois grupos procurando a mesma coisa.

— Eu estava pensando nisso. Você descobriu mais alguma coisa sobre Kelly Cicero?

Vince franziu as sobrancelhas.

— Nada além daqueles dois grandes depósitos. Mas ela me provoca desconfiança.

JOIAS FATAIS

— Em mim também. E Bury?

— Somente aquilo que lhe contei. Precisamos convencer Kelly a falar para sabermos mais alguma coisa.

— Kostin continua em coma?

— Começou a sair do coma cerca de uma hora atrás. Penso que não é conveniente interrogá-lo, mas o médico acha que ele vai sobreviver. Mas ainda não está fora de perigo. Vai demorar um pouco.

— Acho que vou ter uma conversa com Kelly de novo. Você conversou por telefone. Talvez ela abra o jogo se eu conseguir conversar pessoalmente com ela.

Vince sacudiu a cabeça.

— Ela foi embora. Quando cheguei lá para vê-la, ela estava colocando suas coisas numa *van* de mudança. Perguntei aonde ela ia e ela não respondeu.

— Você ligou para a empresa de mudança para saber onde as coisas dela foram deixadas?

— Eles não fornecem essa informação sem uma ordem judicial.

— Talvez algum vizinho ou vizinha saiba.

Vince pegou um pacote de salsichas e colocou-o na cesta.

— Vou ligar para um vizinho da mesma rua para tentar obter informações. Se souber de alguma coisa, eu informo você.

— Mais uma coisa. — Lucas contou-lhe a respeito do perito da Willard. — Sabendo que ele é um impostor, providenciei segurança extra no banco. Ele ficou decepcionado porque Carly não entregou o ovo a ele. Se ele ainda não sabe que ela descobriu a verdade, vai tentar entrar em contato com ela de novo.

— Você poderia pedir que ela ligue para ele, preparar uma armadilha.

— Eu gostaria de mantê-la fora de perigo. Essa coisa está criando tentáculos a cada minuto e não tenho certeza se quero que ela se envolva nisso.

Vince olhou firme para ele e um lento sorriso espalhou-se por seu rosto.

— Rapaz! Ela fisgou você, não?

— Jamais gostei de pôr o público em perigo. — O tom de voz de Lucas subiu e ele olhou ao redor, forçando-se a reduzi-lo. — Acho que ela é uma ótima pessoa, mas além disso, ela tem um filho pequeno para criar sozinha. Eu detestaria ver Noah órfão.

— Por falar em Noah, estou me lembrando de que Eric tem outro filho. — Vince sacudiu a cabeça. — Como Carly está lidando com isso?

— Ela está bem. Foi um choque, mas acho que ela sabia que havia problemas no casamento. Penso que ela não vai querer que as crianças se conheçam. E duvido que Kelly vá querer. Que confusão!

— Você tem razão. — Vince olhou para o relógio. — Tenho de ir. A esposa precisa de algumas coisas para começar a preparar o jantar. Espere até ela saber como o gigante caiu.

— Ei, você está exagerando tudo. Eu *gosto* de Carly. Não disse que vou casar com ela.

Vince cutucou o peito de Lucas com o dedo indicador.

— Conheço você, cara. Nunca vi essa expressão em seu olhar e ela é muito diferente daquela na noite em que você atirou na mulher intrusa. As coisas mudam. Pare de se enganar e descubra como vai fazer isso funcionar.

Lucas abriu a boca para retrucar, mas Vince caminhou em direção à frente da loja, deixando-o de boca aberta. Lucas suspirou e continuou a pegar o resto de suas compras.

Ele gostava de estar perto dela e imaginou namorá-la a sério e beijá-la. Mas um beijo não era um aliança nem um enorme compromisso. Haveria muitas peças em jogo para descobrir se as coisas fossem além disso. Criar o filho bebê de outro homem era algo no qual nunca pensara. Também não queria ter um filho dele próprio, dependente dele, com aquela agenda de trabalho maluca.

200

JOIAS FATAIS

No entanto, não podia negar como se sentia quando estava com Carly. Ela atraía toda a sua atenção quando estava na sala e ele não conseguia desviar o olhar. Não por causa de sua beleza externa, mas por causa do modo como ajudava as outras pessoas. Estava sempre pensando em como deixar os outros felizes e satisfeitos.

Teria ela sido sempre assim? Ao fazer uma retrospectiva, ele percebeu que havia estado perto dela apenas de maneira superficial. Um sorriso do outro lado do quintal, um aceno quando ele passava na frente da casa.

Sua fascinação por ela era um tanto assustadora.

VINTE E CINCO

A casa da vovó, com cheiro de madeira nova e poeira, estava irreconhecível. Em pé e com os raios de sol da manhã atravessando as janelas novas, ela contemplou a casa. Noah deu um gritinho em seus braços como se estivesse surpreso também. Depois que as paredes antigas foram derrubadas, a área que era grande parecia imensa. Os empregados de Ryan haviam ligado a sala de jantar à sala de estar, dividindo-a com uma grande viga suspensa. E o espaço extra parecia não ter fim.

Os olhos cor de avelã de Ryan demonstraram ar de preocupação.

— Você não disse nada até agora. No que está pensando?

— Está maravilhoso, Ryan. Nunca sonhei que ficaria assim. A vovó vai adorar. — Carly girou o corpo para apreciar cada detalhe. — Os hóspedes vão ter muito espaço para se reunir e curtir o local. Alguma surpresa que possa modificar o orçamento?

— Não, não. A casa tem boa estrutura. Sua avó providenciou a descupinização e cuidou da manutenção geral. A casa só precisa ser modernizada. Já planejamos instalar um novo encanamento de cobre e um novo sistema de aquecimento, ventilação e ar-condicionado. Temos muito trabalho pela frente, mas a casa vai ficar ótima.

Carly imaginara que seria constrangedor ter Ryan por perto, mas isso não aconteceu. Ele não havia feito nenhuma referência ao romance de tempos atrás, nem ela. Parecia ter ocorrido com

JOIAS FATAIS

outras pessoas que ela não mais reconhecia. Os dois haviam mudado muito e seguido em frente.

— Estamos muito agradecidas por você ter aceitado o projeto. Vovó escolheu você, mas fiz outra cotação só para confirmar. A sua foi 50 mil dólares mais barata que a outra, por isso sei que você apresentou esse orçamento porque se preocupa com ela.

Um sorriso surgiu nos cantos dos lábios dele.

— Para mim, Mary sempre foi uma pessoa extraordinária. Você é muito parecida com ela e estou feliz por Lucas estar vendo o que sempre percebi.

Carly sentiu um forte calor subir por suas faces.

— Seu irmão e eu somos apenas amigos.

— Mesmo que seja verdade, o que eu duvido, ele pensava que você era uma diabinha. Posso dizer que houve progresso.

— Ele me odiava tanto assim?

Ryan ajeitou o cinto de ferramenta de couro em torno da cintura da calça *jeans*.

— Digamos que ele é um irmão mais velho protetor. — Ele analisou o rosto dela. — Você deveria ter se libertado do domínio de suas irmãs muitos anos atrás, Carly. Estou feliz por você ter entendido isso.

Ela continuou a olhar firme para ele, embora aquelas palavras a tivessem magoado.

— Eu sei, Ryan. E lamento muito ter magoado você na época. — E decidiu não dizer nada sobre o convite que ele fez à sua melhor amiga para sair com ela.

Ele riu.

— Não agimos certo um com o outro, não mesmo. Não sei se estou preparado para o casamento. Vou ser sincero. Não fui fiel quando estávamos namorando. Sempre estive de olho numa garota bonita. Cheguei a convidar sua melhor amiga para sair comigo, mas ela não aceitou. Outras aceitaram. Você merece coisa melhor que isso e sinto muito por Eric ter sido tão desprezível.

203

COLLEEN COBLE

Carly tentou não demonstrar o impacto que sentiu, mas Ryan devia ter ouvido o grito que ela tentou conter porque o sorriso dele desapareceu.

— Eu... eu não sei o que dizer.

— Sou bom em esconder que me considero desprezível também. — Ele olhou pela janela ao ouvir a batida da porta de um carro.

— Minha equipe está aqui. É melhor eu trabalhar. Feliz porque tudo foi aprovado por você. Peça a Mary e às suas irmãs que venham dar uma olhada também.

— Vou pedir. — Ela o viu tirar um martelo do cinto de ferramentas e dirigir-se ao corredor.

O susto por ter ouvido a confissão dele estava começando a desaparecer, mas ela ainda se sentia um pouco aturdida e desorientada. Nunca imaginou que Ryan admitiria que a enganara. E não apenas por ele ter convidado sua amiga para sair. Ouvir aquelas palavras depois de tomar conhecimento da infidelidade de Eric a fez questionar a integridade de alguns homens.

Carly abraçou o bebê e afundou o nariz no cabelo cheiroso dele. Ela precisava ter certeza de que seu filho seria um homem de moral e integridade. Levá-lo à igreja não seria suficiente. Teria de ensiná-lo a amar a Deus e cuidar das outras pessoas. Era uma tarefa muito grande para realizar sozinha, mas tinha de fazer isso. Se outras mães haviam criado filhos bons sem a presença do pai, ela também seria capaz.

Enquanto atravessava o jardim com Noah no colo, ela avistou Lucas no quintal dirigindo-se à sua picape. Ao vê-la, ele parou e esperou que ela se aproximasse. Ela apressou o passo e estava ofegante quando chegou perto dele.

Lucas pegou Noah dos braços dela e sorriu olhando para o rosto do bebê. Noah chutou o ar e gritou tentando agarrar o nariz de Lucas com suas mãozinhas rechonchudas.

— Ei, rapazinho. — O olhar de Lucas voltou-se para Carly. — Saiu cedo da cama.

204

JOIAS FATAIS

— Ryan queria que eu aprovasse o planejamento do piso antes que eles começassem a instalar o *drywall*. Você viu? Está espetacular.

— Parece bom. Suas irmãs já viram?

Ela sacudiu a cabeça.

— Ainda não se levantaram. Daqui a pouco vou pedir que elas vejam.

Será que ele sabia que Ryan havia sido infiel? As palavras quase saíram de sua boca, mas ela não podia fazer isso. O segredo não deveria ser contado por ela. Se Ryan quisesse revelá-lo ao irmão, ele o faria. Lucas já havia percebido que ela não era a pessoa que ele imaginava ser. E isso bastava.

— Saindo para o trabalho? — perguntou Carly.

Ela abriu os braços para pegar o bebê e Lucas o devolveu a ela.

— Sim. Vince conseguiu o novo endereço de Kelly. Ela mudou-se para Savannah.

— Você está indo a Savannah?

— Ainda não. Tenho de arquivar relatórios na delegacia. Dia maçante, mas é um serviço que tenho de fazer. Vou aguardar um ou dois dias para falar com Kelly e ver o que consigo descobrir.

— Eu poderia conversar com ela. Talvez me conte alguma coisa.

— Acho que não, Carly. Ela não lhe contou nada quando a vimos na última vez e esse é um assunto controverso. Vou cuidar dele. — Lucas fez cócegas no queixo de Noah. — Vejo você à noite.

Carly viu-o afastar-se e dirigiu-se à casa. Savannah ficava a apenas uma hora de distância. Poderia chegar lá na metade da manhã. Vince lhe forneceria o endereço.

A nova casa de Kelly era um sobrado branco afastado da rua, com águas-furtadas e varanda branca. O musgo pendurado nos carvalhos protegia a casa de olhares curiosos e criava um belo cenário.

205

COLLEEN COBLE

Carly estacionou o carro e desceu. Pegou o bebê que dormia na cadeirinha e seguiu em direção à escada.

Uma porta de tela permitia a entrada da brisa. Enquanto subia a escada, Carly ouviu um choro de bebê. O choro aumentou produzindo um som de angústia e ela apressou o passo. Chegou à entrada e tocou a campainha.

— Kelly — chamou.

Não ouviu nenhum som de passos aproximando-se da porta. A bebê continuava chorando, um som de cortar o coração que Carly não podia desconsiderar. Depois de chamar Kelly pela segunda vez, Carly tentou abrir a porta de tela, que não estava trancada. Entrou no *hall* e caminhou em direção ao choro da bebê à esquerda. Acompanhando o som do choro, subiu a escada, atravessou o corredor e seguiu na direção do quarto onde encontrou a bebê Caroline. A fralda da bebê estava ensopada, bem como o macacão e o lençol sobre o colchão.

Carly ajeitou Noah em um assento inflável no chão e colocou uma chupeta na boca de Caroline enquanto limpava a bebê e o colchão.

— Pronto, pronto, meu amor — disse para acalmá-la.

A bebê aceitou a chupeta, mas as linhas de expressão entre seus olhos azuis não diminuíram e Carly percebeu que ela devia estar com fome.

Onde Kelly estava? Carly deixou Caroline no berço por alguns instantes, levantou Noah do assento inflável e foi procurar a mãe da bebê. O quarto principal e o outro quarto estavam vazios. Carly seguiu até o banheiro e viu a porta entreaberta. Seu coração deu um salto quando ela imaginou que poderia encontrar Kelly afogada na banheira, mas não havia ninguém ali.

Com um suspiro de alívio, ela voltou ao quarto de Caroline e conseguiu carregar um bebê em cada braço. Noah ainda dormia, mas Caroline estava agitada, portanto, Carly foi procurar uma

206

JOIAS FATAIS

mamadeira. Desceu a escada e acomodou os dois bebês no tapete grosso da sala de estar. O tapete cor de vinho era claramente novo e combinava com a nova mobília que Carly vira quanto visitara Kelly.

— Kelly? — chamou de novo.

Ela foi até a cozinha e encontrou uma lata de leite em pó. Preparou a mamadeira e ajeitou-a na boca de Caroline. Não era a melhor maneira de alimentá-la, mas Carly precisava encontrar Kelly. Talvez tivesse sofrido uma queda e fraturado o tornozelo.

Com a bebê acomodada, Carly abriu a porta de tela e saiu no *deck*. Viu canteiros de flores vermelhas e brancas cuidadosamente dispostos sob as palmeiras. O musgo dos enormes carvalhos oscilavam ao vento. Ao chamar Kelly de novo, ela ouviu um som diferente. Virou-se para a esquerda na direção de uma cocheira antiga. Um balanço de pneu bateu com força em uma árvore grande. Que som era aquele que ela ouvira?

Ao dar um passo naquela direção, ela ouviu um gemido.

— Kelly? — Carly desceu rapidamente os degraus do fundo e atravessou o quintal dirigindo-se ao local de onde o gemido havia partido.

Quando chegou aos fundos da cocheira, ela avistou um líquido correndo na beira da propriedade. Um pedaço de pano amarelo brilhante chamou-lhe a atenção e ela viu que era a blusa de Kelly. Carly correu e ajoelhou-se ao lado dela.

— Kelly? — Ela tocou o braço que cobria o rosto de Kelly e, ao olhar para sua mão viu que estava molhada com um líquido grosso vermelho. Sangue?

Carly movimentou o braço de Kelly. Havia uma mancha vermelha espalhada na frente da blusa dela. O rosto de Kelly estava pálido demais e suas pálpebras mal se abriam. Carly levantou-se para ligar para a emergência, mas a mão de Kelly agarrou a dela.

— Carly — disse ela, gemendo.

— Vou voltar imediatamente. Preciso chamar uma ambulância.

207

COLLEEN COBLE

Kelly franziu a testa e suas pálpebras tremeram rapidamente antes que ela conseguisse abri-las. Segurou a mão de Carly com uma força surpreendente.

— Minha bebê.

— Encontrei Caroline. Ela está bem. — Carly tentou soltar a mão que Kelly agarrara, mas a mulher continuou a segurá-la com firmeza.

— Cuide... de Caroline.

— Já cuidei. Ela vai ficar bem. Preciso buscar ajuda para você.

— Um erro, um grande erro. Eu sabia que ele me encontraria.

Carly ficou paralisada.

— Quem encontrou você, Kelly?

— Eu sabia que ele ia me matar. Um erro. Sinto muito. Sinto muito, Carly.

— Quem, Kelly?

Kelly tentou se movimentar.

— O... olhe embaixo de mim. — Seus olhos se fecharam de novo e ela respirou entre os lábios, afrouxando um pouco a mão que segurava o pulso de Carly.

Carly passou a mão sob as costas de Kelly e sentiu que havia um pedaço de papel ali. Ao puxá-lo, viu a pequena pasta de couro. Levantou-se e correu até a porta dos fundos para pedir ajuda. Encontrou sua bolsa, pegou o celular e ligou para a emergência solicitando uma ambulância.

— Ela está sangrando. Acho que foi baleada.

— Continue na linha, senhora. O socorro está a caminho.

— Não posso. Tenho de cuidar dos bebês e voltar para perto de Kelly. Peça que nos procurem no quintal. Rápido! — Carly encerrou a ligação e voltou para pegar Caroline, que havia dormido depois de esvaziar a mamadeira.

Noah também estava dormindo. Mas ela não poderia deixá-lo ali, não com um intruso rondando por perto. Como conseguiria lidar com dois bebês e ajudar Kelly?

208

JOIAS FATAIS

Ela avistou um carrinho perto da porta da frente e carregou os dois bebês. Por serem pequenos, foram acomodados juntos no carrinho. Colocou a pasta de couro bem no fundo do carrinho e empurrou-o na direção da cozinha a fim de pegar uma toalha limpa para cuidar do ferimento de Kelly.

Do lado de fora, ela viu que Kelly havia se movimentado um pouco mais para perto da casa. Agora estava de bruços, com um braço estendido na frente dela. Carly virou o corpo de Kelly de novo a fim de aplicar pressão ao ferimento que sangrava. A parte da frente da blusa de Kelly estava mais encharcada que antes e Carly levantou o top para dar uma olhada.

O sangue ainda jorrava do buraco no peito dela. Carly colocou a toalha em cima dele e pressionou enquanto ouvia a sirene da ambulância. "Por favor, Deus, permite que ela viva."

VINTE E SEIS

Lucas morreria se alguma coisa acontecesse com Carly.

Estacionou o carro atrás do dela no endereço que lhe foi fornecido. Viaturas da polícia e uma *van* forense lotavam a entrada da casa. Acompanhando um técnico, ele contornou a casa até o fim. Ao ouvir choro de bebê, andou mais rápido, passando por algumas gardênias no lado da casa.

Ouviu a voz de Carly, trêmula de aflição, antes de vê-la. Ela estava sentada no *deck* dos fundos com dois bebês nos braços. Balançava o corpo para frente e para trás enquanto falava com os investigadores em pé diante dela. Ele olhou de relance na direção de dois técnicos de luvas que andavam pelo local coletando evidências. O que havia acontecido ali? Quando Carly ligou, ele estava em uma reunião e ela deixou recado na caixa postal. Disse apenas que encontrara Kelly baleada no quintal da casa dela.

Assim que o viu, Carly começou a levantar-se, mas parou quando ele foi ao encontro dela. Subiu os degraus do *deck* e colocou a mão no ombro dela.

— Você está bem?

— Estou. Não vi o agressor. Tudo aconteceu antes de eu chegar.

Lucas virou-se para os policiais de Savannah e mostrou-lhes sua identidade.

— Que informações vocês têm?

JOIAS FATAIS

— A sra. Cicero foi baleada com uma arma calibre 44. Encontramos a cápsula na grama. Ainda não sabemos muita coisa.

Então ela havia sido baleada do lado de fora da casa. Teria fugido de um invasor na casa ou estava fora cuidando de outra coisa?

— A ambulância já a transportou?

Carly respondeu com um movimento brusco de cabeça.

— Quando cheguei aqui, Caroline estava chorando alto e com fome. Não sei por quanto tempo ficou sozinha, mas penso que foi longo, porque ela estava encharcada como se ninguém tivesse trocado sua fralda esta manhã. — Ela olhou para a bebê em seu colo. — Coitadinha. Também estava com fome, mas chorou até a exaustão e dormiu profundamente depois de esvaziar a mamadeira.

Um dos policiais de Savannah, um homem de mais idade, parecido com Denzel Washington, dirigiu-se a Carly novamente.

— A senhora ouviu ou viu algo na casa ou fora da casa? Um veículo saindo apressadamente, um tiro, qualquer coisa?

Ela sacudiu a cabeça.

— Para ser franca, fiquei tão preocupada com a bebê que não ouvi nada. A bebê estava chorando alto e o choro talvez tenha abafado outros ruídos. Andei pela casa toda chamando Kelly. Saí da casa porque não a encontrei em nenhum lugar.

Lucas concentrou-se no policial mais velho.

— Vocês sabem se alguém invadiu a casa e por que ela estava do lado de fora?

— As duas portas de entrada estavam entreabertas e encontramos caixas de mudança na garagem com a porta aberta. Imaginamos que estava desempacotando suas coisas enquanto a filha dormia. — Ele olhou para a bebê. — Vocês sabem quem devemos chamar para cuidar dessa criança?

— Ligamos para o serviço de assistência social — disse o outro policial. — Eles vão cuidar da criança até encontrarmos seu parente mais próximo.

COLLEEN COBLE

— Que seria eu — disse Carly em voz baixa. — Ela é filha de meu falecido marido.

As expressões de espanto no rosto dos dois policiais foram idênticas.

— Entendo — disse o mais velho. — A senhora está disposta a cuidar da bebê por enquanto?

O olhar de Carly cruzou com o de Lucas e ele viu um ar de súplica em seus olhos. Será que ela queria ficar com a bebê depois de tudo o que acontecera? Ele fez um leve movimento negativo com a cabeça, porém, mais para clarear os próprios pensamentos do que negar o que ela evidentemente queria. O que ela faria se ele dissesse não? A família estava morando na casa dele e a presença de outra criança aumentaria o caos. Lucas só podia imaginar a reação de Ryan.

— Lucas? — disse Carly baixinho.

— O que você decidir será feito. Vamos providenciar para que tudo dê certo.

Um sorriso de alívio surgiu na boca de Carly.

— Vou ficar com ela, policial. Obrigada. É o certo. Ela é irmã do meu filho.

— O serviço de assistência social vai conversar com a senhora, mas pode ficar com a bebê por enquanto. — O policial pegou seu celular e ambos se afastaram.

Lucas observou o trabalho da equipe forense por alguns segundos.

— Tenho um mau pressentimento a respeito disso, Carly. Parece que Kelly estava trabalhando com Ivan Bury. Ele não faz parte do crime organizado russo. Pelas informações que obtive, penso que não foi ele quem a matou.

Ele voltou a olhar para Carly e prosseguiu.

— Kelly estava com medo naquele dia que conversamos com ela. Se não estava com medo de Bury, quem a deixou apavorada?

JOIAS FATAIS

— Ela recuperou a consciência por alguns momentos e, pelo que entendi, estava com medo de que ele a encontrasse.

— Ele? Ela disse quem era?

— Não. Eu perguntei, mas ela voltou a ficar inconsciente e eu corri para chamar a emergência.

— Talvez ela tenha se mudado na esperança de se esconder. Tenho certeza de que teria sido encontrada rapidamente. Quem sabe alguém a seguiu até esta casa. Ela se mudou dois dias atrás. — Lucas curvou o corpo. — Pode deixar que eu carrego Noah. Vamos entrar na casa para você pegar as coisas de que necessita. Onde a bebê vai dormir?

— Noah e ela podem dormir no mesmo berço. Há espaço para os dois. O mais importante é pegar as roupas dela e tudo o que é necessário para alimentá-la. Caroline toma mamadeira.

Lucas encostou Noah ao seu peito e eles entraram na casa, onde havia uma profusão de técnicos à procura de evidências. Quanto mais cedo Lucas levasse todos para casa para poder ir à delegacia e descobrir mais informações, melhor.

———

— Onde você estava com a cabeça? — Nos cabelos escuros de Emily havia um pouco de poeira do *drywall* quando ela viu a bebê nos braços de Carly. Assim que recebeu a mensagem de texto da irmã, ela saiu correndo da casa da avó. — Essa mulher teve um caso com o seu marido!

A família inteira de Carly estava ao redor dela, formando um círculo, e todas com a mesma expressão de incredulidade. Ela abraçou a bebê.

— Caroline não tem culpa e, além disso, ela é irmã de Noah.

Isabelle estava em pé sob um raio de sol que entrava pelas janelas da sala de música.

— Vou ajudar a cuidar dela. Ela é como eu, e sempre quis ver vocês com mais frequência. Noah vai querer ter sua irmã por perto. Se tomarmos conta dela, talvez Kelly permita que essa relação se desenvolva com mais tranquilidade do que minha mãe permitiu.

Emily mordeu o lábio e olhou para baixo, sem dizer nada. Amelia olhou para um ponto qualquer e até a avó parecia um pouco desconcertada. Sua reação inicial não havia sido nada melhor que a das outras.

— Obrigada, Isabelle — disse Carly. — Você a levaria até o quarto enquanto preparo a mamadeira? Ela precisa ser alimentada num ambiente tranquilo hoje. Acho que não tomou a primeira mamadeira do dia e estava chorando alto quando cheguei lá.

A bebê começou a acordar e franziu os lábios. Os gritos de fome logo começariam.

Isabelle abriu os braços e Carly entregou-lhe a menina.

— Lucas está pegando as coisas dela no porta-malas do meu carro.

A avó aproximou-se um pouco mais de Caroline e ela abriu os olhos azuis. A saia esvoaçante da avó enrolou-se em seus tornozelos.

— Lucas está preparado para a chegada estressante de mais um bebê?

— Ele me deu carta branca para fazer o que eu quiser.

Amelia havia trabalhado no exterior da casa naquela semana e tinha um risco de tinta branca na bochecha. Ela olhou longamente para o cabelo loiro e despenteado da bebê.

— Onde todas nós estaríamos se Carly não tivesse assumido a responsabilidade de fazer cada uma de nós se sentir amada e querida? — Sua voz baixa tremeu e ela olhou para Carly. — Não temos sido muito amáveis com você, Carly. Faz poucos dias que me dei conta de como éramos mimadas. Sinto muito ter culpado você pelas ações de Eric. Mesmo pensando que você tinha gastado o dinheiro, não agi certo. O dinheiro era seu. Se quiser cuidar desta bebê, vou ajudar você.

JOIAS FATAIS

Emily franziu as sobrancelhas e cutucou uma unha antes de suspirar e intrometer-se na conversa.

— Eu também sinto muito. Deveria ter me lembrado de tudo o que você fez por nós e do quanto foi generosa. Vou ajudar também.

Um bolo formou-se na garganta de Carly. Talvez a explosão de sentimentos tivesse valido a pena.

— Amo todas vocês. Espero que nunca pensem que me arrependi do que fiz.

— Você abriu mão de muitas coisas para nos favorecer. Até do seu namorado na época — disse Amelie.

— Fiquei sabendo nesta manhã que o namoro não duraria mesmo. — Carly quase se virou ao ouvir um som vindo de outra parte da casa, mas suas irmãs e a avó formaram um círculo em torno dela para apoiá-la.

A avó colocou a mão no braço de Carly.

— Guarde o seu coração, doçura. Essa criança precisa ser devolvida à mãe dela. E me preocupo porque você vai ficar arrasada se Kelly cortar o relacionamento com você quando isso acontecer.

Mesmo agora, aquele pensamento fez Carly estremecer. Depois da gentileza que demonstraram, será que Kelly a jogaria de volta na cara delas? Carly esperava que esses acontecimentos abrissem uma porta entre elas, para que Noah e Caroline se aproximassem um do outro.

— Vou tentar, vovó.

O som vindo do outro quarto foi ouvido novamente.

— Vou ajudar Lucas a arrumar as coisas no meu quarto. Amelia, você poderia preparar a mamadeira para Caroline? As instruções estão na lata, no balcão da cozinha.

Amelia assentiu com a cabeça e Carly foi ao encontro de Lucas, apressada. Um sorriso fixou-se em sua boca ao lembrar-se da maneira como as irmãs se uniram para ajudá-la. Talvez o relacionamento entre elas sobrevivesse.

Carly encontrou Lucas carregando nos braços uma caixa de coisas de bebê.

— Vamos levar tudo para o meu quarto — disse ela.

Os olhos cor de avelã de Lucas demonstravam contrariedade.

— O que você queria dizer sobre Ryan?

O sorriso dela desapareceu. Ela não esperava ouvir aquele comentário. Era uma história que Ryan deveria contar.

— Ah, apenas que não fomos feitos um para o outro.

— Acho que existem mais coisas que você não quer me contar. Você disse que descobriu *esta manhã* que o namoro não teria durado. Sei que você o viu antes do café da manhã. Ele disse alguma coisa?

Ela suspirou quando ele a colocou contra a parede. Mentir não ajudaria nada.

— Ele me disse que não foi fiel quando estávamos juntos. Que o rompimento foi melhor para mim.

Lucas piscou várias vezes.

— Pensei que você tivesse partido o coração dele.

— Eu também. — Melhor não dizer mais nada. — Tudo são águas passadas. Por favor, não conte a ele que mencionei esse fato. Vai parecer fofoca.

— Você respondeu ao que perguntei. — Lucas dirigiu-se ao quarto e ela o acompanhou.

Ao chegar ao quarto principal, ela abriu a última gaveta da cômoda, que estava vazia.

— Vou guardar minhas coisas aqui. Vince lhe contou como Kelly está? Já encontraram quem fez aquilo?

— Ela está na UTI, respirando com a ajuda de ventilação mecânica, Carly. — Ele colocou a caixa no chão, ao lado da cômoda. — Você já pensou no que vai fazer se ela morrer?

Suas mãos gelaram enquanto ela pegava as roupas da bebê.

— Ela não pode morrer. Caroline precisa dela.

JOIAS FATAIS

— O ferimento é grave. Ela perdeu muito sangue e seu pulmão está comprometido. O prognóstico não é bom.

O tom relutante de sua voz dizia que ele não queria dar-lhe aquela notícia.

— Não sei. Ela deve ter pais que gostariam de ficar com a Caroline. Ou um irmão ou irmã.

— Penso que não. Eric mencionou que ela era filha única e que seus pais são idosos. Moram numa casa de repouso na Flórida. A vida deles mudaria demais se tivessem de cuidar da bebê.

Ela passou a língua pelos lábios.

— Há mais uma coisa. Kelly me pediu que pegasse uma pasta que estava embaixo do corpo dela. — Não foi exatamente o que Kelly dissera, mas a intenção era clara.

— Você a entregou à polícia?

Ela negou com a cabeça.

— Tive medo de que desaparecesse. Ela pode ser importante para nossa investigação. Ainda não a examinei. Não tive tempo.

Ele cerrou os lábios.

— Provavelmente você está certa, mas a polícia local pode precisar dela também. Vamos dar uma olhada.

Carly pegou sua bolsa e encontrou a pasta de couro amarrada com elástico.

— Há um marcador. — Ela folheou as páginas até o marcador e examinou a letra miúda e retorcida. Estava tudo escrito em russo, portanto, não ajudou nada. Ela desdobrou o papel para analisá-lo e ficou paralisada de susto. — Lucas, aqui está o documento de procedência do ovo Fabergé e da surpresa! É um documento de que o ovo existe e foi catalogado depois da revolução, embora não mencione como Sofia se apossou dele. Desconfio que foi roubado.

217

VINTE E SETE

Lucas arquivou a papelada em sua sala e tentou não pensar na situação em sua casa. Carly podia dizer que não cogitava ficar com a pequena Caroline, mas isso era totalmente possível. Ele tomou um gole de café. Seu estômago estava oco ou talvez fosse o susto do dia.

O que aconteceria se Kelly morresse? Se ele se permitisse apaixonar-se por Carly, teria de cuidar de *dois* bebês filhos de Eric. Era uma situação maluca, uma situação da qual ele precisava se prevenir. Quaisquer sentimentos que tivesse por Carly precisavam ser firmemente reprimidos. Sua vida tão organizada não aguentaria tanto rebuliço. Os grandes olhos castanhos de Carly vieram-lhe à mente e ele afastou a imagem.

Vince entrou na sala e fechou a porta. Um cheiro de alho o acompanhava.

— Que bom que você está aqui. Grandes notícias, parceiro. Kostin voltou do coma e o médico disse que podemos falar com ele. Provavelmente está um pouco confuso, mas pode dizer algo que ajude nossa investigação. Você tem tempo para ir até lá agora?

Lucas levantou-se da cadeira atrás da mesa.

— Vou com você. — Acompanhou Vince pelo corredor até o estacionamento. — Pode deixar que eu dirijo. — Clicou o controle remoto para abrir a porta de sua picape.

— Eu sei.

JOIAS FATAIS

Entraram no veículo e dirigiram-se ao hospital. Vince cheirava a alho e molho de tomate. Lasanha? O estômago de Lucas roncou ao pensar na lasanha. Jantaria dali a algumas horas, mas encontrou um pacote de *pretzels* na picape. Abriu-o com os dentes e ofereceu-o a Vince, que negou com a cabeça.

Lucas jogou um punhado na boca enquanto Vince lhe lançava olhares questionadores. Seguindo pela avenida Ribaut em direção ao hospital, Lucas perguntou:

— Por que você está olhando para mim?

— Tentando entender você. O que aconteceu? Parece que alguém acabou de roubar sua picape. — Vince bateu no painel. — Ela está aqui, inteirinha. O que houve?

— Nada.

— Desembuche, Bennett. Você está mal. Parece que tem comichão no corpo inteiro.

— Carly pegou a bebê de Kelly e levou-a para casa.

Vince arregalou os olhos.

— Para a sua casa? Então há dois bebês e cinco mulheres morando com você e Ryan? Você não está conseguindo dormir. Pode dormir em minha casa se quiser.

— O problema não é dormir. Consigo viver, mesmo dormindo apenas algumas horas por noite.

Vince analisou o rosto de Lucas.

— Está preocupado por ter de criar as duas crianças? Seria como criar gêmeos. Eu e Nell pensamos que ficaríamos malucos quando nossos filhos eram pequenos. Choravam a qualquer hora. Um começava e o outro acompanhava. O sono era uma comodidade rara.

— Não se trata de sono. — Lucas passou a mão pelos cabelos enquanto entrava no estacionamento do hospital. — É difícil pensar em criar dois filhos de outro cara.

— Ah, entendi. Todas as vezes que você olhasse para eles, veria Eric, certo? O pequeno Noah é parecido com o pai. Isso o incomoda?

219

COLLEEN COBLE

Incomodar? Quando pensava em Noah, tudo o que ele sentia era afeição. O garotinho se enrolara no coração de Lucas como um cobertor.

— Noah é diferente. Mas *dois*? Não posso lidar com isso.

— Uau, não pensei que alguma coisa fizesse você colocar o rabo entre as pernas e correr. Carly é a melhor coisa que já lhe aconteceu, parceiro. Se deixá-la escapar por causa desse medo, você é maluco.

Lucas sacudiu a cabeça.

— O casamento já é difícil sem a intromissão de mais estresse. Preciso me afastar, mas como posso fazer isso com ela morando em minha casa? Talvez o trabalho ajude, mas prometi colaborar para que ela encontre a irmã gêmea de Mary. E ainda há a história do ovo e também a investigação sobre as invasões e assassinatos. — Ele desligou o motor e abriu a porta. — Talvez eu *deva* passar algumas semanas com você. Preciso de mais espaço.

— Não. Retiro a oferta. Não vou fazer parte da sua covardia. Você já parou para pensar que o bom Deus trouxe Carly à sua vida de propósito? Você é um cara ponta firme, Lucas. Ela não teve a experiência de encontrar um homem como você. Eric era um cara desprezível e Ryan... — A voz de Vince sumiu e ele desviou o olhar.

— Você sabia que Ryan é mulherengo?

Vince desceu do veículo e fechou a porta.

— A cidade inteira sabe que Ryan é como uma abelha zumbindo diante da próxima flor bonita. Você tem uma venda nos olhos quando olha para o seu irmão. Qualquer um que tenha vista boa é capaz de ver que ele nunca vai se acomodar.

Lucas acompanhou os passos de Vince, ambos a caminho da entrada do hospital.

— Ele disse a Carly esta manhã que a traiu quando eles namoravam. Nunca soube disso.

JOIAS FATAIS

— Agora você já sabe, por isso pode abandonar a culpa e focar no que sente por ela. — Vince parou antes de chegarem à porta e segurou firme o braço de Lucas com sua mão enorme. — Não desperdice esta oportunidade, amigo. A maioria de nós só tem uma chance de encontrar a mulher certa. Se não consegue enxergar que Carly é a mulher certa, você precisa de óculos.

Vince estaria certo? Lucas já havia pensado que isso poderia ser verdade, mas os eventos de hoje o deixaram totalmente confuso. Talvez fosse melhor adiar tudo até saber se Kelly sobreviveria. Isso tudo poderia ser um ponto discutível.

———

O homem pálido que dormia no leito do hospital não parecia nem um pouco ser um robusto e saudável operário da construção civil. Tinha mais de trinta anos de idade, mas deitado ali sob os lençóis brancos, parecia perto dos cinquenta. Lucas levantou uma sobrancelha e encolheu os ombros olhando para Vince enquanto esperavam que Kostin abrisse os olhos. A iluminação do quarto era fraca porque as persianas estavam abaixadas. Os aparelhos emitiam sons e a porta entreaberta permitia que eles ouvissem conversas em voz baixa do lado de fora.

Vince limpou a garganta e o homem deitado na cama abriu os olhos azuis e fixou-os no rosto de Lucas. Lucas fez um sinal afirmativo com a cabeça e deu um sorriso contido.

— Sr. Kostin, estou satisfeito por vê-lo acordado. Você passou por maus bocados.

Kostin limpou a garganta.

— Policiais, certo?

Vince concordou com a cabeça.

— Correto. Queremos saber quem o agrediu. Você reconheceu o homem que o esfaqueou?

COLLEEN COBLE

Kostin sacudiu a cabeça.

— Não consegui vê-lo. Ouvi o som de passos e comecei a me virar, mas não deu tempo. — Ele falou lentamente como se ainda não tivesse certeza do que diria.

Perguntas mais diretas precisavam ser feitas, mas Lucas não queria correr o risco de fazer o homem ficar calado.

— Você tem sorte de estar vivo. Não sabemos como conseguiu. Recebeu visita de alguém da família?

Kostin piscou lentamente e sacudiu a cabeça.

— Não tenho família.

O silêncio prolongou-se até Vince cruzar seus braços enormes diante do peito.

— Veja bem, não vou fazer rodeios. Você tinha um único motivo para estar naquele pavimento da casa. Estava procurando alguma coisa. Gostaria que me dissesse o que estava procurando e quem deu essa ordem.

O olhar do homem demonstrou confusão e ele levantou um pouco a cabeça do travesseiro.

— Não me lembro.

Poderia ser verdade, mas Lucas não estava preparado para aceitar isso.

— O nome Ivan Bury significa algo para você?

— Parece russo.

— Ele é russo. Você o conhece?

Kostin cerrou ainda mais as sobrancelhas.

— Acho que não — respondeu, coçando a cabeça. — Vocês poderiam chamar a enfermeira? Não estou me sentindo bem.

Aquela conversa seria inútil, portanto, Lucas chamou Vince com um gesto para que o acompanhasse e ambos saíram do quarto. Lucas parou no posto de enfermagem.

— Ele está chamando uma enfermeira. Diz que não se lembra de muita coisa. O médico disse se a memória dele foi prejudicada pelo ferimento?

222

JOIAS FATAIS

— É comum após um trauma como o que ele sofreu — respondeu a enfermeira. — Vou dar uma olhada.

Ela não forneceu outras informações, mas Lucas não esperava que fornecesse. Pelo menos fez uma tentativa. Ambos voltaram para o sol intenso do meio-dia.

— E agora, companheiro? — perguntou Vince.

— Vamos voltar à delegacia. Quero pesquisar a vida desse tal Bury.

— Você pode ler a lista que imprimi. Não há nada que ligue esse cara ao crime organizado. Ele parece ser um russo rico muito interessado na arte russa. Possui alguns ovos Fabergé. Mora em Moscou, mas viaja constantemente pelo mundo.

Ao passarem pelo banco, Lucas avistou o policial vigiando o local. Tudo parecia bem, mas talvez fosse melhor pensar em levar o ovo para outro lugar. A história toda com o impostor da casa de leilões o deixou inquieto. Qual seria o próximo passo do cara? O falso William Taylor segurou o ovo nas mãos. Ele não desistiria.

Lucas estacionou na vaga destinada aos policiais e dirigiu-se para sua sala. Vince parou para falar com Bernard sobre outro caso. Lucas afundou-se em sua cadeira e pegou um bloco de papel. As listas sempre o ajudavam a organizar seus pensamentos, portanto, pegou também uma caneta.

- Debby Drust, invasora. Como sabia onde procurar o ovo? Dimitri Smirnov? Procurá-lo.
- Anna Martin, assassinada. Prima da família Baladin, mas o caso deu em nada.
- Elizabeth Durham, irmã gêmea de Mary – PROCURÁ-LA!
- Grace Adams Hill, casa invadida.
- Ivan Bury – estipulou recompensa pela descoberta do ovo.
- Kelly Cicero, grande quantidade de dinheiro transferida para ela por Bury. Agredida. Alguém queria silenciá-la?

COLLEEN COBLE

- William Taylor. Quem era realmente e como teve acesso ao *e-mail* que Carly enviou?
- Três possíveis grupos à procura do ovo? Roger Adams, a máfia russa, Ivan Bury.

O caso formava uma espiral em tantas direções que Lucas não sabia por onde começar. No momento em que um caso lhe chamava a atenção, surgia outro antes de lhe dar tempo de investigar o primeiro. Agora que tinha uma lista, ele viu que havia deixado muitas pistas sem investigar. Tinha de haver um fio comum ligando esses eventos. Por onde começar?

A porta foi aberta e Vince entrou com Bernard. Lucas colocou o bloco de papel diante deles para que tomassem conhecimento.

— Preciso de orientação. Analisem os eventos que aconteceram e vejam se conseguem encontrar um ponto comum e sugerir onde devo iniciar a busca.

Bernard pegou o bloco e analisou-o enquanto Vince olhava por cima dos ombros dele.

— Há muita coisa aqui. Algumas estão fora de nossa jurisdição.

— Mas podemos descobrir como vão as investigações.

— Você se esqueceu de incluir uma coisa — disse Vince. — A morte de Eric parece estar ligada também. E ele estava mais envolvido do que imaginamos porque Kelly recebeu todo aquele dinheiro e ele ia permitir que alguém invadisse a lojinha de Carly.

— Tem razão. — Lucas pegou o bloco e anotou a morte de Eric. — Se eu pudesse decidir que fio devo puxar primeiro, os outros poderiam ser desenrolados até eu descobrir a história toda.

Lucas analisou de novo a lista.

— Tudo começou com a morte de Eric. Penso que ele encontrou o ovo e entrou em contato com Ivan Bury. É o que acho. O chefe Robinson me passou a folha impressa com as ligações de

JOIAS FATAIS

Eric, mas deixei de lado enquanto estava lidando com todos os outros problemas. Vou analisar as ligações de novo e ver o que posso descobrir.

Talvez Carly pudesse ajudá-lo. Poderia reconhecer os nomes.

VINTE E OITO

Isabelle cumpriu sua palavra. E as outras irmãs de Carly também. Todas se esforçaram para ajudar a cuidar dos bebês e a tarde transcorreu sem grandes problemas. Carly orou várias vezes por Kelly, mas conteve-se e não ligou para saber notícias dela. Para começar, provavelmente o hospital não lhe diria nada e, além disso, seria necessário aguardar um bom tempo para saber como a situação ficaria depois de um ferimento tão grave.

A avó obrigou-a acomodar-se no *deck* dos fundos enquanto preparava o jantar. Carly esticou-se em uma espreguiçadeira e levantou o rosto de frente para o sol do fim de tarde. Estava cansada do estresse do dia, mas não conseguiu cochilar. Não com os pensamentos girando em sua cabeça. Talvez pudesse passar alguns minutos escrevendo.

Os trabalhadores estavam carregando o *drywall* para a casa da avó, ao lado. Ryan viu-a e acenou, e ela retesou o corpo antes de acenar de volta. Não tinha certeza de como se sentia a respeito do que ele lhe contara.

A porta bateu com força atrás dela e Lucas veio em sua direção com alguns papéis na mão. Com expressão sombria nos lábios, ele assentiu brevemente.

— Mary disse que você estava aqui.

Ela sacudiu as pernas e sentou-se.

— A Kelly morreu? — perguntou com voz trêmula.

JOIAS FATAIS

Ele puxou a cadeira para mais perto dela.

— Passou por uma cirurgia, mas é tudo o que sei.

Fazia muito tempo que Carly não ouvia aquele tom de discrição na voz dele, mas ela segurou a língua quando tentou formular a pergunta sobre o que estava errado. Talvez não quisesse saber. O olhar distante dele parecia estar voltado para o Alasca.

— Fiz uma lista e percebi que precisamos voltar ao começo — disse ele, mostrando os papéis. — Ao assassinato de Eric e à pessoa com quem ele falou depois de encontrar o ovo. O perigo de agora deve ter começado naquela época. Tenho uma lista com os números de telefone para os quais ele ligou nas semanas anteriores ao assassinato e gostaria de examiná-los com você. Você sabe melhor que eu se alguém era um amigo de confiança dele ou se a ligação foi feita a alguém em quem ele confiava.

— Tudo bem — disse ela.

O modo de agir de Lucas ainda era tenso, mas ele curvou-se para aproximar sua cadeira o suficiente para ela sentir o perfume dele, uma fragrância masculina e forte que a fez querer que ele se aproximasse um pouco mais. No momento oportuno ele lhe contaria o que estava errado. Talvez estivesse cansado do rebuliço em sua casa e arrependido de ter aberto a porta de seu lar para tanta gente. Ela não o culparia se ele se sentisse assim.

Lucas havia destacado os vários nomes da lista e ela percorreu a primeira página com os olhos, linha por linha. Parou nas últimas dez ligações daquela página. Todas para a mesma pessoa.

— Ouvi Eric mencionar o nome desta mulher, Lucille Godwin, mas não me lembro de como ele a conheceu.

Lucas pegou o papel de volta e analisou-o.

— Dez ligações, cerca de uma semana antes de morrer. Você sabe exatamente quando ele começou a vasculhar os pertences da sua bisavó?

— Eu pensava que foi no dia em que ele morreu, mas as anotações no computador dele mostraram que ele começou o processo na semana anterior. Nós dois estávamos atarefados e ele não mencionou nada.

— Ele não mencionou um monte de coisas.

O tom de sua voz a fez encolher-se de novo na cadeira. O que o estava corroendo? Se ele queria que elas fossem embora, para onde iriam? A única opção era um hotel, mas não seria a ideal com todas as mulheres mais dois bebês. Teriam de alugar uma casa, o que não seria fácil em razão da chegada da temporada de turismo em Beaufort. Ela precisava dar um jeito na situação de qualquer maneira. De um *jeito* ou de outro.

Carly conseguiu reunir coragem, mas antes que pudesse questioná-lo, ele levantou-se e pegou o celular. Ela o ouviu conversar com Vince sobre Lucille Godwin, e quando ele desligou, a memória dela deu um clique.

— Sei quem ela é. Eric mencionou que é uma avaliadora de antiguidades de Savannah.

Lucas afundou-se na cadeira.

— Ah, isso explica tudo. E ela deve ter sido alguém em quem ele confiava. Ele teve de mostrar o ovo e o documento de procedência a alguém para ter uma ideia de seu valor. Podemos parar para conversar com ela quando formos visitar Elizabeth na segunda-feira.

— Boa ideia. — Carly mordeu os lábios. — Há alguns móveis bonitos, mas estamos falando de peças que valem alguns milhares de dólares, não milhões. Acho que tem de ser o ovo. Mas eu vi o ovo antes de tirar uma parte da tinta dele. Penso que ninguém o reconheceria na cor vermelha berrante em que se encontrava.

— E se Eric chamou a avaliadora para dar uma olhada nos móveis e ela viu o ovo sem querer? Um avaliador treinado pode ter desconfiado do que se tratava. Você desconfiou.

— Eu vi a porcelana branca embaixo da pintura lascada. Fiquei curiosa, mas não desconfiei que fosse um ovo Fabergé. Aposto que ele falou com ela sobre o documento de procedência e ambos

JOIAS FATAIS

perceberam que se tratava de um ovo Fabergé apesar da tinta que escondia sua beleza.

Os dois examinaram o restante da lista de ligações. Lucas parou no número do telefone de Gage Beaumont.

— O chefe Robinson marcou este nome. Ele lhe diz alguma coisa?

Carly analisou-o por um instante e concordou com a cabeça.

— Era alguém que queria vender uma motocicleta, uma Harley de coleção que Eric queria muito. Ele fez uma oferta, mas o sujeito vendeu-a para outra pessoa por um valor mais alto.

— Então chegamos ao fim da linha. — Lucas dobrou os papéis e levantou-se. — Obrigado pela ajuda.

E desapareceu dentro da casa antes de Carly ter coragem de perguntar-lhe o que estava errado. Talvez fosse melhor assim, pois ela não tinha certeza se confiava nos homens em geral.

***

Lucas jogou os papéis em sua cômoda e sentou-se na beira da cama. Não sentia orgulho do modo como tratara Carly e a mágoa nos olhos dela o condenou. O que havia de errado com ele? Estaria fugindo de medo de seus sentimentos ou existia algo mais?

O cheiro agradável da sopa pairou em seu quarto, mas ele não estava com fome em razão dos pensamentos que rodavam em sua cabeça. Todas as vezes que estava perto de Carly ele se sentia vigoroso e vivo. Alerta e feliz. Decidira manter distância, mas seria difícil porque cada célula de seu corpo entrava em estado de atenção quando ele estava perto dela.

Alguém bateu na porta de seu quarto e ele ergueu os olhos.

— Entre.

Isabelle olhou dentro do quarto.

— A vovó disse que o jantar está pronto.

COLLEEN COBLE

Ela carregava a pequena Caroline nos braços e a bebê deu-lhe um sorriso sem dentes quando o viu.

Lucas sentiu-se a pior pessoa do mundo ao olhar para aquele rostinho feliz. Que tipo de homem negaria segurança a um ser pequenino como aquele, principalmente considerando que jurara servir e proteger o próximo? Deveria sentir-se privilegiado por ser capaz de proporcionar um lugar seguro para a bebê. No entanto, ele só pensava em como isso o afetava.

O sorriso de Isabelle desapareceu.

— Você está bem, Lucas?

— Estou, Isabelle. Apenas cansado. — Ele levantou-se e aproximou-se dela. — Você está cuidando muito bem de Caroline. Com certeza gosta muito de bebês.

Os olhos azuis da garota iluminaram seu rosto.

— Amo os bebês. Ela é uma criança muito boazinha. Não tanto quanto Noah, claro, mas já passei a amá-la. Aqui está, quer carregá-la? — Sem esperar resposta, Isabelle colocou a bebê nos braços dele.

Lucas passou-a para o outro braço.

— Ela é mais pesada que Noah.

— É um pouco mais velha. — Isabelle concentrou o sorriso carinhoso em Caroline.

O peso sólido da criança nos braços dele criou uma sensação de proteção e ele abraçou Caroline. Noah foi o primeiro bebê que ele se lembrava de ter carregado e agora tinha outra criança no colo. O fato curioso era que ele se sentia experiente e competente nisso. Estava maluco quando pensava que as crianças eram pequenos seres aterrorizantes.

E devolveu-a a Isabelle.

— Só preciso de alguns minutos. Vou lavar as mãos e o rosto.

— Tudo bem. — Isabelle saiu do quarto com a bebê, deixando a porta aberta.

230

JOIAS FATAIS

Ao aproximar-se para fechá-la, ele ouviu vozes do corredor. Emily e Amelia.

— Dillard está pedindo divórcio. — Com a voz trêmula, Amelia parecia prestes a chorar. — Não posso dizer que foi uma completa surpresa, mas pensei que o dinheiro faria diferença.

— Sinto muito, minha irmã. Ele é uma pessoa desprezível. Não sei o que você viu nele. De que dinheiro está falando? Vai demorar séculos para a pousada começar a dar lucro.

— Não, não. Estou falando do dinheiro do ovo.

— Você contou a ele sobre o ovo de Carly?

— Claro. Vale uma fortuna. Sabe qual foi a reação dele? Riu e disse que não ficaria comigo nem mais um dia mesmo que fosse para ganhar milhões de dólares. — O choro de Amelia continuou a ser ouvido no corredor.

— Não duvido nem um pouco que ele tentaria roubar o ovo. Carly pediu que guardássemos segredo.

— Não do meu marido!

Lucas ouviu uma porta se fechar e passos se aproximando. Deixou a sua entreaberta, mas sem ser visto. Elas não disseram mais nada e dirigiram-se à cozinha.

Dillard sabia sobre o ovo. Lucas não gostou daquele homem desde a primeira vez que o vira. Vivia de aparências, mas não tinha conteúdo. Será que algumas tentativas de encontrar o ovo foram alimentadas pela ganância de Dillard? Talvez não, pois ele dissera a Amelia que não queria ficar muito tempo ali. Mas o divórcio também significava que Amelia não teria pressa de sair dali e voltar para casa. Lucas gostaria de saber se o fato de ela morar longe da casa da avó a faria querer voltar para lá até chegar o momento da pintura.

O plano original era que todas ficariam na casa durante a reforma, mas o perigo cada vez maior o deixara preocupado. E agora não havia meios de voltar atrás. Assim que a ordem foi dada, Ryan iniciou o trabalho da reforma com todo empenho. No momento não havia nenhum banheiro funcionando. E nenhuma cozinha. Elas não podiam voltar para lá enquanto os cômodos não estivessem prontos para serem ocupados e isso demoraria semanas.

Se tivesse de fazer tudo de novo, ele ofereceria sua casa? Pensou nos momentos tranquilos que passara com Carly e um calor suave espalhou-se por seu peito. Foram momentos muito especiais para ele, mas dificultavam sua decisão de voltar atrás.

Lucas entrou no banheiro, jogou água no rosto e olhou-se no espelho. Viu um medo em seus olhos que nunca vira antes. As palavras de Vince daquela manhã vieram-lhe à mente: "Você já parou para pensar que o bom Deus trouxe Carly à sua vida de propósito? Você é um cara ponta firme, Lucas. Ela não teve a experiência de encontrar um homem como você".

O que aquelas palavras significavam? Um homem como ele? Ele não era nem um pouco especial, apenas um sujeito realizando seu trabalho dia após dia, um trabalho que o fizera enfrentar a morte várias vezes. O fato de olhar para o cano de uma arma fazia qualquer um dar valor a tudo nesta vida. Os relacionamentos eram tão difíceis quanto ele sempre temeu.

Enxugou o rosto com a toalha e pendurou-a. A ideia de não ver Carly todas as manhãs formou um nó em seu estômago, mas ele já havia feito outras coisas difíceis. Não era algo que poderia ser decidido do dia para a noite.

VINTE E NOVE

Carly coçou os olhos secos e cansados e desligou o computador.
A história estava indo bem e ela já chegara a dez mil palavras.
Do lado de fora do jardim de inverno, o pátio estava iluminado
pelas luzes de segurança. Lucas iluminara o local como se fosse
uma prisão, mas não para impedir a fuga de alguém. Queria ser
avisado caso alguma pessoa estivesse rondando por ali. Ele parecia
pensar em tudo.

Carly fez um movimento de insatisfação com a boca ao lembrar-
-se da maneira distante como ele a tratara. O que estava havendo
com ele? Ela não teve oportunidade de perguntar-lhe.

Ao perceber uma sombra na porta, ela deu um pulo, mas percebeu que era Ryan.

— Chegando tarde em casa.

— Como sempre. — Ele entrou e acomodou-se em uma espreguiçadeira, onde apoiou os pés calçados com meia. — Poderia até
dormir aqui. E você? O que está fazendo? Já passa da uma.

— Não consegui dormir — admitiu ela.

— Parece que você sempre tem esse problema.

— Fico atenta para ouvir o choro do bebê. — O aroma de perfume floral feminino partiu da direção dele. — Encontro importante esta noite?

— Não tão importante. Coisa normal.

— Você se divertiu?

COLLEEN COBLE

— Apenas andei de bar em bar. Como vai a busca pela gêmea da sua avó?

— Lenta. Lucas tem uma lista das prováveis pessoas que estão à procura do ovo. Roger Adams, a máfia russa e Ivan Bury. Lucas está tentando nos manter protegidas e proteger o ovo também. Está difícil encontrar tempo para visitar a mulher que ele desconfia ser Elizabeth, mas planejamos ir até lá amanhã.

Ryan assentiu com a cabeça.

— Entendi.

— Alguma previsão de quando podemos voltar para a casa da vovó?

Ele ergueu uma sobrancelha.

— Está ansiosa por ir embora de nossa humilde residência?

— Sei que há muita gente aqui e acabo de trazer outro bebê. Não é fácil para vocês dois conviverem com tanta confusão.

— Nós dois ficamos fora de casa por tanto tempo que não considero isso um problema. E duvido que Lucas considere. Ele está sempre farejando para descobrir um crime.

Carly vislumbrou o rosto de Lucas como se fosse um cão de caça e quase riu alto. Alguma coisa na confissão de Ryan derrubou a parede que existia entre eles por tanto tempo. A admissão de sua fraqueza a fez gostar mais dele. Talvez por ter deixado de colocá-lo em um pedestal como fizera antes. Era difícil viver sob a luz da perfeição de outra pessoa.

— Acho que Lucas está cansado de nos ver aqui. Anda muito distante — disse ela sem pensar.

Ryan encolheu os ombros.

— Lucas é um cara difícil de compreender. Deve estar mergulhado no trabalho. Tenho visto o modo como ele olha para você. Está louco por você.

O calor subiu às faces de Carly e ela mexeu nas bordas de seu *notebook*.

234

JOIAS FATAIS

— Acho que você está exagerando.

— Conheço o meu irmão melhor que ninguém. Se ele está agindo de modo estranho, deve ser porque está assustado com os próprios sentimentos. Ele nunca pensou em casamento, você sabe. Ficou noivo uma vez quando tinha uns vinte e cinco anos e sua noiva cansou-se de se preocupar com ele. Então ele decidiu que nunca mais deixaria seu coração se envolver com ninguém. E não deixou. Até agora.

Carly achava difícil respirar ao ver o olhar astuto de Ryan sobre ela. Ele imaginava que algo se desenvolvia entre ela e Lucas, algo mais precioso que o ovo. Mas o recente comportamento dele a fez duvidar. E depois de descobrir que Ryan, o homem perfeito, a enganara, ela não tinha certeza se queria envolver-se também. A mudança de direção de Lucas a livrara de tomar uma decisão que magoaria ambos.

Se decidisse criar a filha de Eric, qualquer tipo de relacionamento ficaria em segundo plano. Ela estaria ocupada com outras coisas.

— Vejo que sua cabeça está girando — disse Ryan.

— Apenas pensando em Caroline. Kelly não está reagindo bem. Talvez não consiga sobreviver.

Ryan arregalou os olhos.

— O que isso significa para você?

— Não posso deixar a irmã de Noah desaparecer no sistema. Se ela for adotada, ele jamais terá a chance de conhecê-la e amá-la.

— Você a criaria?

— Claro.

Um sorriso lento atravessou o rosto dele.

— Quando Lucas começou a agir de modo estranho? Ontem quando você trouxe a bebê para casa?

Ryan estava certo. Ela concordou com a cabeça bruscamente.

— Você acha que ele não quer se envolver caso eu fique com Caroline?

235

COLLEEN COBLE

— Não quero ser grosseiro, mas você o culparia? Uma coisa é estar preparado para criar um bebê que não é nosso, mas *dois*? E dois bebês tão novinhos? Lucas é uma ótima pessoa, mas não é santo. Esse é um compromisso totalmente de outro nível e seria um peso muito grande para assumi-lo.

Ele bocejou e voltou a colocar os pés no chão.

— Vou dormir. Tenha paciência com Lucas. Talvez nada disso aconteça com Caroline. Meu lema é não comprar problemas.

Ela despediu-se dele com um boa-noite e levantou-se com o *notebook* nas mãos. Dissera a Lucas que precisaria criar Caroline se Kelly morresse. Não era de admirar que ele tivesse corrido em outra direção.

Quando estava chegando ao seu quarto ela ouviu som de choro vindo do quarto de Amelia. Apesar do comportamento distante da irmã, Carly não podia fazer pouco caso do sofrimento dela. Bateu levemente na porta.

— Amelia? Sou eu.

— Pode entrar. — Foi a resposta abafada.

Carly abriu a porta e atravessou o quarto escuro, iluminado apenas pela luz da lua que entrava pelas frestas das janelas. Sentou-se na beira da cama e tocou nos ombros trêmulos da irmã. A decisão de Dillard havia devastado a família após o jantar.

— Sinto muito, Amelia. Sei que você está sofrendo. Não conversou mais com ele?

Amelia sacudiu a cabeça.

— Tentei, mas ele não atende o telefone. O que vou fazer, Carly? Não queria admitir para ninguém, mas meu negócio não vai bem. Não posso manter a casa sem o dinheiro de Dillard.

— Você vai sempre poder ficar com a vovó e comigo. A casa vai ficar pronta logo e você poderá instalar sua empresa aqui. A parte externa vai ficar linda e com certeza vão notar sua presença na área com tantas casas históricas. Você tem muito talento, Amelia. Vai superar isso.

JOIAS FATAIS

— Você superou a morte de Eric. — A irmã fez uma pausa e fungou. — O divórcio é igual à morte. Acima de tudo há rejeição, mas há perda também. Acho que você levou um golpe duplo também, quando descobriu o caso entre Eric e Kelly. Não lhe dei o apoio que deveria dar, Carly. Sinto muito.

Quando Amelia segurou sua mão, Carly apertou-a com carinho.

— Você vai ficar bem, Mel.

Fazia anos que ela não chamava Amelia de Mel, desde que Dillard caçoou dela por causa disso. Talvez parte do distanciamento de Amelia estivesse ligada a Dillard. Fosse qual fosse o motivo, Carly sentiu que os muros começavam a ruir.

———

Carly não tinha muito a dizer durante a viagem a Savannah para conhecer Elizabeth Durham. Noah foi com eles e Caroline ficou sob os cuidados das irmãs de Carly. Na viagem de uma hora de duração Lucas ligou o rádio e ela permitiu que seus pensamentos se concentrassem na história do ovo. Pararam na loja de antiguidades de Lucille Godwin, mas estava fechada em razão do feriado do Memorial Day.

— Vamos ligar para ela — sugeriu Carly. — Há um número para contato fora do horário comercial. Deixe-me tentar. Talvez outra pessoa possa abrir a loja.

Sem esperar a confirmação de Lucas, Carly pegou o celular e fez a ligação, pressionando o botão de viva-voz. Alguém atendeu após o terceiro toque.

— Lucille Godwin. — A voz parecia ser de uma mulher mais velha, talvez de sessenta anos mais ou menos, mas o tom era como se a ligação não fosse importante.

— Sei que esta ligação parece estranha, sra. Godwin, mas meu nome é Carly Harris. Meu marido se chamava Eric Harris e sei

237

COLLEEN COBLE

que ele conversou várias vezes com a senhora por telefone. Ele foi assassinado há dez meses. A senhora poderia me dizer do que se tratavam essas conversas?

Houve uma longa pausa antes de a mulher responder.

— Lembro-me do seu marido. Ele disse que tinha uma pista sobre um ovo Fabergé desaparecido. Mas esse assunto me trouxe muitos problemas. Fiz algumas indagações sobre o possível valor do ovo e fui abordada por dois russos que queriam informações. Tive de chamar a polícia para afugentá-los. Na verdade, eles me ameaçaram, caso eu vendesse o ovo para outra pessoa.

— Sinto muito. A senhora poderia me descrever os homens?

— Um aparentava ter cinquenta e poucos anos, era calvo e tinha olhos azuis. Era musculoso como se praticasse exercícios físicos. O outro era mais novo e muito mais franzino, mas ficou vigiando a porta. Acho que ouvi o mais novo chamar o outro de Dimitri, mas não tenho certeza.

Carly olhou para Lucas.

— Eles queriam comprar o ovo?

— Foi o que disseram. Seu marido encontrou mesmo um ovo Fabergé? Os russos o mataram?

— Ainda não temos certeza do que aconteceu. Há mais algum detalhe que a senhora possa me fornecer?

— Na verdade, não. Mas os homens me assustaram. Tome cuidado, sra. Harris.

— Vou fazer o melhor que puder. — Carly agradeceu de novo e encerrou a ligação. — Bom, isso explica muita coisa. Eric encontrou os documentos de procedência do ovo e sempre soube o que tínhamos em mãos. Provavelmente usou o documento para conseguir um pagamento adiantado de Ivan Bury.

— Faz sentido. — Lucas deu partida no veículo e afastou-se da loja de antiguidades em direção à residência de Elizabeth Durham.

— Há outra coisa que precisa ser explicada. Por que nada aconteceu

238

até você encontrar o ovo? Pode ser que os russos imaginaram que Eric o vendeu para outra pessoa. Talvez observaram você e não viram nenhuma evidência de que você sabia de alguma coisa.

Dimitri teria assassinado Eric? Carly virou a cabeça e olhou para as casas históricas quando Lucas estacionou na rua da casa da família Durham.

Lucas desligou o motor.

— Preparada?

Ela mostrou-lhe a mão trêmula.

— Estou nervosa. E se não for ela? — Talvez devesse ter insistido em trazer a avó com eles. A avó tinha um jeito de enfrentar com calma toda e qualquer situação.

— E se for? — Lucas olhou para a casa de tijolos de dois pavimentos com arquitetura de estilo federal e uma escada preta que conduzia à entrada. Persianas pretas guarneciam as janelas com grades. — Vamos descobrir.

Carly desceu e levantou Noah da cadeirinha no assento traseiro. Ele ficara um pouco agitado até adormecer. Quando o sol bateu em seu rosto, ele abriu os olhos azuis e começou a dar gritinhos de novo.

— Pode deixar que eu o carrego. Esta escada é íngreme. — Lucas pegou Noah dos braços dela e o bebê aninhou-se em seu colo com os dedinhos enrolados em sua camisa.

A imagem dos dois juntos apertou o coração de Carly e ela afastou o pensamento que lhe veio à mente.

Lucas subiu a escada seguido por Carly. Elizabeth Durham os aguardava. Lucas havia ligado antes dizendo que talvez ela pudesse ajudá-lo em uma investigação. Contara a Carly que a mulher pareceu forte e alerta ao falar ao telefone. E muito curiosa.

A porta foi aberta enquanto eles subiam a escada. A mulher na entrada da casa se parecia tanto com Carly que a fez prender a respiração. Era muito jovem para ser Elizabeth. Sua carranca

COLLEEN COBLE

desapareceu e ela abriu a boca no momento em que viu Carly. Em seguida, fechou a boca e deu um passo para trás. Os joelhos de Carly amoleceram e ela teve de segurar no corrimão para não cair.

— Investigador Lucas Bennett. — Lucas mostrou-lhe suas credenciais. — Estamos aqui para ver sua avó.

— Ela... ela está aguardando vocês. — A mulher afastou-se sem perguntar como eles sabiam que ela era a neta.

Lucas lançou um olhar para Carly e ela viu um ponto de interrogação nos olhos dele. Engoliu em seco e forçou um sorriso.

— Obrigada. Sou Carly Harris. Qual é o seu nome?

— Lainey. Lainey Durham Saunders — respondeu, fechando a porta. — A vovó está curiosa para saber do que se trata. — E cerrou os lábios. — Eu também e não estou muito feliz por vocês aparecerem aqui sem explicar o motivo. — O olhar dela concentrou-se em Carly e depois em Noah, tornando-se mais suave. — Por aqui.

Eles a acompanharam até uma entrada espaçosa com piso de mármore e teto alto e sancas esculpidas em uma sala com paredes cobertas de papel de parede de época e móveis históricos de veludo. O amplo acabamento pintado estava em perfeitas condições. A sala parecia sagrada demais para ser usada, mas a mulher sentada na cadeira levantou-se e sorriu para eles. Carly abriu a boca e foi tudo o que conseguiu fazer para não dar um grito. Até a roupa de Elizabeth, uma saia esvoaçante e blusa com babados, era semelhante à que sua avó usava.

Eles não precisaram perguntar se ela era irmã de Mary. A semelhanças eram claras. E pela primeira vez Carly percebeu que se a surpresa estivesse em poder de outra pessoa, o dinheiro precisaria ser dividido. Se é que eles estavam dispostos a abrir mão da surpresa. Pelo que ela sabia, tratava-se de uma lembrança altamente valorizada.

Elizabeth olhou de relance de Carly para Lainey e precisou segurar no braço da cadeira para firmar o corpo.

240

JOIAS FATAIS

— Creio que posso ver com meus próprios olhos por que você está aqui. Quem é você?

A pergunta foi dirigida a Carly.

Carly sentou-se no sofá e abriu os braços para pegar Noah. O bebê lhe daria segurança e ela aconchegou-se no calor de seu pequeno corpo em busca de conforto.

— Eu... eu sei que isso vai ser um choque.

— Você é minha neta? — perguntou Elizabeth baixinho.

Carly fez um movimento negativo com a cabeça, querendo saber quem Elizabeth imaginava ter se metido em um relacionamento secreto.

— Creio que a senhora é irmã gêmea de minha avó.

Elizabeth recostou-se na cadeira e estendeu a mão para Lainey, que correu para ficar ao lado dela.

— Não tenho nenhuma irmã. — Ela deu um suspiro trêmulo. — Essa é uma observação idiota, não? Quando está claro que você faz parte da família. Como posso ter uma irmã?

— Duas gêmeas foram entregues a um orfanato aqui em Savannah. Foram adotadas por famílias diferentes. Minha avó, Mary Tucker, não sabia sequer que foi adotada. Encontrei os documentos no sótão algumas semanas atrás. Estamos à sua procura desde então.

— Mary. Que nome encantador. Combina bem com o meu. — A mão de Elizabeth tremeu quando ela afastou uma mecha de cabelos brancos dos olhos. — Eu sabia que fui adotada, mas nunca imaginei que tinha uma irmã. Uma irmã *gêmea*, pelo amor de Deus! Quero conhecê-la. Ela sabe que você está aqui?

Carly fez outro movimento negativo com a cabeça.

— Eu quis ter certeza antes para não a decepcionar. Acho que não há nenhuma dúvida. — Ela olhou demoradamente para o rosto da prima. — Tenho 30 anos e sou viúva. Este é Noah, o meu bebê.

— Ele é adorável — disse Lainey com voz trêmula. — Posso carregá-lo? Sou casada, mas meu marido e eu não temos filhos.

241

COLLEEN COBLE

— Claro.

Carly entregou Noah a Lainey. Viu que ele olhou firme para ela e que ela o aconchegou junto ao peito. O que passaria pela cabeça de um bebê? Ela e Lainey tinham odores diferentes, portanto, provavelmente ele saberia diferenciá-las.

Carly queria levantar-se e abraçar a senhora idosa. Que maravilha tê-la encontrado!

— Eu adoraria que a senhora conhecesse minha avó. Moramos em Beaufort. Quando poderíamos marcar um encontro entre as duas?

Elizabeth olhou para a neta com expressão de súplica.

— Seria um choque para nós se isso acontecesse agora? Ou você prefere trazer Mary aqui?

— A vovó está preparando o jantar neste momento e sempre há comida suficiente para um exército. Vou passar-lhe o endereço e a senhora poderá jantar conosco. Ela sempre quis ter uma irmã.

Elizabeth enxugou as lágrimas do rosto.

— Eu também.

E, assim, a irmã perdida foi achada. Carly mal podia esperar para ver a expressão da avó quando Elizabeth entrasse na casa.

242

TRINTA

Lucas olhou de relance para Carly quando entraram em Beaufort. As flores, agitadas levemente pela brisa, formavam uma alegre exibição de cores ao longo das calçadas e tudo parecia mais brilhante e mais feliz. Carly sorriu o tempo todo no caminho de volta.

— Como vamos contar a Mary? — perguntou Lucas.

Ela virou-se para ele com expressão confusa em seus olhos castanhos.

— Estava justamente pensando nisso. Achei que faria uma surpresa, mas isso pode ser muito perigoso na idade dela. Se tivesse de começar de novo, passaria mais informações a Elizabeth antes de visitá-la. A semelhança entre mim e Lainey é inacreditável.

Ele queria dizer que saberia identificá-las com facilidade por causa da expressão delicada nos olhos dela e de sua dedicação aos outros, mas guardou as palavras para si. A distância entre eles precisava ser mantida.

Várias viaturas da polícia, luzes piscando e sirenes ligadas, todos correndo em disparada em direção ao rio.

— O que está acontecendo? — Lucas ligou o rádio de comunicação para saber o motivo do tumulto e ouviu a voz do outro lado.
— Está havendo uma tentativa de assalto ao banco!

— O ovo! Vá para lá agora — disse Carly.

— Vou deixar vocês em casa antes. Não quero que você e Noah fiquem na linha de fogo. Os assaltantes estão armados.

243

Ela arregalou os olhos e colocou a mão na boca.

— Ah, meu Deus.

Lucas entrou na rua Boundary, desceu até a rua Bay e parou a picape em frente à sua casa.

— Não vou entrar.

Carly desceu do veículo e pegou Noah no banco traseiro.

— Avise-me sobre o que está acontecendo.

— Pode deixar. — Assim que ela começou a distanciar-se do veículo, ele seguiu em direção ao banco.

— Tiros disparados. Policial ferido, policial ferido — gritou alguém no rádio.

O sangue congelou em suas veias quando ele tomou conhecimento do pior pesadelo de um policial. Conhecia todos os seus subordinados e eram pessoas de bem. A maioria tinha família. Orando para que o ferimento fosse leve, ele chegou ao banco o mais rápido possível. Viaturas e *vans* da polícia cercavam o local, e uma ambulância com a sirene ligada parou atrás dele. Como não havia lugar para estacionar, ele parou a picape o mais próximo possível de uma viatura da polícia e deixou-a na rua.

Os socorristas estavam descendo da ambulância e Bernard acenou para eles em frente ao banco.

— Ele está aqui — gritou Bernard. E ao avistar Lucas, chamou-o com um aceno.

Lucas não conseguiu ver quem era o policial ferido em razão da multidão no local, portanto, parou em frente a Bernard.

— Quem foi baleado?

A atenção de Bernard se concentrava nos socorristas que bloqueavam a visão deles.

— Prepare-se, Lucas. É Vince.

Lucas ficou paralisado, sem conseguir dizer nada. Passou a língua nos lábios e conseguiu fazer a pergunta que mais temia.

— Ele está morto?

JOIAS FATAIS

Bernard negou com a cabeça.

— Foi ferido no peito. Ainda não sei quase nada.

— Nellie. Precisamos avisá-la.

— Os criminosos fugiram.

— Com o ovo?

— Não. A reação da polícia foi tão rápida que eles não tiveram tempo, mas estavam gritando para o funcionário pegar a caixa. Sabiam o número do cofre e tinham a chave também.

Lucas coçou a testa.

— A chave de Carly?

— Não sei. Ela a viu recentemente?

— Vou verificar. Pelo que sei, estava no meu cofre. — Lucas não conseguia desviar o olhar das costas dos socorristas ajoelhados em torno de Vince. Queria estar ali para encorajar seu parceiro, mas não havia espaço para pessoas leigas enquanto os socorristas lutavam para salvá-lo.

— Vá avisar Nellie — disse Bernard. — Ela vai precisar de você.

— Quero orar por Vince antes. — Mal se dando conta do que ocorria ao redor, Lucas caminhou até a multidão, acompanhado de Bernard.

E orou em voz alta para que Deus salvasse seu amigo, para que os socorristas e médicos soubessem o que fazer e orou também por Nellie e os gêmeos.

— Amém — disse Bernard, e outros policiais fizeram o mesmo.

Lucas virou-se e correu em direção à picape. Vince e sua família moravam em Port Royal e Lucas tamborilava com os dedos enquanto rodava no trânsito lento até chegar à avenida Ribaut. Quando conseguiu dirigir mais rápido, ele pisou fundo no acelerador e disparou em direção à casa da fazenda.

Nellie foi ao seu encontro na porta e não fez nenhum gesto para que ele entrasse. Com a bolsa pendurada no ombro e a alça coberta por seus cabelos ruivos compridos, ela parecia estar pronta para sair.

— Há um policial ferido e você está aqui. É Vince, não? — Com a voz tensa e os olhos úmidos e cheios de medo, ela agarrou o braço de Lucas. — Ele está vivo?

Lucas abraçou-a e sentiu que ela tremia.

— Ele foi baleado, Nell. Os socorristas estão cuidando dele neste momento. — Lucas deu um passo para trás e soltou os braços. — Vamos encontrá-los no hospital. Onde estão os gêmeos?

— Passando o fim de semana na casa do irmão de Vince. Vou enviar uma mensagem a ele pedindo que impeça as crianças de ouvirem os noticiários até eu chegar lá. — Sua voz tremia. — Ele vai sobreviver?

Lucas queria tranquilizá-la, mas não seria justo.

— O tiro foi no peito, mas ele ainda está respirando, portanto, temos de nos agarrar à esperança.

Nell quase caiu enquanto Lucas a acompanhava até a picape, mas ele a segurou, impedindo o tombo. Sem semblante estava firme e tenso, e ela mordeu o lábio trêmulo. Lucas acomodou-a na picape e seguiu para o hospital.

— Vince é um homem forte — disse a ela ao sair do local.

Ela fez um movimento brusco com a cabeça.

— Estou com muito medo.

— Eu também. Estamos todos orando.

Nellie abriu a bolsa e pegou o celular, mas suas mãos tremiam tanto que ela quase não conseguia digitar. Por fim, enviou a mensagem e inclinou o corpo para frente como se estivesse ajudando a picape a rodar mais rápido.

O hospital não ficava muito distante, mas o trajeto pareceu uma eternidade até Lucas chegar ao estacionamento. Uma ambulância passou por ele com a sirene ligada e parou na vaga reservada a emergências. Pelo menos Vince não havia sido declarado morto na cena. Era a única esperança à qual Lucas podia agarrar-se.

JOIAS FATAIS

Carly reuniu a família na sala de estar. Sentada no sofá, a avó tinha uma expressão levemente aflita.

— Carly Ann, tenho de terminar o jantar.

— Vai ser rápido, vovó. Você tem tempo e é algo que precisa ouvir. Algo que você vai *querer* ouvir.

Carly olhou ao redor da sala e gravou aquele momento na memória. Isabelle, sentada em uma cadeira, carregava a pequena Caroline no colo. Amelia e Emily estavam sentadas no sofá, uma de cada lado da avó. Noah, acomodado no assento inflável no chão, olhava firmemente para os raios de sol que filtravam pelo vidro.

Carly pegou o celular e encontrou a foto de Elizabeth e Lainey antes de ajoelhar-se em frente à avó.

— Quero que vocês vejam uma coisa. Venham todas.

As irmãs se aproximaram para ver o que havia no celular. Emily foi a primeira a se assustar.

— Quem são elas? — A pergunta foi feita em tom de sussurro.

A avó olhou a foto por mais tempo e ergueu a cabeça.

— É *Elizabeth*?

— É. Encontramos sua irmã gêmea. Ela mora em Savannah e vem jantar conosco esta noite. A outra mulher é Lainey, neta dela.

— Vocês duas são tão parecidas que achei que fossem gêmeas também — disse Amelia. — Não acredito que você a encontrou! A surpresa está com elas?

— Não perguntei e não quero que ninguém toque no assunto esta noite. É cedo demais. Vamos nos conhecer primeiro e deixar a surpresa para depois. Isto é mais importante. — Ela virou-se para avó. — A vovó tem uma irmã gêmea e nós temos primos!

A avó passou os dedos no pescoço.

— Eu... eu não consigo acreditar. É claro que esperava encontrá-la, mas tantas coisas poderiam ter acontecido. Ela poderia ter morrido ou se mudado para um lugar tão distante que as possibilidades de encontrá-la seriam remotas. E ela está aqui perto, a uma

247

hora de distância. Quantas pessoas virão esta noite? Preciso preparar comida suficiente para todos.

— Você sempre tem comida suficiente. Penso que apenas Elizabeth, Lainey e o marido virão. Eles não têm filhos.

— E quanto à mãe ou o pai de Lainey? Há outros parentes? — perguntou a avó.

A porta da frente foi aberta e fechada com força e Ryan, coberto de poeira do *drywall*, entrou apressado na sala.

— Onde Lucas está?

— No banco. Houve um assalto — respondeu Carly. — Qual é o problema?

— Um policial foi baleado. Era Vince.

As palavras caíram como um tijolo no coração dela.

— Não, Vince não.

— O tiro foi no peito. A ambulância acaba de levá-lo.

— Ele está vivo?

— Sim, mas muito mal. — Ryan continuou olhando para ela. — Os assaltantes tentaram pegar o ovo, mas a resposta da polícia foi rápida demais. Eles fugiram. Vince foi baleado quando tentava detê-los do lado de fora. Fugiram num barco em meio à confusão. E, pelo que ouvi, tinham uma chave.

A chave deveria estar no cofre. Como os assaltantes tinham uma?

— Preciso falar com Lucas — conseguiu dizer depois que o nó na garganta se desfez. — Ele deve estar arrasado.

Vince era um amigão e ajudou-a muito na noite da invasão na casa quando Debby Drust foi baleada.

— Bernard pediu que ele fosse buscar Nellie, a esposa de Vince. Eles devem estar no hospital agora. — Ryan segurou o braço de Carly. — Eu a levo até lá.

— Preciso pegar Noah. Daqui a pouco ele vai precisar ser amamentado. — Ela pegou o bebê e a sacola de fraldas antes de acompanhar Ryan. — Pode deixar que eu dirijo. A cadeirinha está no meu carro.

JOIAS FATAIS

Ryan parou na varanda.

— Tem certeza?

— Tenho. Eu dirijo e você pode ir comigo.

Carly acomodou o bebê na cadeirinha, sentou-se ao volante e acelerou rumo ao hospital, orando enquanto dirigia o carro.

Olhou para Ryan, sentado no banco ao lado. Seu rosto estava pálido e com expressão firme. Conhecia Vince havia muito tempo.

— Imagino como Lucas está se sentindo neste momento — disse ela. — Faz muito tempo que eles são parceiros.

— É por isso que Lucas tem medo do casamento. Não quer que sua esposa esteja do outro lado da linha ou receba uma visita inesperada.

O que ela poderia dizer? Já sentira isso na pele. Era horrível e aterrorizante. Nellie devia estar muito confusa naquele momento. Será que o casal tinha filhos? Ela imaginava ter ouvido a avó dizer que Vince tinha filhos adolescentes. Mas e daí? Todos os policiais conhecem os riscos quando recebem o distintivo e essa decisão afetava cada aspecto da vida deles. Mulher, filhos, amigos, pais. Os efeitos desse tiro atingiriam muitas vidas. Ela conhecia muito bem essa situação depois da morte de Eric. Os pais dele ainda choravam sua morte e sempre chorariam.

Ao olhar pelo espelho, ela viu o rostinho de Noah no banco traseiro. Embora seus sentimentos por Lucas fossem verdadeiros e cada vez mais fortes, apesar de seus esforços para impedi-los, e quanto ao seu filho? Ele já havia perdido um pai. Será que ela queria levar adiante um relacionamento com Lucas e estar diante da possibilidade de Noah e ela sofrerem outra perda tão devastadora?

O pensamento a fez engolir em seco. Ainda bem que Lucas estava agindo de modo estranho ultimamente. Ela precisava parar de questionar a decisão dele e seguir em frente.

Ao chegar ao hospital, estacionou o mais próximo possível da vaga de emergência.

— Ele deve estar na sala de espera do pronto-socorro com Nellie.

Carly já havia estado na sala de espera aguardando notícias. No instante em que viu Eric deitado no chão da lojinha, sabia que ele estava morto.

— Vou entrar — disse Ryan. — Quero ver meu irmão.

— Já estou indo também. — Ela tirou Noah da cadeirinha e pegou a bolsa e a sacola de fraldas.

Encontrar as palavras certas para dizer seria difícil. Os amigos devem ajudar, mas os chavões não contribuíram muito para aliviar o sofrimento dela. Tudo o que podia fazer era sentar-se ao lado de Lucas e Nellie e dar força a eles.

TRINTA E UM

Haviam se passado apenas trinta minutos, mas a espera parecia agonizante. Lucas andava de um lado para o outro na frente de Nellie, encolhida em uma cadeira com as mãos cruzadas na frente do corpo. Seus lábios se movimentavam em silêncio e ele sabia que ela estava orando com mais fervor que ele. Vince havia sido levado apressadamente para o centro cirúrgico e eles viram de relance seu rosto pálido na maca, com tubos e aparelhos ligados a ele.

Lucas olhou para o relógio na parede. Duas horas da tarde. Bernard ligara para saber da condição de Vince e disse que a equipe estava revendo o vídeo no banco, mas não tinha nenhuma pista da identidade dos assaltantes. Ainda não.

Ao ouvir passos rápidos, ele virou-se e viu Ryan vindo em sua direção. O irmão abraçou-o com força.

— Ele continua vivo?

Lucas fez um movimento brusco com a cabeça.

— No centro cirúrgico.

Afastando-se um pouco do irmão, ele recuou ao ouvir mais passos em sua direção. Eram de Carly chegando apressada com Noah nos braços. Uma agradável sensação tomou conta de seu peito. Havia muitas coisas para ela fazer hoje depois de encontrar Elizabeth, mas veio imediatamente. Fazia parte de sua personalidade.

Carly agarrou-lhe o braço com a mão livre.

— Alguma notícia?

COLLEEN COBLE

Ele fez um movimento negativo com a cabeça.

— A enfermeira disse que estão tentando nos informar sobre a condição dele. Todos se movimentam quando um policial é ferido e sei que estão fazendo o melhor que podem para salvar Vince.

Lucas apresentou Carly a Nellie, que fez um esforço óbvio para se recompor e sorrir para Carly.

— Vince falou de você. Obrigada por ter vindo. — Nellie segurou a mão do bebê. — Deve ser Noah. Que criança encantadora!

— Obrigada. — Carly sentou-se ao lado de Nellie, e Noah esticou o braço para segurar os longos cabelos ruivos dela. E conseguiu pegar alguns fios com sua mãozinha.

— Posso segurá-lo? — pediu Nellie em voz baixa.

— Claro. — Carly colocou Noah no colo dela. — Ter filhos por perto ajuda um pouco nessas horas.

Nellie concordou com a cabeça.

— Meus gêmeos consolaram muito minha mãe quando meu pai morreu. — Os olhos dela encheram-se de lágrimas. — Não quero enterrar meu marido. — Ela segurou Noah junto ao peito e pousou o queixo sobre seu cabelinho fino.

— Sei que você está com muito medo — disse Carly. — Medo de perdê-lo, medo do futuro, medo por seus filhos. É melhor viver um minuto por vez. Vince ainda está respirando e sendo cuidado por bons médicos. Eles o levaram rapidamente para o centro cirúrgico.

Nellie engoliu em seco.

— Você tem razão, sei que tem razão. Estou morrendo de medo de que o médico chegue aqui e me diga que Vince se foi. É uma cena que se repete na minha cabeça como um filme que já aconteceu.

— Mas não aconteceu. Vamos continuar orando e confiando em Deus. Vince é um homem grande e forte. Agarre-se à sua fé e à esperança.

Lágrimas desceram pelo rosto de Nellie.

JOIAS FATAIS

— Estou tentando. — Carregando Noah com um braço, ela esticou o outro e segurou a mão de Carly. Meus filhos gostariam de estar aqui, mas não quero que ouçam uma má notícia do médico.

— Eles são adolescentes, certo?

Nellie sorriu com orgulho.

— Têm 16 anos. Um casal de gêmeos. Paisley e Paul.

— Você precisa deles aqui e eles precisam de você.

— E... e se o pior acontecer, eles deveriam ter a oportunidade de despedir-se de Vince. Nellie olhou para Ryan e Lucas, mas, antes de ter a chance de perguntar, Ryan virou-se em direção à porta.

— Vou buscá-los. Eles estão na casa do irmão de Vince, certo?

— Estão. Obrigada — Nellie disse em voz alta enquanto ele atravessava a porta. Ela recostou-se e abraçou Noah de novo.

O bebê estava começando a agitar-se e Lucas pensou que ele estivesse com fome ao vê-lo morder a mãozinha fechada. Carly carregou-o no colo e deu alguns passos antes de virar-se para Lucas.

— Há alguma sala reservada que eu possa usar?

— Por aqui. — Lucas conduziu-a a um pequeno consultório.

— Deve dar certo. Vou ficar de guarda aqui. — Ele hesitou. — Obrigado por ter vindo. Você é a pessoa de que Nellie necessitava. Já esteve na situação dela.

Ele não havia parado para pensar no que ela sofrera quando Eric morreu, mas estava vendo a repetição bem na frente dele. E ela correra para lá no instante em que tomou conhecimento, embora fosse difícil estar em uma situação que já havia vivido. Ele desconfiava que o motivo era a afeição dela por ele.

Carly olhou para cima com a cabeça inclinada.

— Eu não tinha a esperança que ela tem. Eric estava morto quando o encontrei. Mas conheço o medo que ela sente sobre o futuro e sobre o que acontecerá com ela e seus filhos. Eu tive minha avó ao meu lado e sei que Nellie tem você e a família dela também. Isso é uma bênção para ela.

COLLEEN COBLE

— E a equipe toda vai dar força a eles. — Lucas passou a mão pelos cabelos. — Veja só. Estou falando como se já tivesse acontecido. Vince ainda não morreu e, pela graça de Deus, oro para que ele sobreviva. Mas estou com medo.

Ela colocou a mão sobre a dele.

— Eu gostaria de aliviar seu medo e sofrimento.

Ele colocou a outra mão sobre a dela e apertou-a.

— Você já aliviou por ter vindo. — As reclamações de Noah aumentaram de volume. — Acho melhor você amamentar seu filho.

Ela concordou com a cabeça e entrou na pequena sala para encontrar uma cadeira confortável. Lucas ficou de costas para a porta a fim de proteger a privacidade dela e pensar no que ela sofrera. Noah nunca conheceria seu pai, e Caroline também não. Aquele pensamento despertou compaixão pela bebê sendo cuidada em sua casa.

Eram quase quatro horas da tarde quando o médico, vestido com trajes cirúrgicos azuis, entrou na sala de espera. Lucas levantou-se rapidamente com Noah nos braços. Segurou a mão de Nellie e ela agarrou os dedos dele com força. Carly aproximou-se pelo outro lado, analisando o rosto do médico à procura de alguma indicação sobre o que estava prestes a ser revelado.

O médico, um homem na casa dos 50 anos de idade, percorreu o local com os olhos até localizar o pequeno grupo reunido perto da janela.

— Sra. Steadman?

Nellie fez que sim com a cabeça e apertou um pouco mais a mão de Lucas.

— Vin... Vince vai sobreviver?

Os lábios do médico se curvaram formando um meio sorriso.

JOIAS FATAIS

— Bom, ele ainda não está fora de perigo, mas retiramos o projétil e estancamos o sangramento. Estou cautelosamente otimista de que ele vai sobreviver, mas a recuperação será lenta. Felizmente o projétil não atingiu os pulmões. — Ele tocou-a de leve no ombro. — Um enfermeiro os avisará quando ele estiver no quarto para que vocês possam vê-lo.

— Graças ao bom Senhor — disse Nellie baixinho. — E obrigada ao senhor por tudo o que fez por ele, doutor.

— A satisfação é minha por ajudar. — Ele afastou a mão do ombro dela e saiu rapidamente.

Lucas passou o braço livre ao redor de Nellie, mas ela recuou quando um vozerio a alertou de que Ryan havia voltado com os gêmeos.

— Mãe! — gritaram os adolescentes, correndo em direção a ela. Nellie abraçou-os.

— O médico acabou de passar por aqui e o pai de vocês vai ficar bem.

Não foi exatamente o que o médico disse, mas Lucas teria usado as mesmas palavras para tranquilizá-los. Ele próprio se sentiu um pouco zonzo com a notícia. Havia esperado a má notícia de que Vince estava morto. Olhou para a comemoração da pequena família de Vince e parecia estar vendo uma festa feliz através de uma janela. Olhando do lado de fora.

Eles o incluiriam se soubessem como ele se sentia, mas tudo o que tinha era Ryan. Sempre foi o suficiente, mas agora ele não tinha muita certeza. Olhou para o lindo rosto de Carly com seus olhos brilhantes, sorrindo de alegria. Lucas apertou os braços em torno do peso agradável e bem-vindo do bebê.

O sorriso de Carly ampliou-se quando ela viu Lucas olhando em sua direção.

— Notícia maravilhosa, maravilhosa mesmo. Acho que devo voltar para nossa casa e ajudar a vovó a terminar o preparo do

COLLEEN COBLE

jantar mais importante da vida dela. — Ela torceu o nariz. — É engraçado chamar sua casa de "nossa" quando você deve estar contando nos dedos quanto tempo falta para a família Tucker sair de lá. Assumimos o controle de tudo. — Seu sorriso apagou-se um pouco. — Sinceramente, Lucas, sinto muito pelo que fizemos com sua vida. Acho que a pequena Caroline foi uma palha a mais para alimentar a fogueira.

— Ela não é nenhum problema.

— Tem certeza? Posso procurar uma casa para alugar.

— Você sabe que é impossível conseguir isso no início da temporada de férias. Além do mais, não quero que você vá embora.

Ele controlou o impulso de esticar a conversa porque não podia assumir mais compromissos. Suas emoções e sentimentos eram desconhecidos e estavam caóticos demais para serem definidos e discutidos. Nem mesmo ele os entendia.

— Vou ver como Kelly está enquanto você vai para casa. Vou para lá o mais rápido que puder. Acho que Nellie vai ficar bem. Ela e os gêmeos vão poder ver Vince daqui a pouco e não vão precisar de mim.

Carly pegou Noah dos braços de Lucas.

— Vou livrar você deste rapazinho. Não saia do hospital se Vince e sua família precisarem de você. Deixe a questão do jantar por nossa conta.

Ao ouvir aquelas palavras ele se deu conta de que não queria perder a cena feliz que ocorreria em sua sala de estar. Considerava-se parte integral da família Tucker e não queria ficar olhando de fora. De jeito nenhum.

— Até mais. — Lucas viu Carly sair com o bebê e pediu a Nellie que o avisasse caso precisasse dele.

Desceu pelo elevador até a UTI e parou no posto de enfermagem para indagar sobre o estado de Kelly, mostrando suas credenciais.

— Posso saber como Kelly está? Estamos cuidando da bebê dela.

A expressão de cautela desapareceu dos olhos castanhos da enfermeira quando percebeu que Lucas era mais que um policial.

— Não houve mudança. Continua ligada ao aparelho de ventilação mecânica.

— Vai sobreviver?

O olhar da enfermeira tremeu um pouco.

— Vamos fazer o possível.

Lucas fechou a mão com força. A notícia não parecia boa.

— Obrigado. Posso vê-la? Gostaria de tranquilizá-la e dizer que sua bebê está bem.

Depois de uma leve hesitação, a enfermeira apontou o quarto.

— Só um minuto.

Ele agradeceu-lhe e foi até o quarto de Kelly. Havia todos os tipos de sons de bipes e de sucção no quarto inteiro. Ela estava ligada a tubos e aparelhos. Com os olhos fechados e o rosto pálido demais, mal parecia estar viva.

Apesar de não saber se ela o ouviria, ele inclinou o corpo e falou junto ao seu ouvido.

— Sou o investigador Lucas Bennett. Carly Harris está cuidando de Caroline. Ela está sendo bem alimentada e vai bem. Ela e Noah gostam de estar juntos. Mas nada é capaz de substituir o lugar de sua mãe. Você precisa lutar com todas as forças para ficar bem, Kelly. Precisa voltar para cuidar de sua bebê.

Não houve nenhuma reação óbvia, mas Lucas colocou a mão no ombro dela e orou antes de sair. Fizera tudo o que podia por Kelly e agora ela estava nas mãos de Deus. Era muito triste pensar que a garotinha poderia crescer sem pai e sem mãe. Com o coração pesado, ele saiu do hospital e seguiu em direção à sua picape. Os eventos dos últimos dias o deixaram confuso e ele não sabia como se sentia em relação a quase nada. Principalmente em relação a Carly.

TRINTA E DOIS

A avó colocou a mão na barriga.

— Céus, estou tão nervosa que sinto um frio no estômago. E se ela não gostar de mim? Eu estou bem? — Ela ajeitou os cabelos brancos com as mãos. O penteado estava preso no lugar com pentes e presilhas enfeitados com joias, e ela usava um vestido azul de estampa florida com saia esvoaçante.

Carly abraçou-a.

— Você está linda.

Ela sentiu no ar o perfume da colônia Tabu da avó. No decorrer de toda a sua vida, ela vira a avó usar com muita moderação o último frasco que ganhara do marido, e agora o conteúdo estava quase no fim. A fragrância ainda podia ser adquirida, mas a avó guardou a que o marido lhe comprara para usar em ocasiões especiais. Esse encontro era muito importante para a avó e Carly planejava fazer o melhor possível para transformá-lo em uma noite maravilhosa.

A porta de entrada foi aberta e a voz de Lucas chamou por Carly.

— Na cozinha! — gritou ela.

Aproximando-se delas, ele sorriu ao avistá-las.

— Veja só, Mary. Você está linda. Merece um beijo. — Ele abraçou-a e beijou-a de leve no rosto.

Ela deu um tapinha no braço de Lucas quando ele a soltou.

— Não me provoque hoje, Lucas. Estou muito assustada para lidar com isso. — A voz dela era trêmula. — É demais pensar que tenho uma irmã. Mal consigo acreditar.

Lucas riu.

— Ela vai amar você. Quem não consegue fazer isso? Você encanta qualquer um e é irresistível.

Ela passou a língua nos lábios.

— Eu me esqueci do batom. Já volto.

Carly sorriu enquanto a avó saía apressada da cozinha.

— Ela está assim desde que ouviu a notícia. Obrigada por tentar tranquilizá-la. — Carly olhou para o relógio na parede acima da pia. — Elizabeth e a família devem chegar a qualquer momento.

— Os dois bebês estão dormindo?

— Dormiram ao mesmo tempo. E na mesma cama. Eles gostam de estar perto um do outro e é bom demais vê-los juntinhos.

O sorriso desapareceu dos olhos cor de avelã de Lucas.

— Fui ver Kelly. Ela continua ligada ao aparelho de ventilação mecânica. Não apresentou nenhuma melhora. A enfermeira não me disse muita coisa.

Carly estremeceu.

— Gostaria que sua família estivesse aqui para cuidar dela, estar com ela.

— Conversei um pouquinho com ela. Disse que Caroline está bem e que as crianças já se amam. — Ele fez uma pausa. — Orei por ela, mas não tive bom pressentimento quando saí. Vai ser uma surpresa se ela sobreviver.

Lucas não parecia tão distante desde que Vince foi baleado. Talvez precisasse do apoio dela, fosse o que fosse o que ele sentia a respeito de um relacionamento entre os dois. Ela queria sondar e perguntar em que ele estava pensando, mas aquele não era o momento. Não agora que o grande evento estava prestes a começar.

Lucas virou-se para a janela.

— Acho que chegou um carro.

Acompanhando Lucas, Carly atravessou a sala de jantar para espiar pela janela. Viu um sedã branco parado na entrada da casa e um homem de mais ou menos a idade de Lucas descer do lado do motorista. O coração de Carly bateu acelerado. Eles chegaram! Lainey saiu do carro pelo outro lado e abriu a porta traseira para Elizabeth. A mulher mais velha parecia ainda mais com Mary sob a luz fraca do sol, principalmente por ter os cabelos presos no mesmo estilo dela.

Elizabeth havia sido criada de um modo um pouco mais clássico. Sua saia preta e blusa branca eram feitas sob medida e requintadas. Os elegantes sapatos pretos brilhavam e ela carregava uma bolsa pequena embaixo do braço. A maquiagem era perfeita. Não exagerada e de muito bom gosto. Talvez quisesse impressionar sua irmã recém-encontrada.

A avó desceu a escada usando um toque de batom rosa.

— Ela chegou?

— Estão subindo a escada da varanda — respondeu Lucas.

— Ó céus! — A avó colocou a mão na barriga. — Onde suas irmãs estão?

— Aprontando-se. Devem descer a qualquer momento. E os bebês também devem acordar logo. Vá para a sala de estar. Vou trazê-los para não ficarmos esperando por eles de boca aberta no *hall* de entrada.

— Você está certa, está certa, sim. — Nervosa, a avó de Carly agarrou o braço de Lucas. — Segure-me, Lucas. Acho que vou desmaiar.

— Pode deixar — disse ele com voz suave. E acompanhou-a à sala de estar.

Som de passos foram ouvidos na escada e as irmãs de Carly desceram. Isabelle segurava Caroline e Amelia carregava Noah.

— Esperem na sala de estar — disse Carly. — Eles estão chegando à porta e eu farei as apresentações.

As irmãs concordaram com a cabeça e dirigiram-se apressadas à sala de estar.

A campainha tocou e Carly correu até a porta e abriu-a.

— Chegaram na hora certa. Entrem. A vovó está ansiosa demais por conhecer vocês.

Lainey encabeçava a fila.

— Este é meu marido, Holt. — Ela gesticulou, mostrando o homem alto e loiro ao seu lado. — Minha avó está a ponto de ter um ataque de ansiedade.

— A minha também. É um prazer conhecê-lo, Holt. Entrem. — Carly escancarou a porta e afastou-se para que eles entrassem. — O resto da família aguarda na sala de estar.

Holt colocou a mão de Elizabeth sobre seu braço.

— Mantenha-se firme, vovó.

Elizabeth parecia um pouco trêmula. Carly passou por ela para que a seguissem. Aquele seria um cheiro de colônia Tabu? O perfume característico de sua avó não poderia faltar. Que loucura! As duas usavam a mesma colônia.

Quando ela chegou à sala de estar, sua avó levantou-se e segurou uma mão na outra, trêmula. Seu olhar passou por Carly até a mulher atrás dela. Com os olhos arregalados, disse:

— Vo... você é exatamente igual a mim. Quero dizer, eu sou igual a você. Ah, não sei o que dizer.

Carly afastou-se para facilitar o encontro. Elizabeth aproximou-se da irmã.

— Mary. Sempre amei esse nome. — Sua voz tremeu. — Quero saber tudo sobre sua vida, tudo mesmo.

— Estas são minhas irmãs — disse Carly após um silêncio constrangedor.

Elizabeth não tirava os olhos da irmã.

— Estou feliz demais por conhecer você. — Os olhos azuis dela encheram-se de lágrimas.

Por fim, a avó afastou-se do sofá.

— Posso abraçar você, Elizabeth? Eu sempre quis ter uma irmã. — Sua voz tremeu e as lágrimas acumuladas em seus olhos desceram pelas faces.

Mary abriu os braços e as duas se abraçaram com força. Carly fungou e percebeu que estava aconchegada entre os braços de Lucas. Ele abraçou-a com força e não importa o que acontecesse no futuro, ele estava ali, dando-lhe força naquele momento.

———

Lucas viu Carly correndo de um lado para o outro da casa a noite inteira para certificar-se de que todos estavam felizes e satisfeitos. Isso fazia parte tão integrante de sua natureza que ela não conseguia ficar sentada no sofá esperando que os outros fizessem o trabalho. Trocou sorrisos com Lucas cada vez que o pegou olhando para ela. Uma das coisas pelas quais ele se sentia atraído por ela era sua generosidade inata.

Depois de dar uma olhada em seu cofre, ele havia encontrado a chave. Ao rever os vídeos de segurança, ele sentiu o estômago apertar quando localizou um homem usando máscara de esqui entrando furtivamente no banco uma semana atrás, antes que a família se mudasse para sua casa. O homem estava de frente para o cofre e de costas para a câmera, mas Lucas conseguiu ver que o sujeito havia tirado um molde da chave antes de trancar o cofre de novo. Talvez o fone de ouvido que ele usava fosse um daqueles dispositivos que permitiam ouvir a combinação certa para a abertura do cofre.

Mary e Elizabeth, embora separadas por quase setenta anos, se entrosaram imediatamente. Mary começou a chamar a irmã pelo apelido Beth e as duas pareciam nunca terem se separado. Elizabeth contou-lhe sobre seu único filho, que morrera

JOIAS FATAIS

no Afeganistão, e Lainey conversou com todas as irmãs como se fossem amigas desde a infância. Já eram quase oito horas da noite e ninguém mostrava qualquer indicação de estar pronto para ir embora.

Lainey sentou-se no chão com Carly e os bebês, e ambas pareciam gêmeas. O cabelo de Lainey era um pouco mais liso e um pouco mais comprido, mas podiam ser facilmente confundidas uma com a outra. Era estranho, mas Lucas imaginava que seria capaz de reconhecer Carly apenas pela expressão no rosto.

O celular de Elizabeth tocou e ela franziu as sobrancelhas.

— É a polícia. O que pode ter acontecido?

Lucas levantou-se da cadeira lateral de onde observara a ação.

— Posso atender?

Elizabeth entregou-lhe o celular.

— À vontade. Não imagino por que eles ligariam para mim.

Lucas pegou o celular e atendeu.

— Investigador Lucas Bennett atendendo o celular de Elizabeth Durham.

Houve uma pausa e, em seguida, ele ouviu uma voz feminina.

— A sra. Durham está bem?

— Sim, está bem. Ela me pediu que atendesse seu celular.

A policial identificou-se.

— Houve uma invasão na residência dela e estamos tentando saber se alguém foi ferido. Encontramos respingos de sangue na sala de estar e ficamos preocupados.

— Ela e a neta estão conosco. E o marido da neta também. Penso que são os únicos que residem na casa.

Lucas olhou para o marido de Lainey para confirmar, uma vez que ele estava ao seu lado. Holt concordou com a cabeça.

— Só nós três.

Lucas ligou o viva-voz.

— Liguei o viva-voz, policial. Por favor, repita o que me contou.

263

COLLEEN COBLE

— Pois não. Um vizinho informou ter ouvido tiros partindo da residência às 7h25 da noite e os policiais reagiram imediatamente. Encontraram a porta dos fundos arrombada. Quando entraram, viram que a casa havia sido saqueada. Ao continuar a percorrer os cômodos, encontraram uma poça grande de sangue na sala de estar. Mas nenhum corpo.

— Ó céus! — disse Elizabeth baixinho. — Ainda bem que havíamos saído. Tenho câmeras de segurança.

Lainey levantou-se para ficar perto da avó e apertou o ombro dela.

— Sei onde as câmeras de segurança estão instaladas — disse Holt.

— Agradecemos — disse a policial. — A família não poderá retornar à casa enquanto estivermos averiguando o local.

Lucas passou o celular a Holt, que forneceu à policial a lista das quatro câmeras e a localização de cada uma.

Mary bateu de leve na perna da irmã.

— Tudo vai ficar bem, Beth.

Não era seguro eles voltarem para casa e Lucas teria de lhes dizer isso. Agachou-se em frente a Elizabeth.

— É melhor vocês permanecerem aqui até sabermos com certeza o que está acontecendo em sua casa.

Ele não tinha nenhuma dúvida sobre o que acontecera. Uma das partes que procurava o ovo rastreou a casa dela. Será que a visita de hoje os levou diretamente à casa de Elizabeth? E quem foi baleado? Será que as duas facções estiveram lá na mesma hora? Eram perguntas às quais ele não podia responder, mas Elizabeth e sua família precisavam saber o que estavam enfrentando.

Lucas olhou para Carly e suas irmãs. Estavam abraçadas em sinal de solidariedade. Com os olhos castanhos arregalados, Carly fez-lhe um sinal de que ele precisava contar a história.

— Há uma coisa que a senhora precisa saber a respeito do seu nascimento. Sua mãe deixou a cada uma um objeto de muito

264

JOIAS FATAIS

valor quando não pôde mais sustentar vocês. Carly encontrou um ovo pintado dentro de um antigo baú e ele revelou o mistério do que aconteceu. Ela vende objetos de coleção e decidiu raspar a tinta antiga do ovo. Embaixo da tinta, ela descobriu um lindo ovo esmaltado que se abriu. Dentro era ouro puro.

— Como um ovo Fabergé? — perguntou Lainey. — Amo esses ovos.

Carly afastou-se das irmãs e aproximou-se de Lucas.

— *É* um ovo Fabergé, um dos ovos desaparecidos. Creio que é o Ovo com o Pendente de Safira. Desde que descobrimos informações sobre a irmã da vovó e começamos a tentar encontrá-la, alguém, ou várias pessoas, esteve um passo à nossa frente.

Lucas contou sobre a invasão à casa de Mary e a invasora em quem ele atirou. Depois contou sobre a morte de Anna Martin e a invasão à casa de Grace Adams Hills e também o ataque a Kelly.

— E alguém se fez passar por especialista da Casa de Leilões Willard — disse Carly. — Quase lhe entreguei o ovo, mas mudei de ideia.

— Hoje alguém tentou roubar o ovo do banco — disse Lucas. — O perigo em torno dele é imenso.

— Um momento — interrompeu Lainey. — Você disse que a mãe biológica da vovó deixou um objeto de valor a cada filha. Você recebeu o ovo. E o que a minha avó recebeu?

— Parece ser a surpresa — respondeu Carly. — Provavelmente é o que os ladrões estavam procurando em sua casa.

Lainey sentou-se no braço do sofá ao lado da avó.

— Isso parece aterrorizante. Como é essa tal de surpresa?

— Não há fotos dela, mas as descrições dizem que se trata de uma galinha de ouro retirando um pendente de safira de um ninho — disse Carly. — A galinha e o ninho são cravejados de pequeninos diamantes. Dizem que os olhos da galinha são de rubi. A surpresa poderia estar dentro de uma gema de ouro, mas ninguém sabe com certeza. Vocês viram alguma coisa parecida? — Ela olhou para Carly e depois para Elizabeth.

As duas mulheres sacudiram a cabeça.

— Não parece algo conhecido.

— Você possui algum baú ou cofre antigo que sua mãe lhe deixou? — Carly perguntou a Elizabeth.

Elizabeth mordeu os lábios.

— Tenho algumas mobílias antigas espalhadas pela casa. Mas nunca encontrei nada parecido com isso.

— Eu gostaria de examinar o que você possui assim que receber permissão para voltar à sua casa — disse Carly. — É possível que os assaltantes o tenham encontrado e fugido com ele, mas eu gostaria de verificar.

Mary levantou-se.

— Vou dormir no quarto de Carly esta noite e você pode dormir no meu quarto. Lainey e Holt, vocês podem dormir na cama maior e há espaço suficiente para colocar uma cama de solteiro ao lado. Vou ajeitar as coisas para vocês. Lucas, você poderia providenciar uma cama de solteiro?

Lucas assentiu com a cabeça.

— Há uma cama extra de solteiro no quarto de Ryan. Vou cuidar disso.

E assim, o tamanho de sua nova família aumentou.

TRINTA E TRÊS

A história havia ido longe demais.

Depois de uma noite mal dormida, orando por paz e tentando distrair-se escrevendo uma página ou duas de seu romance, Carly pegou o celular após o café da manhã e foi refugiar-se no jardim de inverno enquanto o resto da família se deliciava com as panquecas preparadas por Elizabeth.

Ela fez um gesto para que Lucas a acompanhasse.

— Vou ligar para a casa de leilões para me livrar desse ovo. Talvez o perigo desapareça quando souberem que ele não está mais comigo.

— Estou feliz com sua decisão. É o que eu ia sugerir.

Ela acomodou-se na espreguiçadeira recebendo um pouco da luz do sol que entrava pelas janelas. Com a mão trêmula, digitou o número de Brian Schoenwald. Após o primeiro toque, apertou o botão de viva-voz, para que Lucas ouvisse a conversa.

— Schoenwald — disse uma voz masculina.

— Oi, novamente. Aqui é Carly Harris. Estou ligando para falar do ovo em meu poder.

— Sra. Harris, estou feliz por ter ligado. Nosso encontro na sexta-feira está mantido?

— Você poderia vir antes?

— Não tenho compromisso hoje. Se conseguir um voo, vou enviar-lhe uma mensagem de texto com o número, para que a senhora verifique com a polícia se sou eu mesmo que estou naquela aeronave. Posso chegar aí às três horas da tarde.

— Agradeço a atenção especial. Existem muitos problemas de segurança aqui em torno disso. Você não vai perder tempo.

— Estamos preparados para lidar com esses problemas de segurança. É o que fazemos. E esse é um achado de extrema importância. Também vou enviar-lhe uma foto minha embarcando na aeronave.

— Muito obrigado. — Lucas interferiu na conversa. — Sou investigador de polícia e vou verificar sua identidade.

— Claro, investigador. — O sr. Schoenwald fez uma pausa. — O senhor está preparado para ceder a custódia do ovo para nós imediatamente? Se sim, vou providenciar uma equipe de segurança para buscá-lo. Preciso de alguns dias para organizar isso.

Carly sentiu um aperto no peito como se fosse uma rejeição dolorosa por fazer aquilo. Mas tinha de fazer. Quanto mais tempo insistisse em ficar com o ovo, mais pessoas seriam prejudicadas. Ela não tinha ideia de quem havia sido ferido, ou morto, na noite anterior, mas a ideia de que era a responsável a perseguia.

Ela trocou olhares com Lucas e recebeu força da firme convicção nos olhos dele ao vê-lo movimentar a cabeça afirmativamente.

— Sim. Penso que é o mais seguro para todos — disse ela. — Vá em frente e tome as providências. Se for o que todos nós pensamos que seja, claro.

— Ótimo. Eu me encontrarei com vocês dois esta tarde.

Quando a ligação terminou, Carly soltou o celular e cobriu o rosto com as mãos.

— Isto é um pesadelo, Lucas. Se Elizabeth e a família dela estivessem em casa, poderiam estar mortos.

A almofada na qual ela estava sentada afundou-se com o peso de Lucas e ele passou seu braço forte ao redor dela.

— Você não tem culpa.

Ela aconchegou-se ao calor do corpo forte de Lucas e sentiu as batidas ritmadas do coração dele. O perfume de sua colônia misturou-se com o do sabonete que ela usara no chuveiro aquela manhã. Era uma combinação muito sedutora. O tempo pareceu parar e ela não se atreveu a levantar a cabeça para ver o rosto dele. Se fizesse isso e ele não a beijasse, ela não suportaria a decepção. Melhor não arriscar, uma vez que as coisas estavam muito estranhas entre eles.

Esforçando-se para encontrar um tom de voz normal, ela cruzou as mãos no colo.

— Sei que a culpa não é minha, mas sinto que devo parar com isso de alguma forma. Por falar nisso, você teve notícias de Vince hoje de manhã? E de Kelly?

Lucas afastou o braço que estava ao redor dela e ela sentiu-se desolada. Um nó formou-se em sua garganta por ele não ter percebido quanto ela desejava estar em seus braços. Ela começou a procurar o celular e engoliu em seco.

— Vince está rindo e fazendo os outros rirem. — Lucas pegou o celular e mostrou-lhe a foto da família de Vince ao redor do leito dele. O grandalhão exibia um enorme sorriso.

— Estou muito aliviada.

— Eu também.

— E Kelly?

— Não tenho notícias dela. Mas conversei com o policial de Savannah. Eles fizeram uma varredura na casa e Elizabeth e a família já podem ir para lá. Mas acho que deveriam ficar aqui até termos certeza de que estarão em segurança.

Por fim, Carly achou que conseguira controlar suas emoções o suficiente para encará-lo.

— Penso que a vovó não vai querer que Elizabeth vá embora. Quero dizer, não para sempre.

Ele sorriu.

— Também percebi isso.

— Ryan voltou para casa ontem à noite? Eu não o vi.

Lucas levantou-se e afastou-se um pouco.

— Voltou. Por volta da uma hora da madrugada. Não sei como ele consegue ficar acordado até tarde da noite.

— Estava preocupada com ele. Há muitas coisas acontecendo.

— Ele sabe se virar sozinho.

— Sei que ele foi treinado para usar arma, mas qualquer um pode cair numa cilada. Como Eric. E Vince.

Lucas estremeceu.

— Verdade. Vou convocar as tropas para voltar à casa de Elizabeth. A família poderá pegar alguns pertences enquanto você vasculha a casa tentando encontrar a surpresa do ovo. São nove horas da manhã. Temos tempo para ir até lá, procurar e voltar até às três da tarde. Seria ótimo se a surpresa fosse encontrada. Assim que a notícia vazar que o ovo está nas mãos da casa de leilões, não vai mais haver perigo.

— Talvez este pesadelo termine logo para você ficar livre de nós. Você tem sido um verdadeiro herói para lidar com todos nós. O grupo continua crescendo. De repente, os vizinhos vão pensar que você está dirigindo uma pousada.

O sorriso dele alargou-se.

— Não é como você está dizendo.

Será que os modos dele haviam suavizado um pouco? Carly achou que sim, mas agora que ele se afastara um pouco, ela ficou feliz por ele não a ter beijado. Teria sido um momento de fraqueza e medo, e ela não podia baixar a guarda. Embora Lucas parecesse muito diferente dos outros homens que ela conhecera, não havia nenhuma garantia de que ele não fosse igual a Ryan. Ou igual ao seu falecido marido, por assim dizer.

———

JOIAS FATAIS

Carregando Noah no colo, Carly acompanhou os passos de Lucas, andando pela casa devastada. As portas de acesso ao centro de lazer estavam abertas e os fios dos equipamentos eletrônicos haviam sido puxados da parede. Vários armários antigos estavam tombados de frente para o chão. E todos os utensílios de cozinha foram jogados no chão. As cômodas com as gavetas abertas e espatifadas estavam espalhadas nos quartos. Todas as coisas lindas de Elizabeth haviam sido destruídas.

O sangue na sala de estar era um lembrete horroroso da violência cometida na noite anterior. Ainda não se sabia de quem era o sangue. Lucas tentou conduzir Elizabeth para outro cômodo, mas ela olhou firme para a mancha e estremeceu antes de se dirigir à cozinha com ele.

Lainey colocou uma maleta no hall de entrada enquanto Carly saía da sala de estar com Elizabeth.

— Pode deixar que eu carrego o bebê enquanto você dá uma olhada no local.

Embora o peso sólido e quente de Noah fosse um conforto para Carly durante sua caminhada pela destruição, ela entregou o bebê a Lainey.

— Obrigada. É difícil saber onde olhar. Não há nenhum lugar seguro na casa? Um sótão ou um porão onde poderiam estar guardadas algumas caixas antigas do tempo em que sua avó era criança?

Lainey ajeitou o bebê em seu ombro.

— Odeio o porão e nunca vou lá. Nem a vovó. Ela tem medo de todas as histórias assustadoras que sua mãe lhe contava. Acho que nenhuma de nós foi até lá. Vou lhe mostrar a escada. — Ela conduziu Carly a uma despensa ao lado da cozinha. — Levamos uma fornalha para lá alguns anos atrás e Holt desceu com o cara responsável por instalar o sistema de aquecimento, ventilação e ar-condicionado. Ele teve de levar uma vassoura para livrar-se das teias de aranha.

COLLEEN COBLE

Carly estremeceu.

— Mas acho melhor dar uma olhada.

Lucas pegou uma vassoura pendurada na parede.

— Vou com você.

Abriu a porta e acendeu a luz. Uma lâmpada amarela e fraca iluminou os velhos degraus de madeira da escada que terminava na escuridão abaixo.

Holt entrou atrás deles na despensa.

— Há outro interruptor lá embaixo. Vou mostrar a vocês. Não vasculhei muito o porão e passei pouquíssimo tempo nesse lugar. É mais antigo que a criação do mundo.

Lucas afastou-se da porta para permitir que Holt passasse à sua frente.

— Vou atrás de você.

Holt desceu a escada acompanhado de Lucas.

— Avisem quando acharem que devo continuar a descer — disse Carly, aguardando no segundo degrau.

O lugar cheirava a umidade e mofo. Parecia uma cena extraída de *Poltergeist* ou *A cidade do horror*. Sentindo um gosto amargo na boca, Carly desceu mais um degrau quando Lucas a chamou.

Ela podia fazer isso. Tinha de fazer. Encontrar a surpresa era a única maneira de manter todos em segurança.

O odor de coisa morta aumentou enquanto ela descia em direção à luz fraca lá embaixo. Embora soubesse que deveria haver um rato morto ali, o mau cheiro não acalmou seus nervos. Reunindo toda a coragem que possuía, pisou no chão frio de pedra e foi ao encontro de Lucas, que continuava a varrer as teias de aranha das vigas de sustentação do piso da casa e dos canos pendurados.

Lucas teve de curvar-se um pouco e Carly queria fazer o mesmo para não encostar a cabeça em alguma coisa nojenta, mas seria muito difícil examinar cada canto, cada fresta. Ela ligou a lanterna do celular e apontou-a para as paredes, na esperança de

JOIAS FATAIS

encontrar um espaço oculto. Depois de examinar as paredes por quinze minutos, nada foi encontrado.

Os homens a aguardavam no pé da escada e ela seguiu naquela direção. Começou a colocar o celular no bolso sem se lembrar de desligar a lanterna. O movimento com o celular iluminou o teto. Ela não havia pensado em examinar tudo sob as vigas.

— Esperem um pouco. Vou dar mais uma olhada.

— Não tenha pressa — disse Lucas. — Se encontrar alguma coisa assustadora, grite.

— Ah, pode deixar.

Ela apontou a lanterna para as vigas e ao redor do cano até avistar uma antiga fornalha a óleo.

Holt lhe havia dito que eles optaram por não retalhar a antiga relíquia e transportá-la por causa do custo, e a fornalha iluminada pela lanterna parecia um instrumento de tortura assustador. Carly não queria parecer uma gata assustada. Apontou a lanterna para o último espaço e semicerrou os olhos. O que viu lá atrás seria uma espécie de caixa? Ela precisava de alguém mais alto para enxergar melhor.

— Lucas, você pode vir aqui?

— Estou indo.

O som dos passos dele se aproximando a tranquilizou. Ao chegar perto dela, ele cutucou-a com o cotovelo.

— O que é?

— Veja se você consegue alcançar aquilo que está ali atrás.

Lucas acendeu a lanterna de seu celular.

— Vou tentar.

Ela semicerrou os olhos quando o foco ficou mais nítido. Era claramente um baú antigo.

— Você consegue pegá-lo?

— Preciso de uma escada. Vi uma perto da escadaria do porão.

— Ele desapareceu na iluminação fraca e voltou com a escada.

273

COLLEEN COBLE

O coração de Carly bateu acelerado. Provavelmente o baú continha ferramentas ou coisas comuns. Mas a esperança crescia em seu peito e ela não conseguia dominá-la. Talvez aquilo terminasse logo. Ela poderia deixar que Lucas e a polícia descobrissem quem estava por trás de tudo. Sua única preocupação era a segurança de sua família.

Lucas apoiou a escada na antiga fornalha.

— É um antigo forno de circulação de ar por gravidade movido a carvão. Não fabricam mais esse tipo de coisa.

— Graças a Deus — disse Carly.

Ele chegou ao último degrau e curvou-se para pegar o baú apoiado no alto de uma prateleira tosca. Gemendo, ele o puxou em sua direção.

— Peguei.

O baú bateu na parte superior da fornalha e Lucas arrastou-o até conseguir colocá-lo no ombro.

Carly, com os pés apoiados no chão, esticou os braços.

— Pode deixar que eu o seguro.

— Acho que você não vai conseguir. É muito pesado. Eu carrego. — Lucas desceu a escada cuidadosamente, degrau por degrau. — Vamos dar uma olhada nisto lá em cima.

Carly concordou com a cabeça e subiu a escadaria atrás dele. Logo eles saberiam o que havia sido escondido com tanto cuidado durante todos aqueles anos.

TRINTA E QUATRO

Lucas colocou o baú no chão da cozinha e ajoelhou ao lado dele, sentindo ainda o mau cheiro do porão.

— Está trancado. Preciso de alguma coisa para quebrar ou abrir o cadeado. — Ele olhou para Elizabeth e para a família dela.

— Há um antigo molho de chaves pendurado na parede de acesso ao porão. — Lainey foi até a despensa, mas voltou imediatamente. — Sumiu. Talvez tenha sido levado pelos assaltantes. Ainda bem que não encontraram o baú.

— Provavelmente. No entanto, não vai adiantar nada eles terem as chaves sem um cadeado para abrir. Lucas puxou o cadeado com força, mas era uma peça feita com o intuito de não permitir que fosse aberta por intrusos. Ele precisava de um machado ou coisa parecida.

Seu celular tocou e o rosto de seu irmão apareceu na tela.

— Oi, Ryan.

— Lucas, a Caroline está com vocês?

— Não, ela estava dormindo. Isabelle estava cuidando dela.

— As duas sumiram. Sumiram também as fraldas, as roupas e a mamadeira de Caroline. Isabelle não teria saído para um passeio levando todos os apetrechos de bebê, inclusive a cadeira inflável de Noah.

Carly aproximou-se e ele passou o braço ao redor dela.

— Verifique as câmeras de segurança.

COLLEEN COBLE

— Já verifiquei. Não mostram nada.

— Como é possível?

— Não olhei os detalhes, mas tudo foi destruído. Isabelle não ligou para vocês dizendo que ia sair com a bebê?

— Não. Ela pegou o carro?

— Não, e não tem carta de habilitação para dirigir. O seu carro e o meu desapareceram, e o de Carly está aqui. Não tenho ideia de onde eles foram nem por quê. Recebi uma ligação sobre um problema na casa e, quando cheguei, tudo parecia tranquilo, por isso comecei a procurar Isabelle. Foi então que descobri que ela e Caroline haviam desaparecido.

— Vou chegar aí o mais rápido possível. Chame a polícia. — Lucas desligou e contou à família reunida em torno dele o que havia acontecido. — Vou levar o baú conosco, mas precisamos encontrar Isabelle e Caroline.

Carly mordeu o lábio.

— Al... alguém pode ter levado as duas?

— Talvez. Não sabemos muita coisa sobre Kelly. Ela diz que a bebê é filha de Eric, mas não sabemos se é verdade ou não. Se alguém da família de Kelly decidiu levar Caroline e Isabelle não permitiu, eles podem ter levado as duas.

Com os olhos castanhos arregalados e o rosto branco, Carly disse:

— E as minhas irmãs?

— Ryan não disse nada. Elas iam almoçar fora, não?

Uma expressão de alívio iluminou o rosto de Carly.

— Isso mesmo. Às onze horas. Vou enviar uma mensagem a elas para contar o que está acontecendo.

Elizabeth torceu as mãos.

— Isso é horrível. Quem poderia ter feito uma coisa tão terrível assim?

Ninguém respondeu e Lainey conduziu a avó em direção à porta.

JOIAS FATAIS

— Vamos sair daqui.

Elizabeth permitiu que a neta a levasse até o carro da família enquanto Lucas e Carly se dirigiam à picape dele. Holt demorou um pouco para trancar a porta. Lucas colocou o baú na caçamba da picape enquanto Carly prendia Noah na cadeirinha.

— Preciso encontrar Isabelle e Caroline. Estou apavorada, Lucas — disse com voz trêmula e lágrimas nos olhos.

Apesar de saber que era uma atitude idiota e que estava brincando com suas próprias emoções, Lucas puxou-a para junto de seu peito.

— Vamos encontrá-las. Ryan já deve ter chamado a polícia e eles vão cuidar do assunto. Tenha fé.

Ele gostou de sentir o corpo dela em seus braços. Encaixava-se perfeitamente. Mas soltou-a, porque não queria que ela interpretasse mal os seus sentimentos.

— Vamos.

Lucas esperou que Holt se sentasse ao volante e o carro começasse a rodar com as duas mulheres dentro. Em seguida, acendeu as luzes, ligou a sirene e acelerou rumo a Beaufort. Carly olhava para frente com as mãos cruzadas no colo. Ao ver que os lábios dela se movimentavam, ele achou que ela estava orando silenciosamente, da mesma forma que ele.

A situação não era boa. Na verdade, era atemorizante. Não havia nenhum motivo para Isabelle ter levado todas as coisas de Caroline. Ela não teria tentado fugir com a bebê. Se ao menos ele pudesse ligar para alguém da família de Kelly. Aquele era um buraco negro na investigação. Kelly tinha alguns amigos, mas seus pais eram sua única família. Eles moravam na Flórida e não podiam viajar porque estavam muito doentes. Se outra pessoa da família quisesse ficar com Caroline, teria libertado Isabelle.

O celular de Carly deu um sinal no colo dela. Ela olhou para ler a mensagem e deu um grito abafado.

277

COLLEEN COBLE

Lucas diminuiu a velocidade por questão de segurança.

— O que aconteceu?

— Al... alguém está exigindo o ovo em troca de Isabelle e Caroline. — Carly ergueu o celular. — Ele diz que, se avisarmos a polícia, nunca mais veremos as duas.

Lucas rememorou rapidamente o protocolo correto em situação de sequestro.

— Quais são as outras exigências?

— Devo pegar o ovo e aguardar instruções para entregá-lo. Assim que conseguirem, eles vão me informar o local da troca em uma hora. Acho que não vai dar tempo de chegarmos ao banco.

— Na maioria das vezes, entregar o que os sequestradores pedem não funciona. Eles não vão fazer a troca na mesma hora. Você entrega o ovo e eles desaparecem. Nunca vai saber o que aconteceu com Caroline e Isabelle. Preciso chamar o FBI para que eles encontrem os sequestradores antes que tudo vá por água abaixo. Eles vão dizer como devemos proceder.

Sem esperar que Carly concordasse, Lucas ligou para Bernard. Seu chefe prometeu entrar em contato com o FBI imediatamente. Eles tinham um escritório em Columbia.

— Isso vai levar mais de duas horas! — disse ele ao chefe. — Vou tentar ganhar tempo. — Encerrou a ligação e aumentou a velocidade. — Envie uma mensagem ao cara dizendo que estamos fora da cidade e não podemos fazer isso tão rápido. Diga que você só vai entregar amanhã.

— Amanhã! Não podemos deixar minha irmã e Caroline nas mãos deles por tanto tempo.

— O FBI vai estar aqui dentro de duas horas. Talvez antes, se tiverem algum agente trabalhando por perto. Aguente firme, Carly. Vamos encontrar as duas.

Suas palavras soaram ocas, até para ele.

Com as mãos trêmulas, Carly digitou a mensagem, dizendo que estava fora da cidade e precisava de mais tempo. Estava nervosa demais e esforçando-se para não chorar. Teve dificuldade até para controlar os pensamentos e formular uma frase coerente. E permaneceu em silêncio enquanto aguardava a resposta do sequestrador.

Lucas estava falando de novo com Bernard, pedindo que ele rastreasse o celular de Carly para ver se conseguiam descobrir o local onde o sequestrador se encontrava. E se a irmã dela e a pequena Caroline estivessem nas mãos da máfia russa? Eles as devolveriam?

Lucas encerrou a ligação.

— Estamos com sorte. Há uma agente de férias em Savannah especialista em rapto de crianças. Já foi avisada e vai chegar aqui dentro de uma hora. O FBI tem mais recursos que a polícia local.

Carly queria sentir-se aliviada e otimista, mas seu coração pesava como pedra em seu peito. Por que ela havia encontrado o ovo? O buraco em que eles se encontravam era cada vez mais fundo. Nenhum bem material valia o sofrimento de sua família. Melhor seria ela nunca ter aberto aquele baú no sótão. Bom, exceto por ter encontrado a irmã da avó. Aquilo foi maravilhoso e necessário, apesar da invasão traumática na casa deles.

O celular de Carly sinalizou uma mensagem e ela sentiu um aperto no estômago. "Vamos esperar até às nove horas da noite."

Ela passou a língua nos lábios.

— Eles querem o ovo até às nove horas.

Lucas assentiu com a cabeça. Olhou de relance para ela e segurou sua mão.

— Fique firme, Carly. Pelo menos agora sabemos que tudo gira em torno do ovo. Não foi a família de Caroline que a levou nem nada parecido com isso. Reduzir o número dos possíveis suspeitos é uma ajuda imensa.

— Como isso pode ajudar? Existe a possibilidade de haver vários grupos procurando o ovo. Não temos ideia de quem está trabalhando nas sombras ou de como encontrá-lo.

COLLEEN COBLE

— Temos algumas pistas que podem nos levar ao culpado. Ainda acho que Eric foi a primeira vítima da pessoa interessada no ovo.

Ela concordou com um movimento brusco da cabeça.

— Também acho, mas não existe nenhuma garantia de que a pessoa que levou Caroline e Isabelle seja a primeira que ficou sabendo do ovo.

Ele continuou a segurar a mão dela.

— Bernard tem uma pista sobre Dimitri, que parece estar na área. Enviou dois policiais para ver se conseguem pegá-lo. Se Dimitri for encontrado e conversarmos com ele, vamos saber mais coisas sobre os russos.

A esperança era ilusória e até aquela notícia não dissipou o medo terrível que se abatia sobre ela.

— Isso é bom, mas pode ser alguém contratado por Ivan Bury. E não acredito que Roger Adams não saiba nada sobre o ovo. É um círculo interminável de possibilidades.

— Vamos deixar tudo nas mãos do FBI e ver o que conseguimos descobrir.

— Você espera mesmo que vamos ter Isabelle e Caroline de volta sãs e salvas?

Ele apertou a mão dela com mais força.

— Esperança é tudo o que temos, Carly.

Ela abaixou a cabeça.

— Sim. Se eu não tivesse tido esperança quando Eric foi assassinado, não sei como teria conseguido viver. Esperança de que Deus tem um plano para meu futuro, esperança de dar uma vida digna ao meu filho, esperança de encontrar meu caminho.

— A nossa vida é frágil demais. Talvez seja intencional, para recorrermos a Deus.

As palavras dele trouxeram-lhe um pouco de alívio, mas não o suficiente.

JOIAS FATAIS

— As duas são *crianças*. Que espécie de monstro aterroriza crianças? Isabelle deve estar com muito medo.

O celular de Carly tocou antes que Lucas pudesse responder.

— É o papai. — Ela atendeu. — Pai, alguém sequestrou Isabelle e uma bebê que estava sob nossos cuidados. Estão exigindo resgate.

— Resgate? Não temos tanto dinheiro assim para atrair um sequestrador.

— Onde você está? É uma longa história.

— Acabei de chegar e estou no aeroporto. Eu pretendia fazer uma surpresa a todas vocês no aniversário da mamãe.

— Estou voltando para a cidade. Vejo você em casa. Devo chegar dentro de meia hora.

— Também devo chegar dentro de meia hora. Onde minha mãe está?

— Em casa. Há muita coisa para lhe contar. — Ela fechou os olhos em um breve momento de desespero. — O sequestrador entrou em contato alguns minutos atrás.

— Não chame o FBI. É perigoso para Isabelle.

Ela começou a dizer que a situação estava fora de seu controle, mas engoliu as palavras. Era terrível não poder confiar no próprio pai. As opiniões e os pontos de vista dele eram quase sempre errados. — Vejo você em casa.

Carly encerrou a chamada e suspirou fundo.

— O papai está no aeroporto e a caminho de casa. Disse que não devemos chamar o FBI.

— Confie em mim, Carly. Precisamos fazer tudo certo se quisermos ter as duas de volta.

Ela olhou firme para ele.

— Eu confio em você. Espero que esteja certo.

E desviou o olhar para o relógio no painel do veículo. Quase uma hora da tarde. Eles tinham oito horas para resolver tudo. E o sr. Schoenwald chegaria dentro de duas horas e já enviara uma mensagem com uma foto dele na aeronave. Era tarde demais para cancelar o compromisso com ele. Talvez essa fosse a melhor saída. Assim que o FBI libertasse Isabelle e Caroline do cativeiro, ela queria que o ovo estivesse nas mãos de outra pessoa.

TRINTA E CINCO

A casa estava tão caótica quanto Lucas esperava quando entrou carregando Noah, tendo Carly ao seu lado. O pai dela andava de um lado para o outro na sala de estar enquanto Mary, Elizabeth e as irmãs de Carly choravam no sofá. Holt e Lainey estavam sentados em silêncio com Ryan na sala de estar. Lucas notou a arma na cintura de Ryan. O irmão havia se preparado.

Noah se mexeu no ombro de Lucas e ele o embalou com carinho. Esperou para contar a Carly sobre os ruídos de fome de Noah até ela abraçar a família e tentar acalmá-la. A tranquilidade que lhes transmitiu teve um efeito positivo nela, porque a cor voltou ao seu rosto e ela parecia menos desanimada.

— Seu garotinho está com fome — disse Lucas por fim quando o ruído diminuiu um pouco.

Ela fungou e pegou Noah.

— Vou amamentá-lo.

Acomodou-se em uma poltrona e cobriu o corpo com um cobertor leve.

Kyle cruzou os braços diante do peito e lançou um olhar penetrante a Lucas.

— Por que você está aqui e não foi procurar minha filha?

— Estou esperando alguém me avisar que o FBI está aqui.

O homem mais velho empalideceu e fez uma carranca.

— Você assinou o atestado de óbito dela. Quando o sequestrador souber que o FBI está envolvido, vai matar as duas e desaparecer.

COLLEEN COBLE

— Vamos encontrá-las antes. As primeiras horas são cruciais e tivemos a sorte de encontrar alguém na redondeza que é especialista em rapto de crianças. Vamos localizá-las.

Lucas queria ter tanta confiança quanto parecia. Seria difícil rastrear o sequestrador. Carly acertou em cheio quando examinou a lista dos possíveis suspeitos, mas eles ainda não sabiam que direção seguir. No entanto, suas palavras pareceram acalmar Kyle, que abaixou os braços e acomodou-se em uma cadeira.

— Qual é o próximo passo?

Lucas não sabia explicar o motivo de sua antipatia por Kyle Tucker a não ser por ele ter abandonado as filhas, tanto as três quanto Isabelle, portanto, escolheu as palavras com cuidado. Não queria expor mais do que deveria àquele homem astucioso.

— Vamos dar uma olhada nos vídeos dos vizinhos para ver quem entrou e quem saiu da casa e conversar com eles também. Vamos checar as câmeras da cidade para ver se conseguimos localizar Isabelle num veículo. Talvez seja uma pista para descobrirmos quem a levou. Hoje em dia é impossível fazer algo assim em plena luz do dia sem que alguém veja.

O celular de Lucas tocou e ele dirigiu-se ao *hall* de entrada para conversar com Bernard.

— O que você conseguiu, tenente?

— Siela Chen, do FBI, está aqui. E não conseguimos pegar Dimitri. O vídeo de um vizinho mostrou que ele esteve na sua casa, mas saiu pela porta dos fundos antes de conseguirmos pegá-lo.

Havia algo que Bernard não queria contar-lhe.

— Carly e eu estamos indo aí agora. Há uma viatura vigiando a casa, certo?

— Com dois policiais — respondeu o chefe.

— Vou pedir a Ryan que fique alerta dentro da casa. Logo estaremos aí. — Lucas encerrou a ligação e ajoelhou em frente a Carly. — Precisamos ir à delegacia o mais rápido possível.

JOIAS FATAIS

— Estou pronta. — Ela entregou o bebê a ele e livrou-se do cobertor.

— Eu fico com Noah — disse Amelia. — Não há motivo para você levá-lo.

Lucas entregou o bebê e foi até o *hall* de entrada onde Ryan o aguardava. O irmão tinha uma expressão preocupada no rosto.

— Você acha que vai encontrá-las?

— O FBI está aqui. Vamos fazer o melhor que pudermos. Você viu alguma coisa em nossas câmeras?

— Nada. Eu as resetei hoje de manhã, mas elas foram apagadas.

Lucas abriu a boca e olhou para o irmão.

— Isso indica que o cara sabia onde elas estavam. Ou ele pode ser um *hacker* habilidoso que sabe desligá-las a distância.

— Exatamente o que pensei.

Seria alguém que eles conheciam? Lucas não podia concentrar-se naquele pensamento, mas agora ele se alojara em seu cérebro. Isso explicava como o sujeito esteve alguns passos adiante deles o tempo todo. Só poderia ser alguém que começou a procurar o ovo antes deles, mas também poderia não ser.

Carly foi ao encontro deles com o rosto pálido, expressão firme e olhos vermelhos. Ao perceber que ela havia chorado, ele sentiu vontade de abraçá-la, mas fechou as mãos com força e resistiu ao impulso. O sofrimento dela partiu-lhe o coração.

— Estou pronta. Noah deve ficar bem por três ou quatro horas. Tempo suficiente para encontrarmos o sr. Schoenwald e descobrir o que vamos fazer a respeito do resgate.

Seus olhos brilhavam de determinação. Embora houvesse passado um tempo chorando, ela estava claramente pronta para entrar na batalha de novo e encontrar sua irmãzinha e Caroline.

Eles deixaram Ryan incumbido de proteger o resto da família e saíram para pegar a picape de Lucas. Quando começaram a dirigir-se à delegacia, ele contou a ela o que havia acontecido com as câmeras.

COLLEEN COBLE

— Penso que alguém que conhecemos está por trás de tudo isso. E aqui está a chave para abrir o cofre no banco. — Lucas entregou a chave a ela, e ela colocou-a na bolsa. — Fizeram uma cópia da chave. Vi isso no vídeo depois da invasão ao banco.

Carly sacudiu a cabeça.

— Isso é terrível, Lucas. Quem poderia fazer uma coisa dessa?

—Ainda não sei. Espero que os vizinhos tenham visto alguma coisa ou que uma câmera tenha registrado a imagem do veículo com sua família dentro. Acho que há duas pessoas envolvidas. Um conhecido que tem acesso às informações sobre o ovo e alguém que ele contratou para fornecer as orientações.

Ela mordeu o lábio.

— Acho que deveria ter trazido Noah comigo.

— Ryan está armado. Vai proteger o bebê e o resto de sua família. Há também dois policiais vigiando a casa.

Ele deveria ter pedido a presença de um policial quando foram à casa de Elizabeth, mas achou que Ryan podia cuidar do assunto. Não tinha havido nenhum ataque verdadeiro. O desaparecimento de Isabelle e Caroline era peculiar.

O sorriso de gratidão que ela lhe deu aqueceu o rosto dele.

— Você é o melhor de todos.

Se realmente ele fosse o melhor, aquilo não teria acontecido com ela e sua família. Ele precisava resolver a situação de qualquer maneira.

***

Havia fotografias e datas no quadro branco na frente da sala. Carly localizou uma foto dela própria com as palavras "Intrusa abatida no local". A morte de Eric também constava no quadro branco. Os policiais nas cadeiras tinham expressões idênticas de séria determinação. Ao lado do nome de Anna Martin havia as palavras "A balística de Dimitri Smirnov é compatível com a de Kelly Cicero".

286

Ela parou e apontou para o quadro.

— Smirnov atirou em Kelly e em Anna?

Lucas fez que sim com a cabeça.

— A balística era compatível com a arma que ele usou em outro homicídio, mas ninguém conseguiu encontrá-lo.

Carly sentou-se no fim da primeira fileira e Lucas ficou em pé ao lado de uma mulher de cabelos escuros na casa dos trinta anos de idade. Ela usava um conjunto cinza e Carly supôs que fosse Siela Chen do FBI. A maneira calma e competente da mulher deu novo ânimo à esperança de Carly. Talvez ela soubesse como agir corretamente naquele caso.

A mulher aproximou-se de Carly e parou na frente dela. Apesar de não ter tocado nela, a compaixão em seu olhar aqueceu o coração de Carly.

— Lamento muito, sra. Harris. Posso chamá-la de Carly?

— Sim, por favor.

— Sou Siena Chen. Sei que você está passando por um momento muito difícil. Vou lhe fazer perguntas durante a reunião da força-tarefa. O tempo é de suma importância. Posso ver a mensagem que você recebeu?

Carly pegou o celular e encontrou a mensagem.

— Você vai ver que eu pedi mais tempo. Temos até às nove horas da noite. Devemos aceitar as condições, certo?

A sra. Chen examinou as mensagens e devolveu o celular a Carly.

— O tenente Clark fez um *print* das mensagens que o investigador Bennett enviou, mas eu queria verificar cada palavra. — Ela movimentou-se e colocou o peso do corpo sobre a outra perna. — Cada caso é diferente e, nesta situação, recomendo que você aceite a condição exigida. O local estará cercado e esperamos prender o sequestrador no ato. — E virou-se quando Bernard a chamou. — Vamos conversar mais tarde — disse a Carly.

COLLEEN COBLE

Ela voltou para perto de Lucas e Bernard, ficando de frente para eles.

— Providenciamos *drones* posicionados estrategicamente para acompanhar o carro depois que a mercadoria for pega. — Chen concentrou a atenção em Carly. — Você deve receber instruções cerca de uma hora antes de ser informada sobre onde deixar a mercadoria. Teremos tempo para colocar nosso pessoal no lugar certo.

Parecia muito fácil, mas Carly não se sentia à vontade. O sequestrador já lhe havia dito que não envolvesse a polícia nem o FBI. E se ele tomasse conhecimento de que ela havia feito isso e desaparecesse com Isabelle e Caroline?

Ela havia deixado o telefone no modo silencioso, mas ele vibrou em seu colo e ela olhou para ele. Nesse meio-tempo Bernard estava examinando a formação das equipes para interrogar possíveis suspeitos enquanto esperavam a confirmação do local.

"Você mentiu. E não seguiu as instruções. Leve o ovo até Hunting Island dentro de uma hora. Estou enviando um mapa do local. Deixe o ovo na forquilha da árvore grande e desapareça. Sua irmã vai ser libertada. Se trouxer a polícia, adeus irmãzinha. Vá imediatamente para não perder tempo. Obedeça ou já sabe."

A mensagem não mencionava Caroline. O que isso significava? O sequestrador seria um parente dela? Carly tinha de tomar uma decisão. Fazer exatamente o que o sequestrador pediu ou mostrar a Lucas e Chen a mensagem recebida? Ela queria desesperadamente que Lucas fosse com ela, mas e se suas ações resultassem na morte da irmã? Valeria a pena correr o risco? O que significava o valor incalculável de um ovo Fabergé quando comparado à vida de Isabelle? A bebê de Kelly era igualmente importante.

Seria fácil pegar o ovo e ir até Hunting Island, mas ela precisava tomar uma decisão naquele momento. Olhou para a equipe reunida ao redor da sala. Bons policiais, todos eles. Mas com tantas pessoas envolvidas, era mais provável que ela fosse vista.

288

JOIAS FATAIS

O problema é que ela havia deixado o carro em casa. Tinha vindo na picape de Lucas e perderia tempo se tivesse de voltar a pé para pegar o carro.

Precisava ao menos avisar Lucas e pedir que ele a ajudasse. Mas será que ele insistiria em avisar mais alguém? Não fazia parte da personalidade dele sair para uma missão perigosa sem avisar ninguém, mas ela precisava correr o risco.

A reunião estava terminando. Ela levantou-se e dirigiu-se à porta, na esperança de que Lucas a acompanhasse. E foi o que ele fez.

Alcançou-a no corredor.

— Você está bem? Chen vai querer falar com você.

Ela segurou a mão de Lucas e olhou firme para ele.

— Lucas, você tem de me ajudar. Preciso levar o ovo a Hunting Island e tem de ser agora. Tenho apenas uma hora ou Isabelle vai morrer. Sei que você vai dizer que precisa informar a equipe, mas não pode fazer isso. Eu... eu me importo com você, mesmo que não queira. E penso que você se importa comigo. Se for verdade, preciso que me leve ao banco agora sem dizer nada a Bernard ou Chen.

As pupilas dos olhos cor de avelã de Lucas dilataram-se. Carly revelou no olhar o que realmente sentia e orou para que ele entendesse sua expressão. E que se importava a ponto de confiar na intuição dela. Às vezes isto era tudo o que a pessoa tinha: percepções que não podiam ser explicadas ou analisadas.

Ele segurou a mão dela e apertou-a.

— Está bem, Carly, está bem. Vamos rápido antes que alguém apareça aqui. A bolsa com a chave do cofre está com você?

A terna expressão no rosto dele disse-lhe mais do que meras palavras poderiam dizer.

— Sim.

Ela deixou que ele a conduzisse até onde a picape estava estacionada. Entrou no veículo e orou para que tivesse tomado a decisão certa.

TRINTA E SEIS

Levar Carly direto para as garras do inimigo ia contra todos os instintos e conhecimentos de Lucas. No entanto, lá estava ele, fazendo exatamente isso.

Estacionou no terreno do Parque Estadual Hunting Island.

— Pronta?

Ela assentiu com a cabeça.

— Não sei como vamos ter certeza de que o sequestrador não vai ver você.

Pegar o ovo havia sido mais fácil do que eles esperavam.

— Vou primeiro até o local. Estamos meia hora adiantados, o que deve dar tempo suficiente para me esconder onde consiga ver o que está acontecendo.

— Acho que ele já deveria estar aqui. — O celular de Carly deu um sinal mostrando uma foto e ela o pegou para ler a mensagem. A foto era do sr. Schoenwald em frente ao banco. — O sr. Schoenwald já chegou ao banco. Eu me esqueci de informá-lo sobre o que está acontecendo.

— Passe o número para mim. Eu ligo para ele.

Ela lhe passou o número.

— Pronto. Peça a ele que consiga um local para ficar e não saia de lá até resolvermos este assunto. Quero me livrar do ovo.

Lucas não a culpava. O ovo havia trazido um problema enorme para a vida dela. Ele completou a chamada enquanto ela descia do

JOIAS FATAIS

veículo. Colocou o leiloeiro a par da situação, e o homem concordou em hospedar-se em um hotel e aguardar. A preocupação na voz de Schoenwald aumentou a apreensão de Lucas sobre o que estavam fazendo.

Ele havia desconsiderado as várias mensagens de Bernard, o que poderia ter causado preocupação na delegacia, mas não conseguira resistir à profundidade da confiança e emoção nos olhos castanhos de Carly. Viu amor neles e não podia mais mentir para si mesmo.

Ele amava Carly e o pequeno Noah.

O celular de Carly deu outro sinal e ela empalideceu.

— Outra mensagem. — E mostrou-a para Lucas.

"Vi que você trouxe a polícia. Fim de papo. Dê adeus à sua irmã e à bebê."

Lágrimas brotaram em seus olhos e ela olhou ao redor da área.

— Ele está aqui perto nos vigiando. Eu deveria ter feito o que ele disse.

Lucas analisou cada pessoa que conseguia ver: um jovem casal arremessando discos, um casal mais velho andando de mãos dadas em direção à praia, uma jovem mãe com o filho pequeno indo até a areia. Ninguém parecia suspeito, mas o sequestrador estava ali.

Lucas segurou a mão de Carly e conduziu-a até a porta da picape.

— Precisamos sair daqui. Pode ser uma emboscada.

Ele abriu a porta da picape e ela entrou com lágrimas descendo pelo rosto. Depois de dar mais uma olhada ao redor, ele viu um boné preto desaparecendo no meio dos arbustos.

— Fique aqui e trave a porta.

Depois de fechar a porta, ele correu em direção ao local onde avistara o boné. Galhos bateram em seu rosto enquanto ele atravessava os arbustos. Viu de relance um vulto masculino, vestido com uma camiseta de camuflagem de manga comprida e jeans escuro, correndo para longe dos arbustos. Lucas correu na tentativa de alcançá-lo, mas o sujeito foi mais rápido.

Ao chegar a uma clareira, ele perdeu o homem de vista. Não ouviu nenhum som indicando o caminho que ele seguira. Será que o perdera? O chão também não lhe deu nenhuma pista, e ele parou para ver se o homem se movimentaria de novo. Não podia ter sumido tão depressa.

Os segundos tornaram-se em minutos e ele mal se movimentava enquanto aguardava. Um som de motor à direita chamou-lhe a atenção. Parecia o de uma motocicleta pequena. Quando ele correu em direção ao som, uma moto pequena saiu do meio dos arbustos, afastando-se em disparada. Com a respiração ofegante, ele parou e correu de volta até a picape para contar a Carly que havia perdido o homem de vista. Se fosse rápido, talvez o alcançasse. O trajeto pela trilha acidentada seria lento.

No entanto, ao chegar ao lugar onde estacionara a picape, ela havia desaparecido. Correu em direção à estrada e viu-a desaparecer em uma curva. Saiu em disparada atrás dela, mas percebeu imediatamente que nunca a alcançaria a pé. Virou-se para trás e parou para pensar. Conhecia bem esse parque. Será que conseguiria pegar um atalho e alcançá-la? O que Carly estava fazendo?

***

Carly sentiu um nó na garganta quando viu Lucas tentando alcançar a picape, mas não tinha escolha. O sequestrador lhe enviara uma foto de Isabelle e Caroline sentadas em um cais em Harbor Island. Ela só precisava levar o ovo e fazer a troca ali mesmo. Era sua única chance de recuperar as duas sãs e salvas.

Ela concentrou-se nas instruções recebidas. Harbor Island localizava-se ao norte do Parque Estadual Hunting Island. Tinha apenas de procurar a casa certa e estacionar. Deveria deixar o ovo na picape e andar a pé para buscar a irmã e Caroline. O sequestrador pegaria o ovo e ela voltaria com Isabelle e a bebê.

Parecia quase fácil demais, mas ela precisava agarrar-se à esperança de que tudo daria certo, caso contrário enlouqueceria. O celular tocou e a foto de Lucas tomou conta da tela. Seu impulso foi o de não atender, mas o mínimo que poderia fazer era dizer-lhe que tudo estava bem. Não precisava contar aonde estava indo. E atendeu a ligação.

— Vou voltar daqui a um minuto, Lucas. Sinto muito, mas tenho de fazer isso. É a única e última chance que tenho de resgatá-las.

— Os sequestradores estão mentindo para você, Carly — disse Lucas com a voz rouca de emoção. — Você não pode confiar neles sem nenhuma garantia.

— Isabelle e a bebê estão um pouco mais adiante na estrada. Não é longe. Tenho uma foto. Posso entregar o ovo e levá-las a um lugar seguro. Elas vão estar comigo quando eu chegar aí.

— Não faça isso, meu bem. Você está agindo por medo e desespero. Isso impede que pense com clareza. Diga-me pelo menos aonde está indo. Vou pedir reforço para ter certeza de que eles não fujam da ilha com Isabelle e Caroline.

O apelo dele atingiu o coração de Carly. Ela não pensou nisso. Pedir reforço talvez não fosse má ideia.

— Harbor Island.

— Vou mandar bloquear a estrada nas duas direções. Vai ser fácil pegá-los. Você não precisa ir. Vamos pegá-los no pulo. Não vá sem ajuda, Carly. Por favor.

Ela já não tinha tanta certeza de estar agindo corretamente. Na hora, pareceu uma decisão fácil.

— Não sei, Lucas. E se eles tiverem um plano de fuga infalível? Eles podem se esconder e fugir depois que a polícia for embora.

— Um cara numa moto pequena fugiu de mim. Você chegou a vê-lo? — Lucas parecia ofegante, como se continuasse a correr atrás da picape.

COLLEEN COBLE

— Até agora não. — Ela esticou-se para enxergar melhor, mas não viu nada a não ser uma velha picape branca adiante dela.

A rodovia estava logo adiante e ela reduziu a velocidade para virar para o norte e sair do parque. Ouvir Lucas falando no viva-voz dava-lhe a sensação de ter sua presença com ela.

— Você continua na linha?

— Sim. Estou aqui. — Ele parecia cada vez mais sem fôlego.

Ela virou para entrar na rodovia e acelerou, deixando o parque para trás. A cerca de um quilômetro e meio do parque, passou pela picape branca que vira na estrada, mas dentro havia um casal de idosos. Assim que ultrapassou o veículo, ela tentou fixar os olhos no movimento à esquerda e à direita da estrada.

— Ainda não vejo a moto.

— Continue olhando. — A voz de Lucas parecia tensa.

Ele precisava tentar sair do parque, e Carly se sentiu péssima por tê-lo abandonado.

— Sinto muito, Lucas.

— Tudo bem.

Um vulto saiu da linha das árvores à sua frente e parou no meio da estrada acenando com as duas mãos. Ela pisou no freio e a picape deu uma guinada, quase atropelando o homem. O veículo desviou para a direita dele, indo na direção do acostamento. Ela semicerrou os olhos. Seria *Lucas*?

Sem sair do lugar, ela agarrou a direção com as duas mãos. Que estupidez! Ou confiava em Lucas ou não confiava. E ela confiava.

Seu celular continuava conectado com o de Lucas, e ela ouviu a voz tensa dele pelo alto-falante.

— Obrigado por parar. Vou me esconder debaixo de uma lona aqui atrás, Carly. Siga em frente até Harbor Island.

Encostando a testa no volante, ela respirou fundo várias vezes.

— Estou encaminhando a mensagem a você. — E pegou o celular para falar no alto-falante. — O que você acha que devemos fazer?

— Ao virar-se, ela o viu através do vidro traseiro.

JOIAS FATAIS

Lucas olhou para seu celular por um tempo e franziu a testa.

— Isso não fica em Harbor Island. Ele está tentando conduzir você sei lá para onde. Reconheci o lugar por causa das pedras. Fica em Saint Helena Island. Pesquei lá com meu pai. Eles iam pegar o ovo sem devolver Isabelle e a bebê.

A cabeça dele desapareceu no fim do vidro traseiro.

— Vou indicar o caminho enquanto você dirige.

Depois de uma leve hesitação, ela entrou na rodovia. Em poucos minutos eles saberiam a verdade.

TRINTA E SETE

Estava quente embaixo da lona e Lucas limpou o suor da testa.
O ponto no mapa ficava perto de Saint Helena Island.

— À frente há um desvio — disse ele pelo alto-falante. — Vire à direita na avenida Cee Cee.

E estremeceu ao pensar na próxima curva que ela faria. Parecia um mau presságio. Ela fez a curva e ele permaneceu agachado ao passar pelos poucos sinais de civilização.

— Siga em frente até a avenida Coffin Point Road.

Esperando que ela se descontrolasse um pouco, ele ficou tenso, mas ela virou sem dizer nada. Ele indicou-lhe as duas próximas curvas.

— Logo você vai ver um galpão branco sem uma casa. Vire à esquerda na entrada e estacione. Tente esconder-se nas árvores ou atrás do galpão o máximo que puder.

Ele aguardou enquanto ela fazia a curva, e a picape deu um solavanco na entrada acidentada. A sombra das árvores ajudou, e ele pôs a cabeça para fora da lona quando a picape parou atrás do galpão.

Saindo do esconderijo, ele abriu a porta para ela.

— Enviei uma mensagem a Bernard pedindo reforço em Saint Helena Island, caso eles consigam pegá-lo. E Chen está vindo para cá com Bernard. A guarda costeira também. — Vamos até a casa de barcos.

JOIAS FATAIS

A casa de barcos na foto parecia deteriorada e sem uso, e Lucas suspeitou que as crianças deviam estar trancadas dentro com um segundo sequestrador. Havia também um barco atracado ali e eles podiam ver o seu interior, portanto, Lucas e Carly precisavam ser cuidadosos para não permitir que o sequestrador zarpasse com as duas. Lucas olhou para o galpão ao passar por ele, mas estava abandonado e vazio e não seria um lugar apropriado para esconder um prisioneiro. Pelo que ele sabia, não havia nenhuma outra construção por perto que estivesse vazia.

Agora não era hora de dizer a Carly que estava orgulhoso da coragem dela. Na verdade, não era hora apropriada para nenhum tipo de emoção que pudesse anuviar os pensamentos deles, portanto, segurou sua mão e apertou-a.

— Por aqui.

Ao vê-la com os ombros curvados e olhando para baixo, ele sabia que ela achava que havia atrapalhado a operação.

— Parabéns, Carly. Se você não tivesse concordado com as exigências do sequestrador, ele não lhe teria enviado a foto do local. Ainda não saberíamos onde eles estavam. Pelo menos agora temos uma chance de libertar as duas.

Ela levantou a cabeça e um leve sorriso iluminou seu rosto.

— Sério?

Ele apertou os dedos dela de novo.

— Sério. — Soltando a mão dela, ele passou à sua frente empunhando a arma. — Fique atrás de mim. Observe qualquer movimento.

Com todos os sentidos mais que alertas, ele observou tudo ao redor com a visão periférica e analisou também o local à frente. Atravessaram a estrada até a areia, e a enseada Saint Helena estendia-se à frente deles com as pedras que ele conhecia despontando na água. Havia gaivotas empoleiradas nas pedras, e ele avistou as barbatanas de um golfinho atravessando as ondas. A casa

COLLEEN COBLE

de barcos estava fechada com tábuas e parecia em mau estado e abandonada.

Se ao menos eles tivessem chegado no escuro. Lucas não gostava de ficar exposto na areia e sob a luz do sol, mas aquele era o único recurso que eles tinham. Estava determinado a resgatá-las. A madeira do cais cedeu sob seu peso e ele fez uma pausa para ver se era seguro andar sobre uma estrutura tão fraca.

— Volte para a picape. Acho que o cais não vai aguentar o peso de nós dois.

Ela negou com a cabeça.

— Vou esperar aqui e observar qualquer movimento.

Lucas não queria vê-la exposta dessa maneira, mas seu queixo erguido e olhar firme e determinado lhe disseram que ele não conseguiria fazê-la mudar de ideia. Andou com cuidado nas tábuas apodrecidas até chegar à porta da casa de barcos. O barco que ele vira na foto ainda balançava nas ondas e não parecia estar em condições de navegar, com o estibordo tombado como se a água estivesse entrando nele. Em razão disso, a casa tornou-se seu principal foco de interesse.

Um som vindo do barco chamou-lhe a atenção. Talvez ele estivesse enganado. Será que o sequestrador havia escondido as crianças em um barco prestes a afundar? Aproximando-se com cuidado, ele analisou o barco. Estava balançando na água mais do que deveria, pois as ondas eram leves em pleno dia.

"Há alguém lá dentro."

Talvez fossem as crianças, mas poderia ser alguém tomando conta da casa. Hesitante, ele olhou do barco para o prédio. Seu sexto sentido lhe disse para focar no barco, portanto, ele aproximou-se e tentou olhar dentro da casa do leme. Nenhuma movimentação. Haveria alguém abaixo do convés? Não parecia seguro nem agradável, uma vez que a embarcação estava recebendo água.

JOIAS FATAIS

Segurando a arma com firmeza, ele entrou no barco e sentiu-o afundar um pouco sob seus pés. Outro som foi ouvido, desta vez vindo claramente da casa do leme. Talvez fosse o som produzido por um bebê, e ele gostaria que Carly o ouvisse. Ela saberia identificá-lo.

Enquanto andava cuidadosamente pelo convés em direção à casa do leme, algo passou zumbindo perto de sua cabeça. Um projétil. Ele abaixou-se.

Aparentemente o disparo da arma tinha vindo da proa, portanto, ele seguiu naquela direção. Se o sequestrador estivesse a bordo, as crianças também estariam ali?

— Saia do barco senão eu atiro nas crianças! — gritou uma voz masculina abafada. — E largue a arma.

Lucas rastejou com as mãos e os joelhos em direção à voz. Deixar as crianças dentro de um barco prestes a afundar não era uma opção. A bebê morreria afogada antes que ele pudesse pegá-la e ele não tinha certeza se Isabelle sabia nadar.

— Largue você a sua arma! — disse Lucas ao avistar um barco vindo rapidamente na direção deles. — A guarda costeira está chegando. Acabou.

Outro projétil atingiu a madeira macia do barco perto da cabeça de Lucas. A voz do homem parecia conhecida, mas ele não conseguiu identificá-la.

A voz distante de Carly chegou aos ouvidos dele.

— Se você ferir essas crianças, vai enfrentar pena de morte. Liberte as duas. Está tudo acabado.

Ela poderia ser atingida por um tiro. Lucas fez sinal para que ela se abaixasse, mas ela continuou a aproximar-se. Ele precisava derrubar o atirador antes que Carly fosse atingida. Ficou em pé e atirou na proa do barco.

O atirador levantou-se para mirar e Lucas não viu nenhuma das crianças por perto. Roger Adams estava atirando, e Lucas puxou o

COLLEEN COBLE

gatilho enquanto corria em direção ao convés. Com uma expressão de surpresa nos olhos arregalados, Roger tombou no convés.

───

Carly foi a primeira a chegar à casa do leme, que fedia a urina, água do mar e sujeira acumuladas ali durante muito tempo. Encontrou Isabelle carregando Caroline embaixo de um balcão com uma cadeira tombada, formando uma barricada para impedi--las de sair dali.

— Isabelle! —gritou acima do entulho para alcançar a irmã e tirar as obstruções do caminho.

Isabelle começou a chorar quando viu Carly e, sentada no chão, escorregou em sua direção. Com a cadeira fora do caminho, Carly parou para abraçar as duas.

— Está tudo bem.

As palavras tranquilizadoras foram dirigidas tanto para si mesma quanto para a irmã. Ela se sentiu fraca e aliviada. Tiros, um barco afundando e a possibilidade de errar e não as encontrar drenaram toda a sua adrenalina.

Com as pernas trêmulas, ajudou a irmã a levantar-se do chão e pegou a bebê.

— Vamos sair daqui.

Caroline escondeu o rostinho no pescoço de Carly. Eles conseguiram. Encontraram as duas a salvo e sem nenhum ferimento.

Quando elas saíram da casa do leme, Lucas estava conversando com a guarda costeira. Carly ouviu algumas palavras. "Sequestro, resgate, tiros." Será que tomariam a arma dele de novo? Ao dar uma rápida olhada no caminho para encontrar as crianças, ela viu que Roger estava morto.

No entanto, alguém esteve no parque observando-a. Quem teria sido? O caso não estaria terminado enquanto eles não

JOIAS FATAIS

descobrissem todas as pessoas que os perseguiram nas sombras. Se isso um dia acontecesse. Fosse como fosse, ela planejava livrar--se daquele ovo.

Ajudou a irmã a subir no cais encharcado.

— Tome cuidado, não é seguro andar aqui.

Carregando Caroline, ela andou com cautela sobre as tábuas até chegar ao solo firme.

A expressão de Isabelle era de tensão e medo. Ela olhava para os lados como se alguém fosse atacá-la a qualquer momento, o que deixou Carly com medo também. E se a outra pessoa envolvida estivesse escondida nos arredores? Carly levou as crianças apressadamente até a picape e colocou-as dentro do veículo à espera de Lucas.

O calor aquecia o ar e ela deu partida na picape para ligar o ar-condicionado. Como não havia cadeirinha para a bebê, ela planejou sentar-se no banco traseiro e carregá-la no colo enquanto Lucas as levava para casa. Um pensamento a assustou e ela pegou a bolsa para ver se o ovo ainda estava ali. O peso confirmou que sim, e ela passou a mão no interior da bolsa até seus dedos tocarem no acabamento esmaltado.

Estava em segurança.

E depois de algumas horas, o ovo seria problema de outra pessoa. Ela mal podia esperar que ele saísse da cidade e fosse levado a um local onde poderia ser admirado por todos os colecionadores. Ao ver Lucas correndo em direção ao veículo, ela suspirou de alívio. Tudo o que queria era levar todos para a casa, onde poderia abraçar Noah e ter certeza de que as pessoas que ela amava estavam seguras.

Lucas sentou-se no banco do motorista.

— Bernard *não* está satisfeito comigo, mas isso vai passar. Trabalho em equipe. Foi o que fizemos. — Ele olhou no espelho retrovisor e sorriu ao ver Carly sorrindo. — Ótima ideia você ficar com a bebê aí atrás. Isabelle, você está bem?

301

— Estou —respondeu com voz cansada. — Só quero ir para casa.

O sofrimento a deixara cansada, mas Carly notou um tom estranho na voz da irmã que a assustou.

— Talvez fosse melhor consultar um médico para examinar as duas e ver se estão bem.

Isabelle sacudiu a cabeça de um lado para o outro com força.

— Não! Quero ir para a cama. Para casa. — Novas lágrimas desceram pelo seu rosto sujo. — Quero esquecer o que aconteceu.

— A polícia e o FBI precisam conversar com você — explicou Lucas. — Mas vou pedir que essa conversa seja em casa, para você não ter de ir até a delegacia.

Isabelle arregalou os olhos.

— Eu não tenho nada a dizer.

— Precisamos descobrir quem fez isso.

— Você atirou nele!

— Há mais alguém — disse Lucas. — E ele pode voltar.

— Ele não vai voltar! Ele disse que... — Isabelle fechou a boca e olhou para a janela.

E não disse mais nada no trajeto até a cidade. Eles fizeram uma rápida parada para Carly levar o ovo novamente ao cofre do banco antes de ir para casa. Quando Lucas entrou na garagem e desligou o motor, Isabelle correu em direção à porta.

TRINTA E OITO

Carregando Noah com um dos braços, Lucas tentou de novo abrir a porta do quarto de Isabelle. Trancado. Ele levantou uma sobrancelha e olhou para Carly.

— E agora? Bernard e Chen estão lá embaixo querendo falar com ela.

Assim que chegaram em casa, Isabelle disse que estava sentindo náusea e correu para o banheiro. Eles a ouviram vomitando lá dentro e decidiram dar-lhe um tempo. Desde então, ela se trancara no quarto, recusando-se a sair.

Carly parecia preocupada enquanto balançava Caroline nos braços.

— É por causa do trauma ou existe algo mais?

— Você a conhece melhor que eu. Será que estava mais envolvida do que sabemos?

— Não acredito que tenha colocado a vida da bebê em risco.

Lucas bateu na porta.

— Isabelle, você precisa enfrentar a situação. Queremos fazer apenas algumas perguntas.

Carly tocou no braço dele.

— Vamos deixá-la em paz por enquanto. Foi um dia traumático e ela deve estar esgotada. Se dormir um pouco, talvez esteja em melhores condições para responder às perguntas.

Lucas permitiu que Carly o afastasse da porta, embora não fosse sua intenção. Havia muitas perguntas a serem respondidas.

COLLEEN COBLE

Por exemplo, quem era a outra pessoa que trabalhava com Roger? Tinha de haver pelo menos uma e aquele homem ainda estava solto.

Ambos desceram a escada de acesso à sala de estar, onde Bernard e a agente Chen aguardavam no sofá. Mostraram clara decepção quando viram apenas Lucas e Carly.

— Ela não vai sair do quarto, por isso decidimos deixá-la descansar um pouco. Vamos tentar mais tarde — disse Carly.

Bernard levantou-se do sofá.

— Temos os relatos que vocês forneceram. Liguem para nós quando ela sair do quarto e voltaremos. Vou para casa jantar com minha esposa pela primeira vez nesta semana.

O sorriso de Chen pousou em Caroline.

— Estou muito aliviada pelo final feliz. Você tem o meu número.

Lucas e Carly os acompanharam até a porta. A fadiga pressionava os ombros de Lucas. Aquele havia sido um dia e tanto, e ainda não terminara. Ele sentiu o cheiro agradável de batata frita vindo da cozinha e ouviu as vozes suaves de Mary e Elizabeth conversando. Amelia e Emily tinham levado Lainey e Holt para jantar fora, e o pai de Carly havia ido embora sem dizer a ninguém qual era o seu destino. E já havia partido quando eles chegaram.

Lucas levou Noah de volta para a sala de estar e colocou-o em cima do cobertor no chão coberto por tapete. Carly colocou Caroline ao lado de Noah e entregou brinquedos para os dois. Em seguida, fez um gesto na direção do antigo baú no canto da sala.

— Temos um pouco de tempo antes do jantar. Poderíamos dar uma olhada enquanto esperamos. Elizabeth nos autorizou a fazer isso quando quiséssemos.

Naquele momento tudo o que Lucas queria era cair na cama e dormir um pouco, mas arrastou o baú para perto do sofá em frente a Carly.

— Fique à vontade. Sinto cheiro de café. Quer um?

304

JOIAS FATAIS

— Claro. — Ela tentou abrir o baú. — Esqueci que estava trancado.

Sem lembrar-se do café, ele foi ao porão para pegar algumas ferramentas. Alguns minutos depois, o cadeado foi aberto e ele levantou a tampa. Ao sentir o odor de mofo e bolor, torceu o nariz enquanto olhava para as fotografias e papéis dentro do baú. Carly deu um gemido de desânimo.

— Tinha certeza de que encontraria a surpresa aqui dentro.

Lucas enfiou a mão no interior do baú, pegou as fotos e os papéis e colocou-os lado a lado no chão.

— Parecem fotografias velhas.

Carly pegou um punhado de fotos e espalhou-as.

— A tia Elizabeth vai adorar isto. Devem ser dos avós e dos bisavós dela. Algumas são antigas mesmo.

Ele pegou uma pilha de fotos também, embora não tivesse ideia do que procuraria nelas. Muitas eram da casa de Elizabeth enquanto estava sendo reformada.

— Parece que foram tiradas nas décadas de 1930 e 1940. Fizeram uma reforma enorme na casa e construíram uma cozinha nova.

Depois de examinarem as fotos, ele tinha certeza de que não encontraram nada interessante até Carly dar um grito abafado e mostrar-lhe uma foto.

— Veja isto.

Ele pegou a foto e olhou-a atentamente. Duas bebês no estrado de uma cama velha. Ao lado de uma delas havia um ovo e ao lado da outra havia um objeto mais arredondado que alongado. Na foto em branco e preto, ambos eram escuros. Pintados?

Lucas levantou uma sobrancelha, olhou para Carly e apontou para o objeto redondo.

— A surpresa?

— Acho que sim!

Ele virou a foto e leu em voz alta o que estava escrito no verso, com letra miúda e retorcida. "Elizabeth e Mary, com duas semanas de vida. Lembrem sempre que a mamãe ama vocês."

305

COLLEEN COBLE

Carly pegou a foto e voltou a olhar a imagem.

— Tenho de mostrar à vovó e à tia Elizabeth.

———

A avó e tia Elizabeth choraram quando viram a foto delas quando eram bebês. Carly deixou a foto com as duas e voltou à sala de estar, onde encontrou Lucas olhando atentamente para o celular dele. Os bebês haviam dormido entrelaçados e ela sorriu ao ver Major enrolado ao lado deles também.

Carly acomodou-se no sofá ao lado de Lucas.

— Se você conseguir encontrar Dimitri, talvez ele diga alguma coisa.

— Duvido. A máfia russa é extremamente leal.

— Pode ser que apenas Dimitri e a máfia não saibam disso.

— Então como Ivan Bury ficou sabendo? E como Roger se encaixa na história?

Ela deu um suspiro de frustração. Ainda havia grandes lacunas a serem preenchidas.

— Você vai conseguir uma cópia das ligações de Roger? Talvez a gente consiga descobrir quem era o contato dele.

— Já consegui. Está na impressora. Espere um pouco.

Ele foi ao seu escritório e voltou com um maço de papéis.

Carly pegou metade dos papéis e examinou-os enquanto Lucas examinava a outra metade. Na lista havia apenas nomes desconhecidos e ela colocou os papéis de lado.

— Nada.

— Acho que encontrei alguma coisa.

A voz de Lucas tinha um som estranho, talvez um pouco trêmula. Ela aproximou-se para ver e reconheceu o número imediatamente.

— Papai? O papai falou com Roger? — Para ela, era impossível o pai estar envolvido nisso. — Vo...você ainda tem a lista das ligações de Eric?

JOIAS FATAIS

— Tenho, está no meu escritório.

Enquanto ele foi buscar, ela percorreu o resto das ligações. O número do celular de seu pai apareceu onze vezes. Onze! Não se tratava de uma ligação aleatória sobre venda de objetos em um leilão. Como seu pai chegou a conhecer Roger?

— Eric conversou com meu pai também. Por que faria isso? Eles nunca foram próximos um do outro.

— Seu pai viajou ao exterior — disse Lucas. — Não sei por que faria isso se estivesse envolvido no caso.

Eles se entreolharam.

— Mas será que ele saiu mesmo do país? — perguntou ela. — Há um jeito de descobrir?

— Posso verificar o passaporte dele. Mas, Carly, isso explica por que Isabelle não quer falar. Ela tem 15 anos. Estaria sendo manipulada pelo seu pai? Ela adora Caroline. E se ele prometeu que ela ficaria com a bebê se o ajudasse? As crianças nessa idade são influenciadas com facilidade. Ainda não raciocinam com clareza. E ela queria muito receber a aprovação dele e sentiu-se abandonada quando ele foi embora. Quem sabe ele lhe pediu que o mantivesse informado sobre o que estamos descobrindo.

Por que o fato de saber que seu pai poderia estar envolvido nisso a magoava tanto? Ele a abandonara muito tempo atrás e abandonara também as suas irmãs. Carly sempre soube que elas pouco significavam para ele no grande esquema das coisas. Mas estaria envolvido no assassinato de Eric?

— E quanto a Eric? — Ela percorreu seus pensamentos como se fosse um campo minado, sem ter certeza se queria encontrar uma possível bomba de informações que poderia explodir, prejudicando ainda mais a sua vida.

— Vamos voltar para sua lista inicial. — Ele pegou uma caneta. — Eric encontrou a procedência do ovo. Seu pai seria a pessoa lógica para ele entrar em contato, certo? Ele morou na casa

307

a vida toda antes de se casar. Kyle visitava com frequência a casa da avó dele, onde aquele baú esteve até ela morrer. Eric deve ter pensado que seu pai sabia exatamente onde o ovo estava e se tinha algum valor. Pelo que sabia, Eric poderia ter pensado que o ovo foi encontrado e vendido muito tempo atrás.

— Mas o papai não sabia nada sobre o ovo —falou lentamente, imaginando as possibilidades. — Quando soube que poderia haver uma peça de valor incalculável, o papai ficou intrigado. Por que ele entraria em contato com Roger Adams?

— Pode ser que Eric não tenha contado tudo a ele. Ao saber da novidade, seu pai ligou para Roger perguntando se ele sabia de alguma coisa que pudesse ajudá-lo a encontrar o ovo. Roger pode ter ido visitar Eric por conta própria para ver se conseguiria descobrir algo mais. Talvez os dois tenham brigado e Roger atirou nele.

Carly franziu a testa.

— Por que Eric não pegou o ovo e o vendeu?

— Talvez tenha percebido que isso era errado. Ele não permitiu mais que ninguém vasculhasse o baú. Ou talvez tenha descoberto apenas o documento de procedência e não tenha encontrado o ovo antes de ser assassinado.

Ela concordou com a cabeça.

— Todas as peças ainda estavam no baú, portanto, nada desapareceu a não ser o documento de procedência do ovo. Esse documento poderia estar visível e Eric não viu o ovo enrolado no xale. Eu só o encontrei depois de sacudir o xale.

Houve um movimento vindo da porta e Isabelle, muito pálida, apareceu. Seu rosto manchado de lágrimas estava tenso e determinado.

— Posso responder à maior parte dessas perguntas.

TRINTA E NOVE

Carly levantou-se e foi abraçar a irmã. Isabelle tremia em seus braços como um cãozinho assustado e Carly a conduziu ao sofá.

— Você está quente. Continua sentindo náusea?

Ao passar a mão nos cabelos loiros de Isabelle, ela viu que pareciam um ninho de rato, com fios emaranhados e sujos em razão da experiência penosa daquela tarde, e sentiu cheiro de vômito. Coitadinha.

—Você tem certeza de que quer falar sobre o assunto agora?

Isabelle coçou os olhos.

— Eu preciso falar. Não posso dormir sem contar a você. Estou muito envergonhada. Eu sabia que estava errada, mas pensei que se fizesse o que ele queria, ele me amaria. Ele nunca me amou de verdade. Nem a mamãe.

Carly segurou-a enquanto ela soluçava em seu ombro.

— Eu amo você, Isabelle. A vovó e suas irmãs também amam você. Sei que está magoada.

Isabelle levantou a cabeça quando Caroline começou a se mexer.

— Vou pegá-la.

Ela se levantou como se seus ossos estivessem doendo e curvou o corpo para pegar a bebê nos braços. Caroline aquietou-se assim que Isabelle a encostou ao seu peito e fechou os olhos.

— Ela ama você também. E Noah também.

Isabelle sacudiu a cabeça.

— Não acredito que permiti que ele me convencesse a fazer isso.

Lucas trocou um olhar com Carly.

— Comece pelo começo.

— Está bem. — Isabelle deu um suspiro entrecortado. — O papai me deixou aqui sem dizer nada. Vocês viram como foi. Mas no dia seguinte ao que pegamos Caroline, vi que ele passou por aqui de carro. E tinha dito que ia para a Itália! Enviei uma mensagem a ele perguntando o que estava acontecendo. Ele me fez jurar segredo e me contou que íamos ficar ricos, ricos de verdade. Que ele ia comprar uma casa para mim, a que eu mais gostasse, e que íamos ter uma vida feliz. Se eu quisesse, íamos comprar uma ilha.

Carly conseguiu ouvir mentalmente a voz persuasiva de seu pai. Ele sempre foi um grande sonhador. Investiu boa parte de seu salário em projetos que conhecia só de ouvir falar. O próximo grande projeto seria pagar todas as dívidas da família e fazer a mãe de Carly feliz. Isso nunca aconteceu. Ela esperava que a nova família o ajudasse a iniciar uma nova vida com novos hábitos, e era muito penoso saber que sua irmã também sofrera muitas desilusões.

— Prossiga — disse Lucas.

— Ouvi vocês conversando enquanto descia a escada. Vocês adivinharam a maior parte da história. Eric ligou para o papai perguntando se ele sabia alguma coisa sobre um ovo com joias muito caras. O papai não sabia de nada e Eric só contou a ele que a vovó tinha sido adotada e quem era a enfermeira. O papai fez algumas indagações e encontrou o tal de Roger. — Isabelle estremeceu. — Um homem assustador. O plano era que Roger entrasse no galpão para ver se encontrava o ovo e foi o que ele fez, mas Eric chegou naquele momento. Roger entrou em pânico e matou Eric. O papai ficou furioso. — Ela fungou e não disse mais nada.

Carly fechou os olhos e mentalizou aquele momento horrível. Se tivesse entrado lá, Roger teria atirado nela também. Quando

JOIAS FATAIS

abriu os olhos e viu os olhos cor de avelã de Lucas fixos nela, Carly mergulhou na solidariedade que encontrou neles. Ou teria sido mais que solidariedade? Seria ousadia esperar que fosse... *amor*?

Desviando o olhar de Lucas, ela incentivou a irmã a continuar.

— Então o papai descobriu que um cara chamado Smirnov ficou sabendo. Acho que foi Roger quem contou. O papai disse que ele tem língua solta. Esse tal de Smirnov e seus homens invadiram a casa da tia Elizabeth e estiveram lá ao mesmo tempo que Roger. Roger matou um deles e fugiu, mas o papai ficou com medo de que os russos viessem atrás dele para se vingarem. Ele também queria encontrar a surpresa, mas decidiu que se contentaria com o ovo. O ovo sozinho valia muito.

— Você sabe qual foi a participação de Ivan Bury nisto? Ele deu dinheiro a Eric e Kelly — disse Carly.

Isabelle sacudiu a cabeça.

— Nunca ouvi falar dele.

Noah começou a chorar alto e Lucas levantou-o do chão.

— Então o seu pai planejou o esquema de pedir o ovo como resgate por você e Caroline.

Isabelle olhou para a bebê.

— Ele queria que eu pegasse Noah, mas eu não ia fazer isso. Sabia que Noah precisa ser amamentado. A maioria dos bebês no caso dele não aceita bem a troca imediata da amamentação por mamadeira. Não queria traumatizar Noah. Sabia que Caroline ficaria bem de qualquer maneira, desde que estivesse comigo.

Lágrimas quentes brotaram dos olhos de Carly ao ouvir as palavras da irmã. Ela havia feito o melhor que podia com um pai como aquele.

— Você é uma irmã maravilhosa, Isabelle. E uma tia maravilhosa também. Ainda bem que temos você.

Isabelle sacudiu a cabeça e começou a chorar.

— Eu não deveria ter feito isso, Carly. Sabia que ele estava errado.

COLLEEN COBLE

Carly esforçou-se para reprimir as palavras ácidas que queriam saltar de sua boca a respeito de seu pai.

— Você queria que ele a amasse. Ele sabe muito bem manipular suas filhas.

Ela levantou-se para pegar Noah, cuja agitação se transformara em choro de fome.

— Qual é o próximo passo, Lucas? — Acomodando-se no sofá, ela pegou o cobertor para cobrir-se e começou a amamentar o bebê.

— Preciso informar Bernard a respeito disso. Vamos pegar seu pai.

Os lábios de Isabelle tremeram.

— Ele vai ser preso? Acusado de sequestro?

Lucas encolheu os ombros.

— Bem, você está sob custódia dele, portanto, ele tem o direito de levar você aonde quiser. Vamos descobrir as acusações. Pessoas morreram por causa das ações dele. Apesar de não ter matado ninguém diretamente, ele acobertou os assassinos, tanto de Eric quanto da pessoa que morreu na casa de Elizabeth. Será que Roger matou Anna Martin? Invadiu a casa da família Hill? E quanto a Kelly? Quem a atacou?

Isabelle abaixou a cabeça até encostá-la à de Caroline.

— Não sei.

A teia era tão emaranhada que Carly não sabia se conseguiria desenredá-la sem falar com os russos. Olhou para o relógio.

— Vou marcar uma reunião com o sr. Schoenwald amanhã cedo para tirar esse ovo daqui.

— Ah, você não vai não.

Carly virou-se ao ouvir a voz do pai, que estava na porta de entrada apontando uma arma para Lucas.

— Jogue sua arma no chão, Lucas. — Gotas de suor brotavam de seu rosto vermelho e seu olhar era de fúria. — Os planos mudaram.

312

JOIAS FATAIS

Outro homem apareceu atrás do pai de Carly, empurrando Ryan e as duas mulheres mais velhas com uma arma muito maior que a do pai dela.

O homem com o rifle M16 tinha olhos verdes que olhavam para eles como se fossem uma peça de carne. Era calvo e parecia frequentar academia. Empurrou Ryan e as duas mulheres para dentro da sala e obrigou todos a largar a arma. Lucas reconheceu-o, pois vira a foto dele nos arquivos. Dimitri Smirnov. Pelos cálculos de Lucas, ele tinha cinquenta e poucos anos de idade e seu rosto marcado por várias cicatrizes comprovava sua vida violenta.

Kyle ergueu as mãos.

— Vamos trabalhar nisso juntos. Tenho informações que vocês não têm.

Smirnov riu com zombaria.

— Vou pegar o ovo. Ele é tudo o que importa. E me pertence. Procurei esse ovo a vida inteira da mesma forma que meu pai antes de mim. Meu tataravô era um dos bolcheviques que invadiram o palácio. O ovo ficou com a minha família até o dia em que o avô de Sofia Balandin o pegou e desapareceu. Depois de todos esses anos, ele vai voltar ao lugar ao qual pertence.

— Como você ficou sabendo do ovo? — perguntou Lucas. — Roger Adams entrou em contato com você?

— Adams fez algumas tentativas de vendê-lo. Eu não ia comprar um objeto que já era meu. Comecei a segui-lo e cheguei até vocês. Contei com a ajuda da tecnologia de meu pessoal e de muitos homens para vigiar vocês.

Carly pôs as mãos no quadril.

— Por que você atirou em Kelly? Deixou a filhinha dela chorando de fome no quarto.

COLLEEN COBLE

Smirnov encolheu os ombros.

— Eu não a matei, matei? A tal de Cicero teve a chance de me contar o que sabia e ajudar-me a pegar o ovo, mas não quis.

A lógica distorcida daquele homem deixou Lucas sem fala. Será que ele pensava mesmo que o ovo pertencia à família dele? Eles o roubaram dos Romanovs.

— Sua família roubou o ovo — disse Kyle.

A atenção de Smirnov voltou-se para Kyle.

— Você se intrometeu no meu caminho pela última vez. — Smirnov apontou a arma para ele e Carly gritou:

— Não!

Smirnov lançou um olhar fulminante para ela.

— Veja só o que vai acontecer. Você vai pegar o ovo e trazê-lo de volta enquanto todos ficam aqui. Faça o que eu mandar e todos poderão ir embora. — O olhar dele concentrou-se em Lucas. — Menos este cara aqui. Foi você que matou a minha Debby e vai pagar por isso.

— Foi em autodefesa — disse Ryan, mas seu comentário não produziu nenhuma reação de Smirnov, que continuou a olhar firme para Lucas.

Lucas o encarou.

— Você já parou para pensar que a culpa pela morte dela é sua? Você a mandou para cá.

Ele sentia-se nu e desprotegido sem sua arma SIG Sauer, mas ela estava no chão, a pouco mais de um metro de distância.

Smirnov deu um passo à frente e empurrou com força a coronha de seu rifle M16 no estômago de Lucas. O ar saiu de seus pulmões como se fosse um sopro doloroso. Ele curvou-se e caiu de joelhos. Mary deu um grito e levantou-se do sofá, mas voltou a sentar-se quando Smirnov apontou o rifle na direção dela.

Com Noah nos braços, Carly correu para ficar ao lado de Lucas, e ele inclinou o corpo contra ela, ofegando. Ela olhou com raiva para Smirnov.

314

JOIAS FATAIS

— Não vou a lugar nenhum enquanto você não me garantir que não vai tocar nele. Ele não tem culpa de nada.

— Se você quer que esse seu bebê continue vivo, faça exatamente o que estou dizendo. — Smirnov olhou para seu relógio. — O banco vai fechar daqui a vinte minutos, por isso é melhor ir andando. — E segurou o braço dela. — Passe a criança para mim.

Carly levantou-se e movimentou a cabeça negativamente.

— Ele vai comigo. Precisa ser amamentado e você não vai querer ouvir os gritos dele.

— Isso vai fazer você voltar para cá mais cedo, não é mesmo? Vai levar quinze minutos para ir e voltar.

Ela olhou para trás sem se movimentar.

— Está bem — disse ele. — Leve a criança com você. Se não voltar dentro de meia hora, pessoas vão começar a morrer.

Lucas conseguiu ficar em pé, mas suas pernas estavam fracas e trêmulas. Pelo menos Carly sairia do local. Se pudesse falar com ela, diria que fosse direto à delegacia e não ao banco, mas ele a conhecia. Ela jamais correria o risco de Smirnov cumprir sua ameaça. O fato de conhecer a ficha criminal do homem também não tranquilizou Lucas. O homem já havia cometido assassinatos e faria de novo. Não tinha nenhum remorso de tirar a vida de alguém.

Carly pegou a bolsa e saiu apressadamente da casa com Noah nos braços. Um minuto depois, o motor da picape dele foi ligado. Ela avisaria a polícia ou obedeceria às ordens de Smirnov? Lucas não sabia ao certo qual era o melhor modo de agir naquele momento. De uma coisa ele tinha certeza. O assassino não sairia da casa sem o ovo, a não ser com um refém. Ele sabia que alguém pediria ajuda no minuto em que saísse.

E quatro pessoas da família chegariam para o jantar a qualquer momento. Elas precisavam ser avisadas para ficar do lado de fora, mas Carly poderia pensar nisso. O envolvimento de mais

315

COLLEEN COBLE

pessoas complicaria ainda mais a situação. A história estava longe de terminar.

Caroline começou a chorar e Isabelle balançou-a no colo.

— Preciso preparar a mamadeira dela.

Smirnov movimentou a cabeça bruscamente em direção à sala ao lado.

— Não tente fazer nenhuma gracinha, senão eu atiro em sua avó. — Ele apontou o rifle M16 para Mary e depois para Elizabeth. — Como não sei quem é quem, atiro nas duas.

— Não seja tão dramático — disse Isabelle. — Volto logo com a mamadeira da bebê. Dois minutos no máximo.

Ela entregou a bebê ao pai e saiu correndo da sala.

— O que sua avó diria sobre o modo como você está se comportando? — Mary perguntou com voz suave. — E não me diga que ela morreu e que isso não importa. Importa, sim.

Smirnov piscou e desviou o olhar sem responder.

Apenas Lucas, Kyle, Caroline, Ryan e as duas mulheres mais velhas foram deixados com o assassino carrancudo. Ele era a pessoa mais instável que Lucas vira depois de assumir a carreira de policial. Libertar todos vivos dessa situação seria complicado. Smirnov poderia atirar em todos antes de sair. Lucas precisava encontrar uma estratégia.

Olhou ansiosamente para sua SIG na pilha de armas e celulares antes de olhar ao redor da sala. O abajur ou uma mesa lateral poderia ajudar, mas Smirnov provavelmente atiraria nele antes que ele conseguisse alcançá-los. Precisava encontrar algo que distraísse o assassino. Assim que Carly voltasse, ela poderia fazer isso enquanto Smirnov estivesse examinando o ovo para saber se era verdadeiro.

Era a única esperança que eles tinham.

QUARENTA

Carly nunca sentira um medo tão aterrorizante. Sua família estava na mira de um maníaco e ela não sabia se alguns deles escapariam com vida. Orou pela segurança deles durante o caminho até o banco, onde estacionou e pegou Noah na cadeirinha no banco traseiro. Ele estava feliz, movimentando as pernas e sorrindo, sem ter noção da situação angustiante que se desenrolava.

Depois de colocar uma expressão de calma no rosto, ela entrou no banco para dizer ao caixa que ia abrir seu cofre pela terceira vez naquele dia. Em questão de minutos, o ovo estava em sua bolsa e ela saiu do banco naquele belo fim de tarde ensolarado. Seu celular emitiu sinais várias vezes, mas ela não o tirou da bolsa até voltar à picape e colocar Noah na cadeirinha.

No celular havia uma mensagem de Amelia dizendo que Dillard havia chegado à cidade e queria reconciliar-se com ela. Estavam a caminho de casa. Carly respondeu à mensagem rapidamente.

"Há reféns na casa. Não tentem entrar! Vou mantê-los informados. Orem!"

Uma enxurrada de mensagens chegou e ela colocou o celular na bolsa. Queria concentrar os pensamentos para descobrir como eles permaneceriam vivos. Não confiava em Smirnov, nem por um segundo. Tinha de agarrar-se à sua fé para conseguir dar um passo por vez.

COLLEEN COBLE

Smirnov havia desarmado todos, mas havia a possibilidade de ele não examinar sua bolsa quando ela entrasse. Ele haveria de querer que ela lhe entregasse o ovo para poder se gabar. Pelo menos era assim que ela imaginava. Não havia nenhuma arma no carro, mas como conseguir uma? Seus pensamentos giraram em torno das opções de quem poderia entregar-lhe uma arma sem muitas perguntas.

"Dillard!"

O marido de Amelia tinha autorização para portar arma e eles ainda estavam no Restaurante Breakwater. Carly pegou o celular e enviou uma mensagem.

"Dillard me emprestaria a arma dele?"

A irmã concordou rapidamente e Carly seguiu em direção ao restaurante. Olhou para o relógio do painel. Tinha 15 minutos para voltar. Sua família reunida na calçada acenou para ela.

Amelia e Dillard correram em direção à picape e Carly abriu o vidro.

— Preciso ir, senão eles vão começar a atirar. Preciso da sua arma já, agora.

Dillard assentiu com a cabeça e tirou a arma do coldre.

— Você sabe atirar?

— Vou descobrir.

Ele segurou a arma e inclinou o corpo na janela.

— Trinta segundos para lhe mostrar como destravar o pino de segurança. — E fez a demonstração. — Destrave o pino, aponte e atire. Tente atingir o alvo maior, o peito dele. Aliás, vamos esquecer a segurança. Só tome cuidado quando segurar a arma. Seria melhor se você pudesse entregá-la a Lucas.

Carly colocou a arma na bolsa com muito cuidado.

— Obrigada. Tenho de ir *já*. — Ela sentiu um rápido impulso de deixar Noah com eles, mas Smirnov saberia que ela conversou com alguém e atiraria em todos. — Orem, apenas orem. Assim

JOIAS FATAIS

que eu sair daqui, esperem quinze minutos e sigam até a delegacia para contar a eles o que aconteceu.

— Mas não sabemos o que aconteceu — disse Emily, com a voz embargada de emoção. Quem está lá?

— Diga a eles que Dimitri Smirnov fez todos reféns. Tomem o máximo de cuidado, por favor. — Ela fechou o vidro e seguiu em frente dando uma pisada brusca no acelerador.

A demora lhe custara três minutos. Ela acelerou em direção à casa e entrou na garagem com oito minutos de antecedência. Com o coração batendo na garganta, sentiu náusea ao pensar em levar Noah à pocilga do perigo. Pela visão periférica, ela avistou um dos empregados de Ryan na varanda da casa de sua avó. Se Smirnov a visse entregar Noah a alguém sem dizer quase nada, talvez não reagisse com exagero.

Ela precisava tentar.

Tirou o bebê da picape e correu em direção ao empregado.

— Aqui, segure o bebê por um instante. Vou voltar. — E deixou Noah nos braços dele. — Não entre na casa. Perigo!

— Ei, volte aqui! — gritou o empregado boquiaberto enquanto ela corria para a casa de Lucas.

Ele não fez nenhum movimento para segui-la, talvez por ter ouvido pânico em sua voz. Olhando para trás, ela viu-o levar Noah para dentro da casa da avó.

Subiu correndo a escada da varanda e entrou na casa.

— O ovo está aqui.

Smirnov apareceu na entrada da sala de estar.

— Mas você não trouxe o bebê. Por quê?

— O que você acha? Não confio que você não vai maltratá-lo. Eu não contei ao cara o que está acontecendo nem pedi que chamasse a polícia. Ele está cuidando do bebê até tudo isto terminar.

— É melhor você orar para que a polícia não apareça aqui. Quero ver o ovo.

319

COLLEEN COBLE

Carly entrou na sala de estar e suspirou de alívio ao ver que Lucas e sua família continuavam vivos. Colocou a bolsa na mesa e enfiou a mão dentro para pegar o ovo. Seria a última vez que tocaria nessa superfície lisa de porcelana, e ela quase o jogou nas mãos de Smirnov. O ovo só lhe trouxera dor de cabeça, nada mais.

— Você encontrou a surpresa? — perguntou ela.

Ele negou com a cabeça.

— Mas isto é suficiente. Tenho tempo para encontrar o resto depois. — Ele alisou a superfície branca e uma expressão de ganância tomou conta de seu rosto.

Ela sentiu um aperto no estômago e trocou um olhar de medo com Lucas. Se Smirnov fugisse, a história não terminaria. Eles tinham de terminá-la naquele instante.

———

O sorriso de Smirnov ao passar as mãos no ovo deixou Lucas arrepiado. O homem tinha planos para todos eles e esses planos não eram bons.

Carly olhou firme para o assassino.

— Agora liberte todos eles. Já tem o que veio buscar.

Os olhos verdes do homem pousaram em Lucas.

— Todos não. Preciso de um refém e o assassino ali vai ficar bem. Lembre-se, se você chamar a polícia, eu atiro na cabeça dele.

O homem já havia dito que queria vingança, portanto Lucas não tinha grandes esperanças de sair vivo dali, mas pelo menos Smirnov não estava tentando pegar Carly. Esse era o seu maior medo. Seu olhar cruzou com o de Carly. Ela olhou para sua bolsa e de novo para ele. Movimentou a boca querendo dizer alguma coisa enquanto Smirnov se vangloriava de novo por ter recuperado o ovo.

"Arma?"

320

JOIAS FATAIS

Ele leu os pensamentos dela. Será que ela havia conseguido uma arma? Onde? Ele fez um ligeiro movimento afirmativo com a cabeça.

— Então vamos sair daqui.

Smirnov colocou o ovo embaixo do braço.

— O resto de vocês vai para o porão. Vou trancar a porta para nos dar tempo para fugir. — Ele fez um gesto com o rifle para Lucas. — E você tranca todos.

Carly começou a chorar. Lágrimas desciam por seu rosto e o nariz começou a escorrer à medida que o choro aumentava.

— Preciso de um lenço de papel — disse, soluçando. Pegou a bolsa e enfiou a mão dentro.

Smirnov colocou-se diante dela e levantou o rifle M16.

— Largue essa bolsa.

— Só preciso de um len... lenço de papel — disse em voz chorosa. — O mínimo que você pode fazer é permitir que eu assoe o nariz.

— Pegue o lenço e entre no porão — disse ele após um palavrão.

Ela olhou para a janela com os olhos arregalados. Smirnov virou-se para ver o que assustara, mas Lucas manteve o olhar fixo nela à procura de um elemento surpresa. Ela tirou a mão da bolsa segurando uma Smith & Wesson. Não haveria tempo para Lucas pegar a arma e atirar antes que Smirnov se virasse e atirasse nela.

Antes que o pensamento se formasse na cabeça dele, Carly apertou o gatilho e o tiro atravessou a janela panorâmica. O assassino fez uma tentativa de virar-se para ela, e ela atirou de novo. Uma mancha de sangue apareceu atrás do ombro esquerdo dele, mas ele ainda se movimentava com a arma apontada para ela. Lucas jogou-se para frente e atracou-se com Smirnov antes que ele conseguisse apertar o gatilho. Os dois se engalfinharam para pegar o rifle, rolando várias vezes no chão.

Smirnov ficou em posição de vantagem, segurando Lucas no chão e apertando seu pescoço.

321

COLLEEN COBLE

Lucas se debateu, mas não conseguiu se mexer. Com a visão embaçada, ele lutou para sair, levantando o joelho para empurrar o homem.

Quase conseguiu derrubá-lo, mas Smirnov caiu em cima de Lucas enquanto cacos aparentemente de cerâmica caíam como chuva.

Lucas rolou o corpo quase inerte e sentou-se. Viu cacos do abajur de cerâmica em volta deles e Ryan segurando a base com a mão direita. Lucas levantou-se rapidamente e correu para Carly. Ela estava tão pálida que parecia prestes a desmaiar. Lucas a conduziu até uma cadeira.

— Calma. — Ele abaixou a cabeça dela até ficar entre as pernas. — Respire fundo.

Ryan estava empurrando com o pé o homem caído no chão.

— Ele apagou.

— Amarre-o. Há uma corda no porão.

Ryan concordou com a cabeça e Lucas voltou a cuidar de Carly enquanto Mary e Elizabeth corriam para ajudá-lo. Mary colocou as mãos nos ombros de Carly.

— Coitadinha, você está bem?

— Estou bem. — Carly levantou-se bruscamente. — Preciso buscar Noah.

Um som longínquo de choro de fome veio de algum lugar lá fora.

— Vou buscá-lo — disse Ryan.

Mary fez a neta sentar-se de novo na cadeira.

— Você foi muito corajosa! Como conseguiu atirar nele daquela maneira?

Quando Carly começou a sorrir, o sorriso foi trêmulo.

— Eric me ensinou a segurar a arma dele uma ou duas vezes, mas o conselho verdadeiro veio de Dillard. Ele disse que eu devia atirar no alvo maior, que seria o peito. Errei o alvo na primeira vez.

JOIAS FATAIS

— Você foi ótima. — Lucas não queria pensar em como seu coração quase parou quando Smirnov apontou o rifle na direção dela. Pegou o celular e digitou o número de emergência para pedir auxílio.

E olhou para Carly, cujo rosto começava a readquirir cor. Ele não poderia viver se Smirnov a tivesse matado. Esse pensamento mudou tudo.

QUARENTA E UM

Brian Schoenwald abaixou a lupa.

— É um ovo Fabergé autêntico.

A sala pequena do banco pareceu claustrofóbica para Carly quando ela assimilou a confirmação. Esse momento foi registrado em sua memória: o zumbido das lâmpadas fluorescentes no teto, o burburinho distante dos clientes e funcionários do banco, o calor da mão de Lucas quando ele segurou a dela e apertou-a e o espanto nos olhos escuros de Schoenwald. Tudo se fundiu naquele momento histórico.

Ele devolveu-lhe os documentos de procedência do ovo.

— É uma pena a surpresa não ter sido encontrada. Peço que você coloque o ovo de volta no cofre por enquanto. Minha equipe de segurança chegará aqui amanhã e vamos ficar com a custódia dele até o leilão. Preciso de tempo para circular as fotos e divulgá-las antes da venda, portanto, vamos marcar uma data daqui a mais ou menos três meses. E vamos, claro, manter sua identidade secreta.

Carly assentiu com a cabeça.

— Agradeço.

Ninguém jamais descobriu a identidade do homem que havia encontrado o último ovo perdido, mas agora a situação era diferente. Carly não tinha nenhuma ilusão de que a notícia permaneceria secreta, não quando seu pai fosse a julgamento. Todas as

JOIAS FATAIS

notícias sobre o ovo seriam reveladas, mas pelo menos ele não estaria sob seu controle.

Brian levantou-se.

— O último ovo desaparecido foi vendido por 33 milhões de dólares, mas a surpresa estava dentro. E isso foi em 2014, portanto, este ovo sem a surpresa deve chegar perto desse valor. Vamos ver, mas estou avaliando o ovo em 20 milhões. Se você encontrar a surpresa, a estimativa pode subir a 40 milhões. Obrigado por confiar a nós sua peça de valor excepcional. — Ele olhou para o relógio. — Tenho uma reunião *on-line* e preciso voltar rapidamente para o hotel. Até amanhã. Liguem para mim se precisarem de alguma coisa.

Enquanto Brian saía do banco, Carly e Lucas colocaram novamente o ovo no cofre. A surpresa tinha de estar em algum lugar na casa de Elizabeth.

— Podemos dar mais uma olhada nas fotos que encontramos no baú na casa da tia Elizabeth?

Lucas encolheu os ombros.

— Claro. Ele ainda está na sala de estar. Acho que Elizabeth e a família vão voltar para casa hoje. Tenho certeza de que você está tão exausta quanto eu depois do interrogatório da polícia ontem à noite.

Ela concordou com a cabeça e foram até a picape. O interrogatório só terminou depois das nove da noite. Ninguém sabia ao certo se todos os culpados haviam sido responsabilizados. Smirnov provavelmente não falaria, e se Kostin não recuperasse a memória e contasse o que sabia, eles nunca teriam certeza. A condição de Kelly piorara e Carly sentiu um peso no estômago ao pensar que Caroline perderia a mãe.

Os dois encontraram a família reunida em volta de Amelia, que chorava no sofá da sala de música com uma irmã de cada lado. As mulheres mais velhas, Lainey e o marido estavam em pé perto

325

dela. Carly jogou a bolsa na mesa do *hall* de entrada, correu para reunir-se ao grupo e ajoelhou ao lado de Amelia.

— O que aconteceu?

— Eu... eu ouvi Dillard falando com a *namorada* dele! Estava tentando acalmá-la por ter ido embora e disse que voltaria assim que recebesse sua parte do dinheiro do ovo leiloado.

— Ah, querida, sinto muito. — Carly inclinou o corpo para abraçá-la. — O que você vai fazer?

Com marcas pretas ao redor dos olhos deixadas pelo rímel, ela afastou-se e levantou a cabeça.

— Eu o mandei embora e não quero vê-lo nunca mais.

Depois de consolar a irmã por alguns momentos, Carly levantou-se.

— O ovo vai ser leiloado daqui a alguns meses, talvez no fim do verão. Quero dar mais uma olhada para procurar a surpresa.

Lucas foi pegar o baú e arrastou-o até a cadeira onde ela estava sentada.

— Acho melhor você mesma procurar. Você é a única que tem ideia de como é essa surpresa.

Lainey sentou-se no chão ao lado de Carly.

— Descreva a surpresa para nós.

— É de ouro e redonda, não do formato de um ovo. Supõe-se que seja a gema do ovo. Deve medir cerca de 5 a 8 centímetros, embora ninguém a tenha visto. E se todas as peças de dentro forem tiradas, a surpresa deve ser uma pequena galinha enfeitada com joias segurando um pendente de safira no bico. Pode ser que exista um ninho também.

— Não estou vendo nada parecido — disse Lainey.

A imagem do ovo pintado de vermelho surgiu na mente de Carly.

— É possível que a gema tenha sido pintada.

— De que cor? — perguntou a tia.

JOIAS FATAIS

— Pode ser de qualquer cor. O ovo estava pintado de vermelho. Em seu estado natural poderia ter escurecido com o tempo e uso e parecer mais como bronze.

O ar de preocupação no rosto de tia Elizabeth desapareceu e ela sorriu.

— Como bronze?

— Você tem alguma coisa em mente?

Ela fez que sim com a cabeça.

— Talvez. Acho que tenho uma foto. — Ela procurou as fotos em seu celular. — Minha mãe adorava pintar mobília. Ela desmontava os móveis e escolhia as peças de que gostava, as restaurava e depois pintava pássaros ou animais selvagens nelas. Eu adoro beija-flores e, antes de morrer, ela restaurou um criado-mudo para mim. Ele tem um puxador de bronze redondo na gaveta. Talvez seja bronze verdadeiro, mas é a única coisa que me lembro de ser redonda como você descreveu. Ah, aqui está.

Carly pegou o celular e analisou a foto de um criado-mudo bombê lindamente pintado com beija-flores e flores na parte frontal. O puxador da gaveta de cima era o único redondo. Os das outras gavetas eram mais enfeitados. O tamanho parecia certo. Ela ampliou a foto no celular e analisou-a mais de perto.

— Parece que há uma rachadura no meio.

A tia concordou com a cabeça.

— Eu sempre achei que fosse do molde quando o bronze líquido foi derramado.

Carly tentou conter o entusiasmo, caso estivesse enganada.

— Preciso dar uma olhada.

— Claro. Vamos para casa agora. Você pode nos acompanhar.

— Todos nós vamos — disse a avó. — Só para ter certeza.

O ar de esperança reprimida que pairava na sala foi suficiente para que todos caminhassem rapidamente para a porta.

COLLEEN COBLE

Noah começou a se agitar e Lucas o balançou enquanto Carly estava agachada em frente ao criado-mudo. A pintura era deslumbrante e ela tocou com admiração o beija-flor que parecia verdadeiro.

— Sua mãe era uma exímia pintora.

Tia Elizabeth estava ao lado dela.

— Se você andar pela casa, vai ver que há pinturas dela em quase todos os cômodos. Ela nunca vendeu nenhum móvel, mas poderia ter ganhado muito dinheiro se quisesse. São primorosos.

Carly fixou o olhar no puxador da gaveta. Pegou a chave de fenda que trouxera na bolsa para tirar o pequeno puxador em formato de bola.

— Parece que foi colada no suporte. Na parte de trás ainda é perfeitamente redonda e se encaixa numa reentrância no suporte.— Ela pegou outra ferramenta e a soltou cuidadosamente. — Espero que não se importe por eu estar desmontando o móvel.

— Claro que não. Faça o que quiser. Se for apenas um puxador comum, vou comprar outro ou consertar este.

O coração de Carly queria saltar de seu peito quanto mais ela manipulava a peça. Era muito pesada para ser um puxador normal de gaveta e não tinha a mesma aparência de bronze. Carly era profissional em identificar metais e peças históricas. Aquilo era ouro.

A bola aqueceu na palma de sua mão, e ela a segurou sob o raio de sol que entrava pela janela. Com o coração batendo na garganta, ela se preparou para girar a bola, mas seus dedos escorregaram quando ela fez força para abri-la. Enxugou as mãos molhadas de suor na bermuda cáqui e fez mais uma tentativa. Moveu-se um pouquinho, o suficiente para ela redobrar os esforços.

— Abriu! — Ela levantou a tampa com cuidado.

A surpresa perdida estava na palma de sua mão: a galinha requintada tirando com o bico um pendente de ovo de safira de um cesto de vime de ouro. A galinha e o cesto estavam apoiados em um suporte de ouro. O brilho e os detalhes dos diamantes lapidados em formato de rosa eram incomparáveis.

JOIAS FATAIS

Lucas colocou a mão no ombro dela.

— Respire.

— Não... não consigo. — A voz dela era aguda. — Nunca vi nada tão lindo.

Ela sabia que tia Elizabeth estava morrendo de vontade de tocar na peça e entregou-a a ela.

Tia Elizabeth segurou-a solenemente na palma da mão.

— Ah, Carly. Que maravilha!

Todos se aproximaram para contemplar o tesouro nas mãos dela. Carly mal podia esperar para ver a peça no ovo original. Inteiro e completo.

— Penso que você gostaria de vender o pendente e o ovo juntos — disse Carly. — Vamos dividir o dinheiro entre você e a vovó.

— Entre você e Elizabeth — a avó retrucou. — O baú foi deixado para você.

Carly sacudiu a cabeça.

— Pertence a você, vovó. A você e à sua irmã. Mas o maior tesouro de todos é que nos encontramos. Nada se compara a isso.

— Amém — disse a tia. — E sim, claro. O ovo precisa estar completo. — E deixou a irmã segurar a surpresa.

Carly sentiu uma pontada no peito ao pensar que o ovo faria parte da coleção de outra pessoa. E se fosse um colecionador particular e o escondesse, não permitindo que ninguém mais contemplasse sua beleza?

— Que tal especificarmos que ele tem de ir para um museu? Talvez isso signifique um pouco menos de dinheiro, mas o mundo poderia vê-lo e admirá-lo.

— Gostei da ideia — disse Laney. — Dinheiro não é tudo.

Sua avó sorriu para ela.

— Acho que você está certa, querida. — E devolveu a peça a Carly. — Está em suas mãos. — Todos ouviram o som de uma campainha. — É a campainha da porta?

COLLEEN COBLE

— Eu atendo. — Holt atravessou a porta e começou a descer a escada. Alguns minutos depois gritou, ainda na escada, para que todos o acompanhassem.

Carly escondeu o tesouro em um pano macio que trouxera caso houvesse necessidade e colocou-o na bolsa. Todos desceram a escada apressados e viram Holt em pé na entrada ao lado de um homem de terno cinza. O homem aparentava ter mais de cinquenta anos de idade e tinha cabelos escuros com algumas mechas grisalhas nas têmporas. Tinha postura ereta, parecida com a de um militar.

Seus olhos azuis-escuros percorreram as pessoas e pousaram em Carly.

— Sra. Harris? Permita apresentar-me. Sou Ivan Bury.

Lucas segurou a coronha da arma na cintura com a mão livre e posicionou-se na frente dela. Ivan levantou a mão.

— Estou desarmado e não tenho a intenção de machucar ninguém. Quero conversar, só isso.

Ele tinha um leve sotaque russo e Carly não viu nenhum sinal de perigo da parte dele.

— Vamos até a sala de estar. — E olhou ao redor. — Todos nós. Se tem alguma coisa a dizer, diga a todos.

— Claro.

— Por aqui. — Holt conduziu-o à sala de estar.

Carly sentou-se no sofá entre as duas mulheres mais velhas. Suas irmãs e Lainey se acomodaram nos sofás e cadeiras espalhados pela sala. Lucas e Holt ficaram em pé. Mesmo com o bebê nos braços, Lucas parecia pronto para enfrentar o desafio e Holt também estava tenso.

Bury sorriu.

— Vejo que vocês acham que sou igual aos homens que tentaram machucar vocês. Isso nem me passa pela cabeça. Minha missão é devolver à Rússia o maior número possível de objetos de

JOIAS FATAIS

arte valiosos. Gostaria de comprar o ovo, não de roubá-lo. Ele vai ser exposto para que todos possam vê-lo e admirá-lo no Museu Fabergé em São Petersburgo. Até agora temos nove ovos e o seu seria um complemento muito bem-vindo. Pago o preço que ele foi avaliado e um bônus de 10 milhões de dólares.

O coração de Carly deu um salto ao pensar que o ovo estaria nas mãos de outras pessoas, em seu lugar de origem, mas antes tinha algumas perguntas a fazer.

— Você deu 100 mil dólares a Kelly em duas ocasiões diferentes. Qual é o seu papel nisso tudo?

— Kelly ficou sabendo que eu estava à procura dos ovos da realeza e entrou em contato comigo. Enviou-me uma foto dos documentos de procedência e disse que ela e seu noivo precisavam de dinheiro para concluir a busca. Isso pareceu ser prova suficiente de que valeria a pena arriscar no investimento. Quando seu marido foi assassinado, eu sabia que havia outras pessoas atrás do ovo e pensei que um dinheiro extra garantiria que eu pegasse o ovo antes delas. A ideia não deu certo, claro.

Carly estremeceu ao ouvir a palavra *noivo*, pois parecia uma indicação de que Eric tomara a decisão de abandoná-la. Mas na época, aquilo não teria sido uma surpresa. Ela olhou primeiro para a avó e depois para a tia. As duas assentiram com a cabeça e Carly voltou a olhar para Bury.

— Aceitamos. Com uma condição. — Ao ver um ar de interrogação no rosto dele, ela sorriu. — Você parece ter muitos recursos. Seria capaz de encontrar Sofia Balandin?

Ele sorriu.

— Vou ver o que posso fazer.

QUARENTA E DOIS

Cinquenta milhões de dólares. Vinte e cinco milhões para cada uma das gêmeas. A quantia deixou Lucas boquiaberto. Mesmo que fosse dividido entre Carly e as irmãs, cada neta de Mary receberia mais de 6 milhões. Ele olhou para Carly, sentada ao seu lado na picape, e continuou a dirigir em silêncio. Fazia parte da generosidade de Carly dividir o dinheiro, embora pertencesse a ela.

Lucas já estava perto de casa depois de deixar a surpresa no banco e não havia muita coisa a dizer. Ele limpou a garganta.

— Como está indo o livro que você está escrevendo?

— Mais lento do que eu gostaria. Mas eu descobri onde introduzir o tópico do amor.

— É um romance?

— Claro. O que é a vida sem qualquer tipo de amor? — Ela olhou para trás, onde seu bebê dormia. — Família, amigos, tudo interligado.

— Acho que sim. Tenho receio de me aproximar de alguém especial por medo de perder. As pessoas vão embora, morrem ou nos decepcionam de alguma maneira. É sempre mais seguro manter distância.

Ele entrou no estacionamento da marina em vez de ir para casa. Os sentimentos que borbulhavam em seu peito eram sufocantes e ele explodiria se os reprimisse por mais tempo. E seria melhor não ter outras pessoas por perto. Havia uma expressão de indagação nos olhos escuros de Carly, mas ela não disse nada quando ele parou o carro.

— Topa dar uma caminhada comigo?

Ainda em silêncio, ela consentiu com a cabeça e ele tirou Noah da cadeirinha no assento traseiro. O sorriso do bebê o fez sorrir também, apesar de estar nervoso como um rapaz no primeiro encontro.

— Não conte à sua mãe — sussurrou ao ouvido de Noah. — Mas eu a amo e amo você também.

Ele levou o bebê para perto da mãe, que estava em pé embaixo de uma palmeira. A expressão de incerteza no rosto dela tocou seu coração. Aquele era também um terreno desconhecido para ela, embora já tivesse casado antes. O sofrimento que ela enfrentou no ano anterior foi suficiente para abalar qualquer um.

Eles caminharam até um banco vazio. A banda da marinha tocava ao longe e os recrutas riam e se divertiam ao longo da área verde e da água. A semana de formatura começara naquele dia e as famílias que estavam ali para ver os filhos receberem certificados haviam aumentado a população do local.

— Você está bem, Lucas? — A mãozinha de Noah balançou na direção dela e ela a beijou.

— Faz muito tempo que não me sinto tão bem quanto agora. — Onde estava sua coragem? Ao enfrentar o cano de uma arma apontada para ele naquela semana, ele se saíra melhor do que agora. — Estou feliz porque o problema acabou.

— Eu também. O ovo e a surpresa vão ficar seguros na Rússia e posso me concentrar no término da reforma da casa da vovó. E espero que Ivan Bury encontre Sofia, seu túmulo ou qualquer coisa que tenha acontecido com ela.

— Agora que sua avó não tem de se preocupar com você, imaginando como vai ganhar a vida, você acha que ela ainda vai querer levar adiante o plano da pousada?

Ela ergueu uma sobrancelha.

— Talvez não. Eu sempre soube que isso era uma forma que ela escolheu para cuidar de mim e de Noah.

Como ele começaria a dizer todas as palavras entaladas em sua garganta?

— Sei que tenho agido de modo estranho ultimamente. Estava com medo, Carly. — Seu olhar cruzou com o dela. — Medo de baixar a guarda e permitir que meus sentimentos por você fugissem do controle. Mas é tarde demais. Não consigo impedi-los agora, mesmo que quisesse. E não quero.

— Vo... você gosta de mim?

— Eu a amo. — Ele passou a mão nos cabelos. — Não posso acreditar que estou dizendo isto, mas é verdade. Não deveria acontecer. A última coisa que eu queria fazer era me apaixonar por alguém com um bebê. Agora parece que haverá dois bebês, mas quer saber? Gosto de crianças, o que foi uma enorme surpresa para mim. E já amo Noah. E a pequena Caroline também.

Lucas segurou a mão dela, ela a apertou e ele prosseguiu:

— Tenho visto que seu amor é muito grande, como você coloca as pessoas adiante de você e como é corajosa. Quero ser como você quando crescer.

— Você é mais corajoso do que eu. Sou covarde.

Passando o braço ao redor dela, Lucas puxou-a para perto dele e de Noah.

— Você é a pessoa mais corajosa que conheço. Coloca tudo em risco sem esconder nada. Será que tenho uma chance? Podemos esperar um pouco. Você ainda tem de lidar com muitas coisas.

Quando ela sacudiu a cabeça, o estômago dele apertou até ela dizer:

— É tarde demais para mim também. Tentei mudar meu sentimento por você. Tentei, mas não consegui. — Havia ternura no olhar dela. — Você percebeu que nunca me beijou e agora está aqui dizendo que me ama?

JOIAS FATAIS

— Acho que podemos dar um jeito nisso. — Ele curvou o corpo para mais perto dela, saboreando o momento. A pressa estragaria as lembranças futuras e ele queria sempre se lembrar da luz nos olhos dela e do modo como seus lábios se curvaram formando um sorriso sedutor antes de se abrirem um pouco, aguardando o que viria.

— Beije logo, seu babaca! — gritou rindo um marinheiro acompanhado de um grupo de colegas de formatura.

E foi o que ele fez. E tudo foi tão maravilhoso quanto ele sonhara.

———

Balões de gás batiam divertidamente nas palmeiras e apareciam por trás das barbas-de-bode penduradas nos carvalhos do quintal da avó. As toalhas azuis que cobriam as mesas compridas balançavam ao sabor da brisa vinda da água. A mesma brisa tentava deslocar as faixas de "Feliz aniversário" presas nas calhas do *deck* traseiro.

Carly levou o bolo de aniversário enorme até a mesa. As cores vivas dos pratos de bolo de cerâmica polonesa chamavam a atenção dos convidados que circulavam pelos jardins da casa de Mary, apesar da dificuldade de limpá-los. O número de convidados havia aumentado, uma vez que agora a festa era destinada a duas pessoas. A atenção de Carly concentrou-se em sua avó ao lado de sua irmã gêmea. A banda da marinha tocando a distância conferia um toque mais festivo ao dia.

Carly olhou ao redor do quintal até avistar Lucas mostrando a Noah os beija-flores que pairavam em torno do canteiro de rosas vermelhas na lateral da casa. Ela sorriu ao ver o palíndromo "Sagas" na camiseta dele. Os dois últimos meses haviam sido uma série de eventos longos e complicados. Sentada no *deck*, Lainey carregava Caroline no colo. O processo de adoção da bebê por Lainey e Holt já havia começado, pois Kelly falecera um mês antes

335

COLLEEN COBLE

por não ter resistido aos ferimentos. A avó de Caroline sofria de mal de Parkinson, portanto, os avós não tinham condição de cuidar dela. A mãe de Eric criara um pouco de confusão por querer ficar com Caroline, mas finalmente admitiu que não podia cuidar de uma bebê. A solução foi perfeita e garantiria que Noah visse a irmãzinha com frequência.

Carly acenou para que a avó e Elizabeth se aproximassem da mesa, e os convidados pararam de falar e se reuniram em torno das irmãs. Lucas trouxe Noah e ficou ao lado de Carly.

— Vamos cantar "Parabéns". — Carly começou a cantar e os convidados a acompanharam. Todos bateram palmas quando a música terminou.

Na hora de cortar o bolo, Lainey entregou Caroline a Holt e foi ajudar Carly. Carly ouviu-a dar um suspiro de preocupação. Lainey agarrou o braço de Carly, olhando em direção à lateral da casa. Carly virou-se e avistou Ivan Bury e uma senhora idosa caminhando lentamente no gramado. Os cabelos brancos e encaracolados da mulher contornavam seu rosto sorridente e ela usava um discreto batom rosa. O colar de pérolas dava um toque de requinte ao seu vestido rosa e branco sem mangas. Era pequenina e frágil, com menos de 1,60 metro de altura. Segurava firme o braço de Bury e seus olhos azuis por trás dos óculos fixaram-se em Mary e tia Elizabeth.

"Será?"

Um nó formou-se na garganta de Carly e ela não conseguiria falar mesmo que tentasse. Os convidados começaram a notar o olhar fixo de Carly em Bury e na mulher, e por fim Mary notou também.

A avó de Carly ficou de frente para o casal e segurou com força a mão de Elizabeth.

— Beth — disse em um sussurro.

Tia Elizabeth virou-se e levou a mão ao colar de pérolas que usava, segurando-o com firmeza.

336

JOIAS FATAIS

Bury aproximou-se delas e sorriu.

— Outra convidada gostaria de desejar felicidades às aniversariantes. Quero apresentar a mãe biológica de vocês, Sofia Balandin Kostin.

"Kostin?"

Não havia nenhuma acusação contra Charlie Kostin, e a família foi informada de que ele voltara para Nova York. Não tinha nenhum envolvimento com a máfia. Agora estava claro por que tinha vindo à cidade.

— Minhas filhas — Sofia disse com um leve sotaque. Sua voz era firme e confiante. — As duas são muito bonitas. Nunca pensei que voltaria a ver vocês neste mundo. Posso abraçá-las?

Ela abriu os braços, mas Bury continuou a segurá-la pela cintura para firmá-la quando as duas filhas se aproximaram e quase caíram nos braços dela. As três estavam chorando. Carly, suas irmãs e Lainey também. Carly sorriu com tanta força por entre as lágrimas que pensou que seu rosto se quebraria.

Olhou para Lucas e viu traços de lágrimas em seus olhos também. Nenhum deles imaginou que Ivan Bury encontraria Sofia viva. Acharam que havia sido enterrada em algum lugar.

Mary conduziu Sofia a uma cadeira e as duas irmãs se sentaram perto dela. Carly conseguiu ouvir apenas algumas palavras da conversa e sabia que estavam compartilhando como foi a vida de cada uma nos últimos setenta anos. Havia muita coisa para pôr em dia e aquele momento era só delas. Carly afastou-se com Lucas e encontrou uma cadeira de jardim, onde poderia se recompor.

Bury os acompanhou.

— Creio que cumpri minha promessa.

— Meus agradecimentos nunca serão suficientes — disse Carly, com lágrimas nos olhos de novo. — Olhe para elas.

Ele virou-se e seu sorriso ampliou-se.

— Gostaria que vocês tivessem visto Sofia quando lhe contei que havia encontrado suas filhas e que elas queriam vê-la.

337

COLLEEN COBLE

— Onde ela estava? — Lucas comeu um pedaço de bolo antes que Noah o agarrasse com sua mãozinha rechonchuda.

— Em Nova York. Ela é avó de Charles Kostin. Alguns meses atrás, contou a ele sobre o ovo e a surpresa que ela havia dividido entre as filhas, e ele prometeu tentar encontrá-las.

— Então ele não queria encontrar o ovo. Só as gêmeas?

— Não posso dizer que ele não estava interessado em encontrar o tesouro. Ficou muito decepcionado quando soube que eu o havia comprado. Queria saber quanto paguei, mas não revelei o valor, claro.

— Sofia não sabia que o ovo e a surpresa valiam tanto assim quando as gêmeas nasceram — prosseguiu ele. — O mercado estava saturado de artes da família Romanov na época e Sofia imaginou que estava deixando uma simples bijuteria para as filhas. Casou-se alguns anos depois que sua avó e sua tia nasceram e teve mais um filho. Quando o negociante de sucata encontrou o ovo em 2014, Sofia se deu conta do valor daquilo que deixara para as filhas e comentou com sua família que esperava que as ajudasse a começar bem a vida. Ao saber disso, Kostin começou a busca, mas não disse nada a Sofia.

— Que história fascinante! Obrigada. — A mente de Carly girava. Será que alguém desse lado da família deveria ter participação na venda da joia? — Quantos primos meus ainda estão vivos?

— Kostin é o último.

Seria fácil convencer sua família a dividir o valor com mais uma pessoa. Bury havia sido mais que generoso. Depois que a surpresa passou a fazer parte do ovo, a nova avaliação alcançou 40 milhões e ele lhes entregara 50 milhões de dólares. A riqueza que transformou a vida da família inteira mudou algumas coisas. A avó desistiu da pousada, portanto, Ryan estava simplesmente renovando a casa de acordo com as especificações de Emily. Amelia pintara a casa de bege claro, com o tradicional tom azul-acinzentado no teto da

JOIAS FATAIS

varanda. As persianas pretas deram o toque final. Mais um mês e elas poderiam voltar para casa.

— Obrigada por isso — disse Carly. — E obrigada por tudo.

— Não há de quê. — Ele sorriu de novo e voltou para perto de Sofia.

Carly observou-o de longe.

— Que loucura foram estes dois meses!

— Os melhores meses da minha vida. — Lucas entregou o bebê a ela. — Pode segurá-lo um pouco? Preciso fazer uma coisa.

Ela colocou Noah no colo e teve de afastar imediatamente as mãozinhas dele do colar. Segurou firme o objeto ao ver que Lucas havia ajoelhado e estava tirando uma caixa de veludo do bolso.

Os olhos cor de avelã dele estavam sorrindo, mas confiantes.

— Queria esperar até estarmos sozinhos, mas acho que sua família gostaria de compartilhar este momento conosco. Afinal, ela acompanhou o que passamos juntos. Você concorda?

Sem conseguir falar, ela apenas consentiu com a cabeça.

Ele abriu a caixa na qual havia um grande anel de rubi cravejado de brilhantes ao redor do aro.

— Você já teve tempo suficiente para saber se quer casar comigo? Eu sei, sem dúvida nenhuma, que nunca vou querer perder você. Quer casar comigo, Carly? — Lucas apontou para a camiseta dele. — As sagas de nossa vida estão prestes a convergir, se você estiver disposta.

Com dificuldade para falar e os olhos cheios de lágrimas, ela assentiu com a cabeça e respondeu com voz estridente:

— Sim. — Depois de tirar o anel da caixa de veludo e suspirar fundo, ela conseguiu falar com voz normal. — É uma joia Fabergé!

— Foi o que me pareceu — disse ele com voz rouca. Com as mãos trêmulas, ele pegou o anel da mão dela e enfiou-o no dedo anular esquerdo. Seus lábios quentes tocaram a mão dela enquanto ele ajeitava a joia no lugar.

COLLEEN COBLE

Ao ouvir o som de palmas, Carly desviou o olhar do rosto sorridente de Lucas e viu a família toda em torno dela. A avó estava chorando e Carly percebeu que chorava também.

Lucas aproximou-se do rosto dela e enxugou uma lágrima com o polegar. Ela mergulhou no amor daquele olhar, sabendo agora aonde o difícil caminho do ano anterior a levara. Direto aos braços de Lucas Bennett.

EPÍLOGO

Amigos, familiares e pessoas desconhecidas lotaram a Livraria Litchfield, em Pawleys Island. Os autores imploravam por uma sessão de autógrafos na famosa livraria e Carly sentiu-se honrada por ter sido escolhida. As belas proprietárias loiras estavam ao seu lado, entregando-lhe um exemplar do livro aberto, como se a autora necessitasse delas.

Carly estava sentada à mesa com uma pilha cada vez menor de exemplares de seu livro. A fila caminhava lentamente, porque muitas pessoas faziam comentários sobre o palíndromo em sua camisa que dizia o seguinte: "Must sell at tallest sum" ["Deve ser vendido pelo preço mais alto"]. Ela não podia acreditar que tantos amigos seus tinham vindo de Beaufort para sua primeira sessão de autógrafos. Até sua bisavó, Sofia, viera de Nova York.

Noah, com 3 anos de idade, havia escapado da mão de Lucas. Carly o pegou quando ele tentava derrubar uma pilha de seus livros. Lucas, com Joe nos braços, o novo filho do casal, foi buscá-lo.

— Sinto muito. Ele é rápido demais. — Lucas tentou segurar a mão de Noah, mas o garotão de Carly resistiu.

— Noah pode ficar comigo. Você quer ajudar a mamãe? — perguntou. Ele fez que sim com a cabeça, subiu no colo dela e tentou pegar um livro. Ela ergueu os olhos para ver quem estava na fila e Emily sorriu com orgulho para ela. Ryan estava ao lado de Emily.

— Vocês não precisam comprar o livro — disse Carly.

— Cada venda é incluída na contagem para a lista dos mais vendidos. — Emily entregou-lhe dez livros. — É só assinar o seu nome. Vou dá-los de presente.

Ryan entregou-lhe mais dez.

— Eu também.

Ela sacudiu a cabeça.

— Vocês, hein?

A lista dos livros mais vendidos parecia um sonho que jamais se tornaria realidade, mas ela havia pensado nisso muitas vezes nos últimos três anos. Ela recebera recomendações dos agentes para mudar a época de 1955 para algo mais histórico, o que mereceu sua atenção. A trama do livro *Sob os palmetos* agora se passava no início do século XX em uma plantação extinta, e seu agente o vendera à HarperCollins em uma guerra de lances. Embora o período tenha mudado, os elementos básicos da história continuaram os mesmos. Amor perdido e encontrado. Vida despedaçada e restaurada. E ela esperava que isso repercutisse nos leitores da mesma forma que repercutiu em sua vida.

Entregou os livros à irmã e Ryan. Algo havia mudado na vida de Ryan. Fazia um mês que ele e Emily estavam namorando e os encontros foram incontáveis. Talvez por terem visto a fragilidade da vida quando todos pensaram que iam morrer. Talvez por causa da felicidade que Ryan viu irradiando do rosto do irmão. Fosse o que fosse, Carly esperava que as coisas progredissem bem para eles.

Ela assinou tantos livros que ficou com cãibra nas mãos. Até Ivan Bury compareceu e comprou vinte exemplares para presentear outras pessoas. Os livros esgotaram antes de a livraria fechar. As proprietárias Wendy e Olivia desligaram as luzes com sorrisos felizes enquanto Carly e Lucas caminhavam até a picape com as crianças.

— Sorvete? — perguntou Lucas. — A sorveteria do Gilbert ainda está aberta. Foi aqui que nossa jornada meio que começou.

JOIAS FATAIS

Podemos passar em sua antiga casa se você quiser para ver se os novos proprietários estão no jardim.

Sua vida com Eric parecia ter existido muito tempo atrás. Com a morte dele, ela pensou que sua vida havia terminado, mas estava enganada. Com Joe em seus braços e Noah nos braços de Lucas, ela ficou na ponta dos pés para ganhar um beijo.

— Tenho aqui tudo de que necessito.

NOTA DA AUTORA

Querido leitor,

Sou apaixonada pelos ovos Fabergé há muitos anos e estou emocionada por ter conseguido escrever sobre essa paixão e levá-la a você! Ruminei esta trama há pelo menos vinte e cinco anos, por isso criar esta história foi um verdadeiro trabalho de amor. Espero que você tenha gostado dela tanto quanto eu gostei de escrevê-la.

Adoro saber a opinião dos leitores, portanto, se quiser, compartilhe comigo o que achou!

Com muito amor,
Colleen

AGRADECIMENTOS

Obrigada, equipe da HarperColllins Christian Publishing, por tudo o que fizeram por mim nas duas últimas décadas! A querida editora Amanda Bostic esteve comigo nos bons e nos maus momentos e abriu a porta para que meu livro de suspense pudesse voar. Minha equipe de marketing/publicidade é a melhor que existe e ninguém tem capas de livros melhores do que eu. ☺ O amor e apoio que sinto passa por todos os departamentos e chega até o próprio Mark Schoenwald. Não consegui resistir e usei seu nome no livro. Ele é um líder espetacular e um grande encorajador.

Julee Schwarzburg é minha editora *freelance* e domina suspense e história com maestria. Ela alisa todas as minhas áreas acidentadas e me faz parecer melhor do que sou. Não seria capaz de escrever sem ela.

Minha agente, Karen Solem, e eu trabalhamos juntas há vinte e quatro anos. Ela ajudou a moldar minha carreira de várias maneiras, inclusive descartando uma ideia ruim quando necessário. Mas ela adorou a premissa dos ovos Fabergé desde o início e encorajou-me a mergulhar de cabeça.

Minha parceira crítica e amiga querida há vinte e cinco anos, Denise Hunter, é a melhor caixa de ressonância de todos os tempos. Juntas, criamos muitas obras de ficção. Ela lê cada linha de meu trabalho e eu leio cada linha do dela. É uma parceria realmente abençoada.

Sou muito grata a meu marido, Dave, que me leva de uma cidade a outra, lava as toalhas e me compra comida sem reclamar. Seu temperamento calmo e sua boa índole não mudam nunca.

Minha família é tudo para mim e meus três netos tornam a minha vida maravilhosa. Tentamos dividir nosso tempo entre Indiana e Arizona para estar com eles, mas sempre falta um. ☹

E sou grata a vocês, queridos leitores! As cartas e os e-mails que recebo fazem esta jornada valer a pena! Deus sabia que eu precisava de vocês para me completar.

E tudo isso é obra dele. Ele sabia os planos que tinha para mim desde o início e sou agradecida por cada dia que ele me concede.

Este livro foi impresso pela Vozes, em 2024, para a
Thomas Nelson Brasil. A fonte do miolo é Warnock Pro.
O papel do miolo é avena 80g/m².